古剑锋 著

江苏凤凰文艺出版社
JIANGSU PHOENIX LITERATURE AND ART PUBLISHING, LTD

图书在版编目（CIP）数据

机甲天王. 1 / 古剑锋著. 一南京：江苏凤凰文艺出版社，2014

ISBN 978-7-5399-7700-3

Ⅰ. ①机… Ⅱ. ①古… Ⅲ. ①科学幻想小说－中国－当代 Ⅳ. ①I247.5

中国版本图书馆CIP数据核字(2014)第209272号

书　　名	机甲天王. 1
著　　者	古剑锋
责任编辑	郝　鹏　孙金荣
特约编辑	陈艳冲　李　丹
责任校对	陈晓丹
封面设计	关东野客
封面插画	野生绘画设计工作室
内文设计	李慧娟
出版发行	凤凰出版传媒股份有限公司 江苏凤凰文艺出版社
出版社地址	南京市中央路165号，邮编：210009
出版社网址	http://www.jswenyi.com
经　　销	凤凰出版传媒股份有限公司
印　　刷	三河市金元印装有限公司
开　　本	700毫米×1000毫米　1/16
印　　张	18
字　　数	283千字
版　　次	2014年10月第1版　2014年10月第1次印刷
标准书号	ISBN 978-7-5399-7700-3
定　　价	25.00元

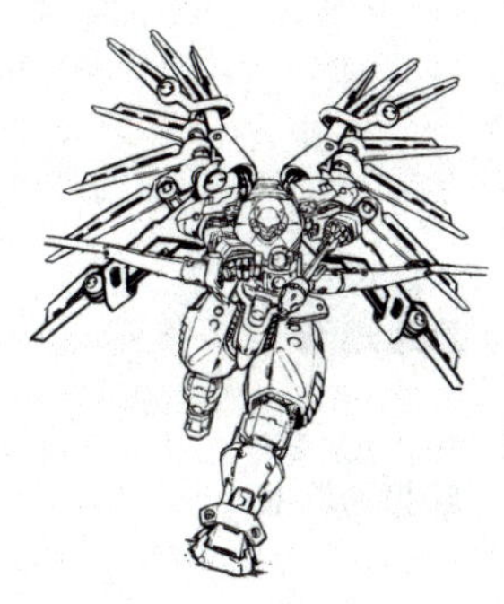

目 录
CONTENTS

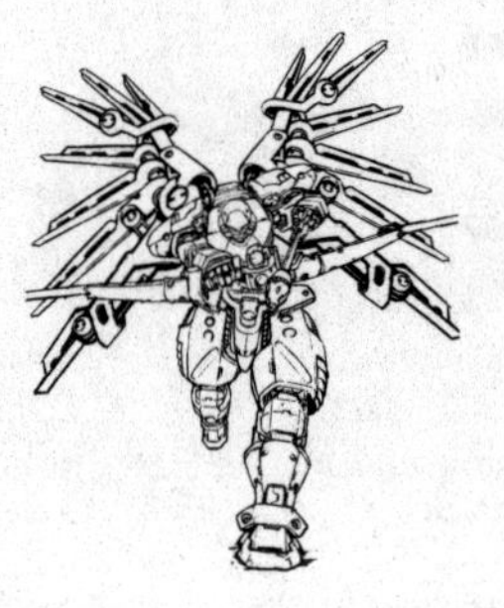

CHAPTER 01

沙家军

漫漫长路，黄沙万里。

自东向西行来一支车队，离得很远就能听到噪音。

“省省吧！这些百年老古董，无论你花费多少时间维修，总会发出声音，习惯就好。”老人用力敲打方向舵，哈哈大笑起来。

“沙伯，给点面子好不好？”

少年直起腰身，擦拭着汗水说：“这方向舵我刚修过，光校对方位就花去半个多小时，被你这样狠敲，又变得不灵光了。平常还好些，要是上了战场，你能指望老古董走准路才怪呢！”

“笨小子，走不准路好呀！听沙伯的话没错，很多像你这样充满热血的年轻人，还没有成年便永远留在战场上。”老人神情说变就变，“听好，别以为自己在维修上有天赋，就想在人前卖弄。要不是你老妈苦苦哀求，多少人想与老子一起行动，都排不上号，何必选你这只菜鸟？”

“永远留在战场上？”少年微微一愣，想到两个哥哥，神色变暗。

“所以，像我这样的老人，希望一辈子都不要上战场。”老人摇了摇头，甩去不快。

少年知道老人很悲惨，三个儿子和两个女婿走上战场，再也没有回来。本应该享受烈士家属待遇，可是抚恤金只够他和两个孙子安然度日，却不够两个孙子未来发展。为了把他们培养成机甲兵，老人不得不走上战场拼搏，因为在沙家似乎只有机甲兵活的时间比别人久一些。

这里是金鼎帝国，沙家表面上风光无限，但为了捍卫帝国北方星域，付出了无数鲜血，代价惨重，每个沙家人从出生便烙下边军印记，终其一生奋斗在前线。

沉默良久，许是噪音听得太多，老人率先打破沉默："对了，笨小子，你老妈要死要活求我带上你，忘记问她你叫什么名字了。"

"我叫李源，木子李，源泉的源。老妈是沙家人，老爸是星际旅者……"少年正在自我介绍，异变突生，古董行军车不住颤抖，甚至有几个零件迸射出来，一老一少听到头顶上有轰鸣声传来。

无穷压力骤然降临，老人的反应速度超乎想象，如同一头猎豹，瞬间将少年扑倒在金属甲板上。

轰鸣震耳欲聋，脑海一片空白，即便老古董发威，弹射出一层层光幕，抵挡冲击浪潮，仍然感受到机舱空气变得滚热，敌人动用了大当量核弹。

"呸，呸，呸！"

李源吃了一嘴尘土，他对这种突然袭击，很不适应。

"快，起来战斗。"沙伯好像换了一个人，精神抖擞，双眼清澈，拍了拍手召唤出一面发光屏幕，快速在屏幕上进行点选。

"能量损耗超标，只开放到百分之八十就行了，看样子敌人很强，必须悠着点。"

"嗯，这是什么？"老爷子一愣，旋即看向李源，点头道，"不错，你连光输炮的转子机芯都会修理吗？这东西造价太高，我一直懒得更换，没想到经你这么一捣鼓，竟然又运转起来。"

话音未落，又是一声悠长呼啸，有东西落下。

队伍已经反应过来，总共八百多辆堡垒式行军车，车身弹射出一道道光华，抵御各种热浪和冲击波。

"各车注意，放出战斗机械人。"喇叭里传来命令。

"哈哈哈，炮灰上阵，笨小子，让你开开眼界。"老爷子摩拳擦掌，明明操控行军车退得比谁都快，却好像他在正面与敌对垒。

“咔嚓，咔嚓，咔嚓！”

脚底下传来一阵响声，李源知道老爷子把装甲板下面的兵室打开了，那里面排列着整整齐齐的钟摆战斗机械人。虽然机体斑驳，属于勉强拼凑出来的残次品，用来做炮灰倒是十分合适。

“咯噔，咯噔，咯噔，咯噔……”

须臾，钟摆战斗机械人运转起来，核心处散发出好看幽蓝，它们的主体就像钟摆一样，而外面框架由超合金打造而成，看起来就像可以到处乱滚的不倒翁。

这些“不倒翁”被行军车弹射出去，在沙漠上犁出一道道细微凹痕。

时间不大，沙伯盯住光屏，咒骂起来：“该死，是奥美人，他们果然加入了坎桑帝国，今天出门没有看皇历，如果早些知道是奥美人，老子就算把所有假期用掉，也不会过来。”

李源神情一滞，奥美人非常凶残，身材魁梧，如同小山，就算五米多高的机甲兵与之相比，都要逊色三分。更加要命的是，奥美人有一门兵器，唤作“破天锤”，专门针对人类空间防御技术而制。想一想连天都能击破，还有什么东西是破天锤破不开的？

战场顿时陷入混乱，队伍内部频道中传出一阵惊呼。

很显然，大家通过散布出去的钟摆战斗机械人，看到了奥美人身影。

本来就是一支由老弱病残组成的队伍，使用的武器拼拼凑凑，这种队伍给那些精锐军团运送物资，人家都嫌太慢。偏偏让他们前来执行任务，进入准格尔星，夺取白沙城。

准格尔星曾经是金鼎帝国边境行星，自然条件恶劣，不过有着几种稀有矿石，所以成为两大帝国边境势力来回争抢之地。

其实，连年征战，连年开采，准格尔星已经没有多少可挖矿场，资源就快消耗殆尽。

所以说，这里即将沦为一颗废星，怎么会有凶悍的奥美人出现？很轻松的一次任务，却让人傻眼。白沙城应该敞开大门，欢迎沙家重新掌控此地。

不料战斗来得如此突兀，如此猛烈。

“小子，检验我们的时刻到来了，战场第一原则，逃命。”老头磕磕碰碰跑到舵盘前，快速轮转起来，手法之熟练，定位之精准，让少年李源大开眼界。

李源所在行军车已经退到队伍左翼，有效避开了战况最为激烈的右翼，别看仍然挂靠在队伍边缘，却随时可以脱离。

此刻，数以万计的钟摆战斗机械人锁定奥美人庞大的身躯，疯狂倾泻火力。然而，这种攻击只能给敌人搔痒。

奥美人依然在靠近，高空也开始出现战舰身影。

钟摆战斗机械人以迅疾闻名，携带能量与弹药并不算多，通常只有三分钟热度。

沙老头掐着时间，不能多，就三分钟，他对自己所在队伍十分熟悉，战力实在堪忧。

果不其然，不到三分钟，队伍面临崩溃，沙老头等的就是这一刻。

“好，队伍被打散，我们不是第一个逃跑的。”沙老头舔了舔干裂嘴唇，向身后吼道，“笨蛋，你不是把光输炮的机芯修好了吗？还等什么？向对面放上几炮，证明我们抵御过，如果真能逃回去，刑罚队队长他爹都怪不到咱们头上来。”

“啊！现在就攻击吗？”李源显然没有应敌经验，从开始到现在，脑子始终跟不上，不知道自己该做什么，听到老沙吼叫，这才回过神来。

“娘的，炮，打炮。”沙老头恨不得过去踹上几脚，没见过这么菜的菜鸟，除了维修方面有天赋，其他地方似乎一无是处。

“哦，好，好的。”少年反应过来，身体在地上一骨碌，撞入光输炮攻击位，实际上就是很简陋的定位仪，再安上一套座椅。

李源操纵起光输炮来，仿佛有一种与生俱来的魔力，双手快速划动，只是顺手一带，充能拉杆就已经精准到位，更是连校对都没有校对，便锁定了屏幕上一道身影，仅凭感觉轰出一炮。

“轰……”

响声以行军车为中心，扩散出去，令人惊骇。

之所以惊骇，是因为轰鸣声落，受到攻击的奥美人连续退了三步，庞大身躯轰然跌坐在地面。

奥美人防御力量惊人，受到光输炮一击，仅仅胸前一片焦黑。

然而，少年出手时机拿捏得恰到好处，这名奥美人冲得太过凶猛，已经进入钟摆战斗机械人隐隐构建的小防线。

趁你病，要你命，好多钟摆机械人滚动过去，对准庞大身躯宣泄火力。

沙老头不乐意了，大叫道：“哎哟，我的天，小子，你是嫌咱爷俩命太长！我让你打，不是让你打到敌人，而是叫你胡乱开几炮。完了，这回惨喽！”

话音刚落，轰鸣声铺天盖地。

少年打倒的奥美人，似乎是敌方重要人物，至少有五个方向对行军车展开远距离轰杀。

核弹降下一枚又一枚，老古董行军车不堪重负，防御力量越来越弱。沙老头嘴唇直抖，他想向队伍寻求帮助，可是大家都在逃命，谁有心思管他死活？

李源深深呼吸，他十分自责，在这场遭遇战中，感觉自己就像傻子一样，根本就不知道该做什么，不该做什么，也无法理解沙伯的意图。

眨眼之间，老古董行军车开始解体，斑驳不堪的舱壁出现裂缝，核辐射光焰顺着裂缝凶猛吞吐。

没有人在意一个老鬼和一个少年，敌人更不会在意。

就在老沙抱着脑袋，祈祷孙子能平平安安长大的时候，暴风骤雨般的轰炸戛然而止。

“咦，怎么回事？”

从行军车外面看去，老古董忽然炸裂开来，原地立起一道挺拔身影，身高五米六，背着一把超合金铸造大弓，双眼如叉开的剪刀，骤然冒出两道芒光，所有攻击到了身前，全部破碎，弥散……

CHAPTER 02

机甲兵李源

“沙伯，辛苦了。”李源怀着歉意，操控机甲将老人放到一边。

“你，你是机甲兵？”老人瞪圆双眼，张了张嘴，他想要说些什么，却又不知道从何处说起。

要知道想要成为一名合格的机甲兵，要求在精微操控和身体素质方面远超同龄人，家族绝对不会把有限资源浪费在蠢货身上，可是在老人看来，李源这小子可不怎么样，做起事来一根筋。

李源屏气凝神，从背后抽出一支合金箭矢，搭在大弓上，只拉到半月，“嗖”的一声震响，冷飕飕一道呼啸穿越车队，刺入一名魁梧奥美人身体。

合金箭矢长两米八五，箭镞经过精雕细琢，附有穿甲弹特效，触及敌人身体爆开的同时，已经完美洞穿要害，深褐色血水尚未来得及喷涌，就在电光炙烤下，化作一缕青烟飘散。

“哦，队长死了，是人类机甲兵，冲锋。”奥美人狂吼，纵身向李源所在跳了过来。

这些蛮族瞬间爆发力可以把六米高恐怖身形送到大约五十米高空中，他们如炮弹般弹射。

“捕风，捉影，速攻。”李源轻轻念道，他控制机体稍稍后倾，手臂化作残影，不停将合金箭矢搭在大弓上，大弓好像机关枪喷吐出火舌。

没有人看清，这尊机甲兵是如何从背后箭囊取出合金箭矢的，速度太快，快到差点引发音爆。

“咄、咄、咄、咄……”

声音很轻微，等到大家反应过来，寻声望去，才发现穿甲箭已经成功命中十八道恐怖身影。

在穿甲箭强大冲力带动下，这些奥美人的身子向后倒飞，在空中便一命呜呼，全部都是要害被穿透。

“还好，冷静，我一定要冷静。”少年李源瞬间打破十八名奥美人的跃身冲锋，这时候才反应过来，感到手脚冰凉。这是他第一次参与实战，往常在模拟训练中，成绩还算不错，可是毕竟少了份血腥气，今天也是第一次“杀人”。

就算对方是奥美人，仍然感受到一种特有的凝重。

几次深呼吸，让李源好受不少，他之所以选择使用合金大弓，是因为有轻微恐血症，每次见到血腥场面，都会变得异常紧张，感觉体内有一股奇特躁动，总想歇斯底里大喊，总想胡乱发泄一通，以至于一直取巧，来帮助自己克制这个毛病。

“远程攻击机甲第一原则，发挥良好机动性，不能固守一地。”李源有些教条，顺嘴就念出课本上死记硬背的东西，身体条件反射，操控机甲快速动了起来。

这具机甲是沙家独立研发的攻坚者三型，性能在大部分“原甲”中只能排在末流。每具机甲都具备自主进化能力，区别只在细微处。不过，正是那一点点细微处，也许便决定一个人的命运，因此那些贵族，不遗余力寻求高品质原甲，而攻坚者三型，是大多数贫寒子弟的首选。

即使攻坚者三型很普通，很草根，李源也爱煞了它。

他日日夜夜操练，别人付出一分汗水，他就付出三分甚至五分。

李源知道，他成为机甲兵，除了自身素质过硬，还需要家里一定程度上的支持，母亲毅然将两个哥哥的抚恤金全部拿出来，还倾其所有拿出数十年积蓄，因此他没有理由不勤奋。

“叮”的一声脆响，提醒李源，能量池用去一格能量，大约在百分之十二点五，这是超速射箭造成的结果。

不但能量耗费剧烈，还有主副动力炉，多多少少也有些超负荷运转，战后需要时间来保养。

“奥美人，皮糙肉厚呀！穿甲箭造价不菲，只剩下九支了。”李源适应能力很强，他已经基本适应战斗节拍，身形移动的同时，抽出普通合金箭，箭镞上刻有凹槽，附加功能是放血。

“嗖，嗖，嗖……”

劲爆大弓再次发出轻响，封住几个奥美人，让他们无法靠近。

天空传来轰鸣，坎桑帝国战舰遇到对手了，那是沙家无畏战列舰，双方倾泻火力，李源通过机甲甚至在空中能锁定几道轨迹，那是机甲士还有高级机甲兵展开接舷战，很是激烈。

“哇，快回来，家族战舰来了，让我们集结火力，粉碎坎桑帝国的野望。”车队公共频道里有人呼喊，数十辆行军车借助李源打开的局面，展开反攻。不过，装样子的意思居多。

“呵呵，这就是真正战场？”看着破破烂烂的行军车煞有介事重整旗鼓，李源笑了出来。

沙家军来了，呈碾轧之势。

天空出现十几个小黑点，瞬间放大，轰然落地。

清一色的机甲兵，不是攻坚者三型这种烂原甲，而是沙家最高端杰作，游侠五型改装原甲。

“轰，轰，轰……”

这些机甲兵到场，就没有李源什么事了，简直就是单方面屠杀，即便几名奥美人头领甩出他们珍贵的破天锤，也无济于事。

李源只是在旁边看着，欣赏游侠五型那优美弧线，以及那独特的超动感“绑腿”。

为了追求速度，游侠五型通常会配备辅助战斗器械，他们为自己穿上夸张的机械长靴，这些长靴属于外部“插件”，是贵族才玩得起的高端玩意。

出乎意料，有一名机甲兵笔直向李源而来。

“李源是吗？”来者居然知道李源，游侠大剑并未归鞘，而是呈战斗状态，气氛剑拔弩张。

“你是谁？”李源觉得很惊奇，跑到这个鸟不拉屎的地方都能有人认识他，能不稀奇吗？要知道攻坚者三型几乎是一个模子刻出来的，但他加了一层屏蔽扫描涂层，让机甲从黑不溜秋变为玄妙的灰黑色，不应该有人认出他才对。

“哈哈哈，总算找到你了。”

对面游侠机甲传来一阵大笑：“听说最近三年，家族机甲学院里出现一个怪胎。哦，应该把你称作偏科生更适合些，一个偏科到极致的家伙，有人说你是天才中的天才，有人则说你是垃圾中的垃圾。我，沙旋风，很想看看是谁超越了我在学院留下的操作纪录。”

“啊？你是沙旋风学长？上两届操作纪录创造者。”李源肃然起敬，要知道他曾经以沙旋风作为目标，要不是有人能够做到那种境界，他几乎要放弃了，直到在精微操控上，得到全面升华，才知道对方有多么变态。

“小子，别说废话，我知道你与机甲契合度烂到渣，只达到百分之五。不过，你能凭借这份烂到渣的契合度，一直撑到毕业，说明在精微操控上确实了得。来吧！让我看一看打破我无敌纪录的家伙是怎样一个人。”沙旋风不由分说，轰然出手。

李源目光一凛，看到对面游侠机甲轻轻一颤，之后动作变得有些不协调。

这种现象表明对方非常骄傲，没有占他便宜，已经把机甲契合度调低到百分之五以下，不考虑原甲机型细微差别，双方再对决，比的就是实打实的精微操控基本功。

“好，早就想与沙学长当面较量一番，连做梦都模拟过这种场面。”李源热血沸腾，在学院那段枯燥的磨炼期，他最大的兴趣便是超越沙旋风，如今见到真人，没有理由退缩。

“哼，被我击败，可是会狠狠羞辱你的，战。”沙旋风好似一匹苍狼，蓄足劲力，双脚猛地在沙丘上蹬出一条沟壑，持大剑向前冲杀。

李源深吸一口气，面前出现一道发光屏幕，他的双手翩翩起舞，触及屏幕，轻灵得好似蝴蝶在弹奏一首神曲，每一次触及快到巅峰，令人迷醉。

看李源的样子，很难把他与战斗联系在一起，他更像是一位专注演奏的钢琴家。

迅疾如鹰，敏捷如豹，爆发如熊，攻坚者三型机甲动了，划出一道美妙弧线，向后飞退。

是的，退，李源在退。

选择以合金大弓作为武器的那天起，就注定要与敌人拉开距离，尤其与沙旋风这种高手对战，更不能大意。

大弓拉到半圆，飕然发难。至于李源什么时候抽出箭矢，除了有数的高级机甲兵能够捕捉到一丝轨迹，其他人根本没看清。

“嗤！”

合金箭矢进行封锁，不料沙旋风做出一记高难度动作，游侠五型在前进途中，居然依靠背部重力，如旋风般旋转三百六十度，巧之又巧避开一箭。

仅仅片刻，沙旋风已到近前。

李源双目一寒，赞叹对手厉害。不过，正面打败这个学院纪录保持者，是他的梦想。

游侠机甲已经劈出大剑，攻坚者三型嗡嗡作响，这是超负荷运转的标志。李源双手狂舞，竟然变不可能为可能，控制机体仰面倒去。

大剑走空，就在攻坚者三型倒下去的同时，李源出手。

谁也没有想到，李源能抓住不可思议的间隙，在将倒未倒之际，弓如半月，嘶吼如风。

“轰！”

沙旋风虽然及时防御，却也吃了苦头，身形向后退去，若非速度快上一线，手臂已经被击碎。

静，战场静到了极点。

过了好一会儿，游侠五型转过身来，哈哈大笑：“好，总算有一个像样的学弟了，可惜契合度是硬伤，要不然我肯定会把你吸收进精锐战队。小子，努力吧！提升契合度，然后去第九战队找我。为了不让你懈怠，见你一次，我就要战你一次，就比精微操控。”

离开前，后面那些游侠五型机甲兵，冲着李源点了点头，表明此战李源得到了他们尊敬。

而沙旋风好像想起什么，突然借机甲频道密语道：“小子，你是不是得罪了沙鹏飞？要不是他，我恐怕找不到你。另外，你所在车队是家里甩出来的诱饵，若非舰队及时赶到，恐怕你已经送命。”

看着游侠五型借空间张力升空，李源面色铁青。

CHAPTER 03

三银星任务

沙鹏飞是谁？沙家家主嫡孙，算起来还是李源表兄。

当然，沙家太大，表兄表弟多到无法统计，由于为帝国守卫边疆，将铁血贯穿一线，家族内部竞争非常激烈，不是一个爹妈生出来的，不是你倾轧我，就是我倾轧你，从来没有休止过。

就是这位表兄，由于太过拔尖，从小备受关注，可是他碰到了李源，一个偏科怪胎，在精微操控上面，惨受蹂躏不说，还失去了一位美女的青睐。

想到萧知秋，李源心中一暖。

这个名字很男孩子气，取一叶落而知天下秋的意象。出生在军事家庭，没有办法不强硬，就连女孩取名都比较中性化。

不过，萧萧除了英挺，还很漂亮，是全学院的焦点。

对，与萧知秋比较熟悉的人，都喜欢称她萧萧，比萧知秋要好听得多。与李源一样，此女是沙家旁系，背景却异常强硬，让沙鹏飞表兄很是惦记。

本来，李源不想掺和到家族嫡系和旁系来回碾轧的泥沼中，可是人在江湖，身不由己，由于精微操控破了学院纪录，萧萧聘请李源做私人教官，专门帮她来攻克难关，以期能有好成绩。

因此，两个人走得比较近，少男少女在一起，渐渐打开话题，也便好相处了。甚至，在毕业前的某一天，萧萧成了李源的初吻终结者。

能给攻坚者三型刷上一层屏蔽涂层，得到萧萧大力帮助后，才堪堪完成。

记得那一天，萧萧因为平素成绩好，从而得到保送名额，兴奋之下这才与李源有了一次亲密接触，二人还未来得及确认恋爱关系，就劳燕分飞。一个去了高等学院深造，一个则接到通知，毕业考核提前。

李源稀里糊涂地达到毕业标准，被发配到这支家族外围车队来，现在回想起来，疑点颇多。

“沙鹏飞，原来不光骂我癞蛤蟆想吃天鹅肉，还有这么多后手。你小子知道个屁，要不是我自身原因，始终无法提升机甲契合度，否则早就拿下萧萧了。想不到，我老老实实，你却在背后弄鬼。”李源血气方刚，把拳头捏得咔吧直响，他没有注意到，自己身上存在暴虐因子。

说起来很古怪，几年来李源与机甲契合度不断提升到百分之六，又不断跌落下来，他差点被逼疯。不过，最近总算有了一丝眉目，锁定了症结所在。

把事情搞清楚，李源反而轻松下来，暗道：“正如老爹所说，只有在暗处中伤你的人，才是最可怕的敌人，既然知道你在针对我，只要多加防范就是。一支家族外围车队，你又能把我怎样？”

转过几个心思，机甲嗡嗡作响。

片刻之后，李源从空中落到地面，眉心处呈现出一道微妙空间痕，机甲已经被他收束起来。

在这个星际大时代，人类掌握了了不起的空间技术，使跨星域航行变得非常简单，只需超远程发射空间门，把“门”送入目标星域，就能实现瞬息几百光年，甚至几万光年的跨越。

除了星与星的距离无限缩小，人类还发展出叠加空间技术，利用“空之痕”储备机甲，是星际时代很方便的行军模式。

空之痕需要机甲支付一部分能量做维系，否则机甲会从眉心弹射出来。不过，很多贵族少年更愿意花大价钱固化空之痕，借机扩充出去一部分空间，为今后进驻机甲士和机甲师做准备。

这个时代太过灿烂，太过辉煌，李源能够接触的事物脱离不开沙家。不过，他有一位喜欢到处乱跑的父亲，称为星际旅者，又自称探险者，为儿子打开一扇通往外界精彩世界的大门。

从小，李源就特别喜欢听父亲说那些冒险经历。

原来沙家之外还有那么多缤纷世界，原来异族并不都是坏人，还有许多善良族群与人类共同生活在一起。原来宇宙间有那么多神奇领地，让冒险者为之痴迷。

虽然父亲不是一位合格的冒险者，却是一位合格的父亲，在他离开人世之前，他竭尽全力为家庭带来欢乐，两个哥哥非常开朗，非常友善。

随着父亲离世，这个家几乎轰然倒塌，两个哥哥担负起重担，战死沙场。

到了李源这里，与母亲相依为命，终于熬到机甲学院毕业，却也逃脱不掉兵役。

沙家是这片领土的主人，拥有生杀予夺大权，所有人都要为沙家服务，即便旁系族亲想要寻求自由，也必须为家族服务三到五年不等，达到要求，方可到外面工作。

可是，即便出去，在履历表上，永远都要盖上沙家人的印记，证明你是边疆的一分子。

各大帝国对于身份控制得极为严格，不会任由可疑人物在大街上随便晃悠。贵族通常会得到良好待遇，平民百姓若想起家，只有一条路可走，那就是成为机甲兵、机甲士，甚至机甲师。

最起码要达到“士”的阶层，才会受到尊重，见贵族可以不拜。

当然，贵族也是如此，底线在机甲士，如果你连机甲士都未能达到，就算背景强硬，也不会有人瞧得起你，因为前途暗淡。

整个大环境皆是如此，各大帝国鼓励发展机甲体系，这是人类文明得以驰骋星空的根本，什么时候连根本都舍弃，那么人类肯定已经走向没落。

沙老伯跑了过来，拉住李源说：“好孩子，你真行，想不到你老妈叫我带你，到头来，是你救了沙伯一命。”

“对不起沙伯，如果不是我乱出风头，您也就不用失去行军车了。别看它很古老，在沙漠上确实是个好脚力，现在却只能去搭顺风车。”李源不好意思地看向老爷子。

“哎呀！哪里话，不就是一辆老爷车吗？报废就报废，赶明个帮我打个报告，到后勤部要辆八成新的，以你今日战绩，肯定能通过。”老爷子眉飞色舞地说道。要知道想要让行军车完全报废也不容易，后勤评估处专门喜欢对着干，今天却不一样，李源干掉的奥美人全是筹码。

人老就会成精，家族用外围车队做诱饵，把敌人引出来消灭，也不是一次两次了，只要能熬过去，后勤弥补战斗损失时，总不至于太抠门。如果再拽上一个机甲兵李源，那就真的鸟枪换炮了。

这场战斗，李源表现得不错，却也仅仅是不错。真正发挥作用的，是家族精锐战队，若非舰队及时杀到，有一百个李源，有一百支车队，也不够敌人杀的。

在沙家有一套严格的战绩记分标准，谁也不敢抹杀别人的战绩，否则会遭到严厉制裁，沙家能在腥风血雨中屹立数百年而不倒，自然有他的理由。就算家主一脉长子嫡孙，也不可能任意胡为。李源为什么不担心沙鹏飞，就是因为沙家始终维持公平公正。可以无耻，却不可以没有底线地无耻，超越某种底线，会死得非常难看。

李源开始拾取战利品，他干掉十九名奥美人，虽然都是低级战士，却难保不会发现一些较有价值的事物，就算自己无法使用，也可以卖给车队，用来补充给养。

沙老伯跟在李源身后，搜索战利品可是他的强项，往常只能捡漏，今天嘛，可是第一手资源。

“啧啧，傻了吧唧大块头，好像一座肉山，可惜肉太糙，无法合成有益食物，只能白白便宜沙海下面的蠕虫。”老头子啐了口吐沫，一边表示不屑，一边打起精神，不放过蛛丝马迹。

李源在旁边认真地看着沙伯，据说收取战利品是门学问，每年都听到有一些愣头青错过极品宝物，被专门拾荒的老行当捡了大便宜。

也不知道沙伯从哪里找来一根撬棍，叫了声：“过来帮忙，我觉得这大家伙嘴巴不对劲。”

沙伯对着奥美人的大脑袋运气，光靠他一个人，很难把紧闭的牙关撬开。

“好的。”李源有点小兴奋，好像那不是奥美人的大嘴，而是一只宝箱。

“呵呵，加把力，小心不要碰到奥美人的身体，他们的皮肤有辐射，能够干扰扫描，常规扫描很容易错过好东西，因此还要靠老经验。”沙伯显然就是一个老行当，平常一定没有少拾荒。

爷俩费了老鼻子劲，才把奥美人大嘴撬开。

这时候就看出李源经验不足来了，老爷子微微错开身体，避开那股难闻气味，李源却被口臭扑了个正着，跑到旁边干呕去了。

“呃，熏死我了。老鬼，也不事先说一声。”李源差点没晕过去。

“嘿嘿，这是一个经验教训，记忆深刻。嗯，叫我瞧瞧，果然有宝贝。”沙伯用撬棍支撑好奥美人的大嘴，半个身子探了进去，捣鼓半天取出几块矿石，它们居然被奥美人藏在牙齿里。

“哇，不是吧？用来增强体魄的蓝田矿石。”李源真是被惊到了，虽然这些蓝田矿石只是最低级助益类矿物，但是第一次实战，就能得到如此丰厚的战利品，他已经心满意足。

“运气不错，这个奥美人一定在矿洞做过监工，否则不会有这些。”沙伯露出了笑容。

李源尚未从收获战利品的喜悦中恢复过来，就接到车队通知。有人以他在此战当中的非凡表现为由，向他下达了三银星等级任务，需要他在二十四个小时之内，赶往东北戈壁滩，加入天狼斥候小队，深入矿洞调查情况。

“三银星级？”李源呆在原地，这几乎是一级机甲兵所能接触到的最高等级任务，必须进入战力超强的团队，才有可能完成。

CHAPTER 04

李源的秘密

车队上路，烟尘滚滚。

沙伯和李源坐在行军车车顶，欣赏日落。

“小子，不知道你得罪了什么人，居然用三银星任务来难为你。”沙老伯拿出烟斗，边吧嗒嘴吞云吐雾，边说，“谢谢你送给我两块蓝田矿石，这对我那两个小孙子而言，是一场天大造化，也许他们能像你一样，通过测试，成为机甲兵。”

“啊，不用谢，能找到六块蓝田矿石，还得感谢沙伯您。”李源挠了挠头，觉得很不好意思。

老人摇了摇头，面色肃然：“孩子，离别之际，沙伯有一些忠告，你要听好，算是对你送给我两块蓝田矿石的回报。”

李源一愣，从来没有见过老人神情如此凝重过。

“你记好！在外打拼，不能放过任何一丁点对自己有利的东西。就好像蓝田石，既然对自己提升有用，为什么要送人？只因为你和我搭档几天，便如此大方？错了，你要记住，你送出的不是人情，也许是自己的命。

“还有，杀人要快，杀人要狠，无论你面对谁，只要形成敌对，就不能留下活口。好好想想你的母亲，她只剩下你一个孩子，如果你死了，对她会造成多大的打击？记住，对敌人仁慈就是对自己残酷，对你母亲残酷。”

老人句句发自肺腑，因为看到李源，他就想起自己三个儿子和两个女婿，一样的憨厚，一样的做事一根筋，他恨不得把李源的脑袋敲一敲，人到了战场上就要耍奸耍滑，才好存活下去。

“孩子，三银星任务不算什么，前提是你要做好准备。我这里有一条手链，你带上它去东北戈壁滩边缘处，找一家名叫幻天使的小酒馆。到了吧台，见到一个脸上有刀疤的老头，直接把手链递过去，只说当年恩情用一张戈壁滩矿区地图还就行。拿了地图赶紧走人，那家酒馆是家黑店，经常用人尸合成原料给往来旅客食用。”老人说得很认真，就像当年他的儿子上战场时，他嘱咐儿子一样。

落日余晖洒在车顶，一老一少显得很和谐。

李源十分感激老人，他能感受到老人的苦心与劝慰。这种指点尤其那条手链，已经完全超越两块蓝田矿石的价值，算是超值回报。

“多谢沙伯，小子菜鸟初飞，确实有很多东西不明白，我会快速适应外界环境的，不为别人也要为我母亲活下去。”李源深吸一口气，感到肩膀上压上一份重量，原来不知不觉，他就已经进入不能牺牲者的行列。

“去吧！到车队副队长那里，用奥美人身上的笨重杂物兑换一些给养，一切保命为先，我打声招呼，让你到车队秘密库房挑选些东西。”沙伯笑了笑，拍了拍少年人肩膀，简单作别。

“秘密库房？”李源很吃惊，心道，“这样一支破烂车队，难道还有不为外人所知的秘密？”

答案很快揭晓，还真有一座秘密库房。

副队长梗着脖子，好像是个人就欠他好多钱似的，大叫道：“老沙肯定疯了，居然把秘密库房告诉给外人。小子，算你运气，跟我来。”

库房不算大，却也不小，就隐藏在车队一辆最为坚固的大型堡垒运输车中。

看着琳琅满目的物品和装备，李源瞪圆双眼，虽然尽是些二手货，却绝对有用，对他前往矿区挑战三银星任务，简直就是一场及时雨。

“这个，副队长大叔，东西太多，有没有电子清单？方便我挑选。”李源挠了挠脑袋，他是件件都想要，件件都想带走。不过，很显然，那是不可能的。

“电子清单？你小子真挑剔。”副队长“啪”的一声，展开巴掌大的光屏，冷声道，“喏，自己挑吧！上面有对应点数，从奥美人尸体上扒下来的杂七杂八的东西，也就值十八个贡献点。”

李源看了看，只能苦笑，十八个贡献点，能够挑选的东西真不多。

“大叔，多给几个贡献点吧！您看我去执行三银星任务，总要糊弄一身好点的行头。”李源仗着自己年少，哀求起来，脸皮厚吃饱饭，脸皮薄吃不到，这他还是知道的。

“哼，老子可不吃你这一套，二十个贡献点，不能再多了。”副队长板起脸来，背起手一边向外走，一边说，“你挑吧，挑好了赶紧滚蛋。对了，既然执行任务，车队赞助一辆机车。”

听到赞助机车，李源欣喜若狂，大声吼道：“谢谢大叔。”

“臭小子，我不聋，那么大声干什么？赶快挑你的东西。”副队长转过头来，掏了掏耳朵。

李源盯住巴掌大的光屏，原本想要挑选一块悬浮滑板作为脚力，现在副队长大叔一句话，起码帮他省下五个贡献点，那么就可以多找些装备。

“嗯，壁虎鞋，这个不错，飞檐走壁，才两个贡献点，拿下。”

“这是什么？低级隐身衣？我的妈，十八个贡献点，不就是简单的光学原理吗？真敢开价。”

“等一等，这个不错，高营养行军饼干。虽然机甲合成罐也能合成食物，却味同嚼蜡，况且还额外消耗能量，两个贡献点足够我维持一个月，划算。”

“咦，竟然有机甲专用能量块？拿下，必须滴，十个贡献点也要拿。”

“去矿区应该找把好锄头，回力震波锄能折叠携带，正合适，奥美人都能夹带私货，我也能。”

“还有最后两个贡献点，选什么好呢？折叠空间水壶，还是远红外袖箭？算了，就选远红外袖箭吧！机甲合成罐已经装满了冰块，够用一段时间呢！”

李源拍了拍手，顺着光屏指引，换上一双壁虎鞋，把远红外袖箭贴身穿戴好，再拿上能量块和矿锄，最后背起装行军饼干的兜囊，雄赳赳，气昂昂，向行军车外走去。

“完事了？这就是给你的机车！祝你好运。”副队长那张死人脸勉强挤出一个笑容，比了比靠在旁边的机车，那已经不能用破烂来形容。

“啊？这就是你所说的赞助？”残酷现实打破了所有憧憬。

时间不早，李源风风火火上路了。

是的，除了风，就是火。

这辆所谓的机车，像风火轮胜过像机车，乃是一只最为简易的，倾斜式单轮独轨车。就是人坐在巨大金属圆环内，如钟摆不停摆动。

从来不承想过，自己还有做钟摆战斗机械人的潜质。

风声在耳边呼啸，车尾喷出烈焰，却觉得有几分惬意，受到风火煎熬，李源很快适应。

将独轨车变换到自动操作挡位后，李源的思维有些发散，他想到了母亲，想到了父亲，还有两个哥哥，进而又想到了几年的学院生涯。

原本，李源是不具备成为机甲兵的资格的，虽然反应能力没有问题，身体素质没有问题，但是契合度实在太低。虽说契合度可以慢慢提升，但是初始指数需要达到三个百分点，没有百分之三就没有必要进修，即便背景再强大，学院也不会录取。

契合度与精神能力有关，据说机甲进化越全面，对于精神力量依赖性越大，那已经不单纯是神经系统反射，而是升华到意念层面。一个意念就可以让机甲做出反应，一个意念就可以让机甲爆发出超越想象的威力。

至今李源对于高契合度状态不是十分了解，因为他所接触的都是最基本层面上的东西，萧萧去的高等学府，对高契合度状态才有的传授。

记得，当年入学测试时，出了些变故，现在慢慢回忆，有心酸，有痛楚，亦充满希望。

测试契合度，需要进入一座很黑很黑的小黑屋。这样做，不但可以测试契合度，还顺带测试学员对狭小空间的反应。因为有的人对狭窄空间天生畏惧，有的人进入狭窄空间则觉得异常心安。

狭小空间恐惧症和自闭症都不可取，需要相应心理治疗。

要知道机甲是战争利器，驾驶者心理素质必须过硬，哪怕有一丝一毫破绽，都容易造成失败。

轮到李源，他战战兢兢走入小黑屋。

本来测试数据只有百分之二，根本不达标，可是那时的他刚刚失去两个哥哥，母亲说只有成为机甲兵才能提高生还几率，而学费是两个哥哥的抚恤金，年幼的他第一次对死亡充满恐惧。

也许恐惧是一种力量，李源心中只有一个念头，他不想死，不想让母亲伤心，不想成为家族墓园中的一座小小墓碑，他要成为机甲兵活下去，活下去……

恐惧时刻，李源紧紧抓住父亲留给三个儿子的护身符。

这些护身符除了上面刻印着一些好看的花纹，实在没有什么特别之处，听父亲吹嘘说，是从某个强大科技帝国遗迹中挖出来的宝贝。

由于用力过猛，三块护身符破碎。

两个哥哥牺牲，他们的护身符自然由李源继承。却不承想，随着手掌传来的刺痛，契合度骤然提升到百分之五，他顺利过关，成为了一名预备役机甲兵。

“父亲留下的护身符让我过关，绝对是宝物，可是它破碎了，被我捏碎了。”李源很早就有这种认知，当知道机甲有一种叫作修复灵的微型机械人，他很高兴，他决定修复这三块护身符。

为此，李源付出了巨大代价。

每当他与机甲契合度提升到百分之六，就会受到一股力量吞噬，重新跌落到百分之五，来来回回已经发生了二十五次，整整二十五次！直到最近一次，才有所变化……

CHAPTER 05

黑店夜战

“嗖嗖，嗖嗖，嗖嗖……”

夜幕低垂，迎面而来的狂风越来越硬，越来越冷。

沙漠就这点不好，昼夜温差大，就算李源身体素质过硬，乘坐单轮独轨车也有些吃不消。

幸好，测绘仪呈现出来的地貌显示，前方就是戈壁滩，至于沙伯提到的幻天使小酒馆还需认真找一找。因为地下存在磁矿，该地段干扰性很强，无法进行精准定位，只有一个大致指向，也许这正是开黑店的天然掩护。

李源并不急，任务集结时间在二十四个小时之内，大不了不睡觉，肯定能找到。

“啊！这就是寂寞，学院手册上说得没错，想要成为合格的机甲兵，首先要耐得住一个人时的寂寞。身边没有伙伴，却要保持专注。”李源呼吸着戈壁滩的冰冷空气，让自己保持警惕性。

戈壁滩太静了，比机甲内还静。

至少机甲内有仪器，带有轻微响声，有灯光跳动，而茫茫戈壁滩，只有寂静和星光。

进入磁矿干扰区域前，李源看了看战术手表，他要校对星光。大自然是神秘的，有时装备和仪器并不可靠，会欺骗人的双眼，所以很多老战士更相信直觉。

到此刻为止，从学院学到的东西，都能用得上，而且非常有用，这让李源感到一阵心安。

“嗤嗤，嗤嗤，嗤嗤……”

独轨机车受到干扰，自动导航仪出现一些小偏差。可不要小看这么一点点偏差，也许会让你在高速行驶中，撞上迎面而来的巨石。

李源不会拿生命开玩笑，急忙转为手动驾驶。

机车再次稳定下来，向前方疾驰，为了寻找小酒馆，自然不会像赶路时那么快。

事实上，在如此寂静无声的戈壁滩上，声音成了最好的指引，远远监测到一段声波，李源驾车赶过去，看到漆黑地平线上出现一座发光建筑物。

很有趣，这座建筑物由报废战列舰打造而成，后半部分舰身已经破碎，前半部分则相对完好，有人在船头竖起一尊洁白天使雕像，它很高大，很宏伟，做展翅欲飞状。

“谁能想到天使身下隐藏着罪恶？要不是沙伯告诉我，在茫茫戈壁滩上，好不容易见到一家酒馆，我肯定忍不住大吃一顿。”李源在想。

机车靠了上去，停车场是由战列舰停机平台改造而成。

“呵呵，沙伯说是小酒馆，真不能用小字来形容，半个战列舰呢！瞧瞧这座平台，停着至少两支车队，说明最起码四百人在幻天使酒馆中享乐。”

李源拍了拍满身尘土，向酒馆走去，电子门刚刚打开，便听到嘈杂声音，还有席卷而来的热浪。

“嚯嚯嚯，再来一杯，这他妈的幻天使朱古力酒真够劲。啊哈哈哈，听说还能壮阳，等会儿我肯定要找个机械小妞，好好乐上一乐。”有秃顶壮汉举起酒杯，大声号叫。

“秃子，你在做事时，不嫌那些小妞硌得慌？哈哈哈，小心把你的蛋蛋硌碎。”几名同伴无良调侃着，酒气熏天。

李源撇了撇嘴，他牢记学院手册上说的，喝酒误事，一个合格的机甲兵最忌讳的事情便是酗酒。

“这位小哥好帅气，一个人吗？要不要来杯朱古力酒，要不要莎莎陪你？哎呀，怎么进来板着脸呀？人家可没有得罪哥哥。”刚刚走出去几步，就有一个模样甜美的少女迎了上来，看她脸上戴着半边黄金面具，四肢有些僵硬，也许是战争遗孤，依靠机械假肢才能自由行动。

“呃，你，你是什么人？”李源突然被这名少女揽住手臂，有些紧张。

“扑哧！”

少女嫣然笑道：“我？我还能是什么人？自然是幻天使的服务生！哦，小哥哥大概想问我是哪个帝国的人。放心啦！无论金鼎帝国，还是坎桑帝国，不都是以人类居多吗？反正莎莎是人类，如假包换，难道哥哥以为我是异族生命乔装打扮的人妖？哎呀，笑死个人，这戈壁滩荒凉得跟什么似的，哪有那么多稀奇古怪的东西？”

李源被少女揽住胳臂，只觉一股香水气味让他晕乎乎的，等反应过来，已经被少女带到酒馆角落，而少女正坐在他怀里。

“呵呵，小哥哥是沙家人吗？在幻天使酒馆，我们不分国籍，大家都是酒友。哼，莎莎很讨厌战争，总是打来打去，今天和异族打，明天和自己人打。莎莎，莎莎的家就毁在战火中。”

前一刻，少女还在笑。

下一刻，少女哽咽，低声哭泣，我见犹怜，把头深深埋入李源怀中。

李源他就是一个雏，哪里见过这种阵仗？急忙轻拍少女肩头，用心安慰道：“莎莎，你叫莎莎是吗？不要哭，一切都会好的，听说很多帝国就要组成联盟形式，战争即将离我们远去。”

“哥哥真会安慰人，给人美好憧憬呢！”莎莎探出头来，抹了抹眼泪，低声说，“可是，难道哥哥觉得组成联盟就会天下太平？我怎么觉得那是更大规模战争的开端？莎莎好怕，好怕。”

“更大规模战争？”李源没有想过这个问题，仍然安慰道，“不要怕，不是有很多民间组织正在积极努力吗？至少在金鼎帝国，会走向好的一面吧？”

李源安慰莎莎的同时，心中产生疑惑，少女对于时局，似乎比他看得更远。

“啊呀！好扫兴，不说战争了，让莎莎敬哥哥一杯酒。”少女端起酒杯，刚要给身下这个雏灌上几杯，不承想少年把她抱了起来，放在旁边的椅子上，很是认真地说：“对不起，还有正事要做，我能够理解，战争破坏了许多家庭，让许多女孩沉痛悲伤，但幻天使不是出路。”

少年向吧台走去，步子坚定。

莎莎不自觉地摸向那半边冰冷面庞，喃喃自语道：“很让人温暖呢！意志力很强，而且气息清新，说明是只小菜鸟。”

李源边走边看，觉得这家黑店不简单，很多女孩在陪酒。想到刚才的假肢少女，觉得颇为不值，身有残疾算什么？可以通过克隆器官残留细胞，让身体恢复如初。就算移植假肢，也要像正常人一样生活，关键是心不要沉沦。

来到吧台，李源直接把手链放在一名疤脸老人面前。

“年轻人，老沙还好吗？”疤脸老人目光犀利，从他的位置可以看到整个酒馆，李源的出现自然没能逃过他的双眼，包括莎莎的挑逗。

“还好，沙伯说当年恩情，用一张戈壁矿区地图相抵。”李源说道。

“呵呵，总算在有生之年，给了我偿还机会，原本以为他会把机会留给两个孙子，不承想他把机会给了你。”疤脸老人在吧台后面捣鼓起来，很快拿出一张全息地图，很多信息刻录在粗糙光纤纸上。

“谢谢。”拿了地图，李源转身就要走。

疤脸老人忽然叮嘱道：“孩子，老沙曾经救过我一条命，好好利用地图。”

沙哑话音瞬间湮灭在吵闹声中，不过李源却听得真真切切，这不禁让他有所悟，疤脸老人是位高手，说不定还是位机甲士。

就在李源要离开幻天使的时候，突然心头一颤。

“砰，砰，砰……”

不光心头在颤，地面也在颤，酒桌更在颤，甚至有不少酒杯掉落地面，酒液飞溅。

“嗷嗷，嗷嗷，人类，赎罪吧！竟敢用我儿的鲜血酿酒。”震颤越来越剧烈，那是重物在戈壁滩上奔跑的声音，接着便是碰撞。

“轰隆隆！”

幻天使小酒馆遭殃了，虽然及时弹射出防御屏障，但是来者气势汹汹，一击便突破防御。

李源反应够快，抡起一张酒桌，挡住四处飞射的金属碎块，向后方急退。

整个酒馆靠近大门部位，被巨力撞击出巨大豁口，有一道身影强行挤了进来，那是一尊异常高大的奥美战士，全身上下闪烁着一圈又一圈令人眼晕的光华，手中挥舞战锤，向地面捣去。

“轰隆隆！”

又是一声巨响，幻天使小酒馆所在战列舰残骸出现一道巨大裂缝，接着整个建筑轰然崩溃。

这时候，很考验人的反应速度，几个酒鬼被金属裂片穿透身体，还没有明白怎么回事，就栽倒在地，再也没能起来。

李源身形敏捷，启动壁虎鞋，挂到一面厚实舱壁上，等到小酒馆轰然倒塌，他一用力，舱壁向外倒去，险之又险避开被埋厄运。

高大奥美人还在肆虐，展开屠杀。

不过，人类的反击随后就到，酒馆中一定有机甲兵，李源至少感受到十道空间波动，那是紧急启动空间痕的感觉，大战爆发。

夜不胜寒，李源为酒馆中那名少女担忧。不过，他能做的事情实在有限，如果疤脸老人真的是高手，应该能够在危急关头发挥作用。

原来这家黑店不光黑人类，也黑奥美人，人家苦主打上门，也情有可原，只是伤及太多无辜。

李源找到机车时，嘴角直抽搐，破口大骂：“该死的奥美人，从哪里冲锋不好，偏偏从停车场冲锋，我的小车车呀！”

没有办法，虽然幸存机车不算少，可是没有主人授权，除非有特别配置的病毒指令卡，否则别想驱动它们。也只有单轮独轨车这种破烂货，是个人就能用，在这里却找不到第二辆。

漫漫长夜，李源踏上了旅程。

走了几公里后，听到一声震天动地的哀号，那是奥美人的声音，这大家伙多半被灭掉了。

不知道什么时候，戈壁滩上起风了，李源戒备地看向身后，只见黑店方向驶来一支车队，有一道还算熟悉的身影站在车上高喊：“小哥，是去找天狼小队吗？咯咯，缘分，我是天狼小队的莎莎。”

CHAPTER 06

天狼小队

“你们都是天狼小队成员？”李源坐上行军车，看向莎莎、秃头壮汉与一帮损友，还有几名神情冰冷的女孩，觉得很不可思议。

“喂，你那是什么眼神？”

左侧一名紫发女孩突然爆发，像一头母暴龙，歇斯底里大叫：“混蛋，那个老混蛋刀疤脸，居然要我们几个去做侍应生，还必须把客人哄开心，要不然我们何至于作践自己？”

“呵呵，小哥，我们似乎目的相同耶！都是想搞到一幅完整的矿区地图。谁能想到，我们没有做到的事情，被你轻松做到，害得人家一直委屈自己。”莎莎又开始装可怜，扮委屈。

“原来你们已经来了一段时间，正在执行任务。”李源醒悟过来，敢情不知不觉他与天狼小队就有了交集。

“哈哈哈，老东西，他总算付出一点代价，那个奥美人的儿子是老娘费尽心机砍死的，然后酿成了朱古力酒，再把他引到幻天使撒野。”紫发母暴龙狂笑中，与最初的冰美人判若两人。

“呕！”

“呕！”

秃头大汉与一帮损友呕吐，苦着脸哀叫：“大姐头，你说什么？那酒是奥美人血酿成的？他妈的，怎么不早告诉弟兄们？”

“哼，少见多怪，如果不给你们喝，刀疤脸肯定会怀疑来源。放心，用我的机甲合成罐酿出的朱古力酒绝对没问题，你们喝得不是很开心吗？”紫发母暴龙心情好了些，开始向淑女转化。

“嘻嘻，大姐头真调皮。”莎莎揽住李源胳臂，介绍道，“大姐头呢，她叫沙星野，我呢叫沙莎莎，秃头大叔叫沙破狼，很有趣的名字，大家都叫他破狼大叔。还有几个小姐妹，刚刚执行任务没有多久，有些还是你的学姐，对不对？”

“臭丫头，我叫沙破浪，不要再叫错，是破浪大叔。”秃头挠了挠脑袋，用力更正。

气氛很融洽，不料有名少女忽然冷冰冰地说：“我知道他，李源，破了沙旋风精微操控纪录的下届学院生。哼，可惜啊！传闻不是太好，机甲契合度只有可笑的百分之五，从来都不曾提高过哪怕一个百分点。要知道我们这次执行的任务可是三银星级，上面为什么把这种吊车尾派来？简直胡来，他去能有什么用？”

“沙枫桦，你知道我的脾气，道歉。”沙星野尽显母暴龙气焰，目光冷峻。

“本来就是嘛！就算精微操控再厉害，在地下那种昏暗环境和狭窄空间，他能确保每次操控都正确？关键时刻还要靠契合度协调。百分之五？哼哼，可笑至极。”这位少女很不给面子。

“我再重复一遍，道歉！”母暴龙陷入暴走边缘。

少女沙枫桦闭上嘴巴，撇过头去，看也不看李源一眼，而莎莎急忙出来打圆场：“哎呀！被分到一支小队，那就是缘分。我们必须团结，才能取得好成绩。枫桦，赶快向李源道个歉。”

沙枫桦看向母暴龙，终究因为心中忌惮，很不甘心地说：“对不起，欢迎你，李源，愿你别拖我们的后腿。”

沙星野责怪地瞪了沙枫桦一眼，刚要说什么，就听李源笑道：“这位学姐，你大概不知道精微操控破纪录意味着什么。我能从学院毕业，并且成为一名一级机甲兵，就说明以我的操控技术，完全有能力弥补现阶段不便。真若遇到敌人，我们不妨用机甲比一比，看看谁杀的敌人多，看看谁会被昏暗和狭小空间限制住。”

出人预料，李源表现出强大自信。

“呵，自我感觉良好的家伙，比就比，如果我输了，向你郑重道歉，并任你差遣。”沙枫桦露出自以为得计的微笑，“如果你输了，就要申请退队，哪怕使用家族任务积分，也必须退。”

李源心道：好家伙，这女人心真狠！不到万不得已，没有人会动用家族任务积分退出队伍的。既然被安排进天狼小队，意味着未来三到五年都不会变更。不过，我会怕一个女人？

打定主意，不等别人劝阻，李源正色道：“好，一言为定，到时候任我差遣，端茶倒水自然少不了，听说那些嫡系宗亲都有侍女，没想到有人毛遂自荐，要服侍我。”

“你……”沙枫桦怒道，“希望你的能力有你的嘴巴一半凌厉，咱们战场上论高下。”

“真是的，比来比去的，你们就不能给我消停些？”从机舱走出一道身影，高大威猛，肤色古铜，打着哈欠说，“喂，星野，我睡了一觉，又有新成员加入吗？矿区地图搞到手了吗？”

“啊，队长，把您吵醒了呀！地图在这小子身上。”秃头指向李源。

“新来的小鬼？”天狼队长扫了一眼，点了点头道，“不错，能想到寻找地图，并且和小队走到一起，说明有些能力。赶快拓印地图，争取人手一份，听说最近矿区不安静，好像有人发现了了不起的东西，奥美人高端战士也在云集。记住，我们的任务是调查，不是过去拼命。”

几句话过后，队长回转机舱，不多一会儿，传来轻微呼噜声。

莎莎摆着小手，驱赶酒气说：“大姐头是副队长，刚才这位满身酒气的大叔呢，才是我们的队长，名叫沙擎宇，是不是很威武霸气的名字？不过，这家伙嗜酒如命，才不管什么原料合成出来的酒呢！还特别能睡。就是因为有这种队长，大姐头才练出一副高超酿酒技术。”

“莎莎，拓印地图，每拓印一份，给李源一个战术积分。”沙星野细心解释，

“积齐十个战术积分，就可以额外兑换一个任务积分。刚开始执行任务，基本上攒不下什么积分，因为要用积分向家族兑换装备和给养。”

李源认真听着，这位大姐头显然是一名合格队长。

沙星野重点提醒：“所以，在低级机甲兵阶段，最好不要想着脱离家族，去外面闯荡这种不靠谱的事情。你要想尽一切办法提升实力，在没有达到机甲士之前，要为家族卖命，三心二意只会令你死得很快。”

“是的，我明白。”李源点了点头。

他真的明白，并且深以为憾，两个哥哥就是心太野，老想着去外面的精彩世界看一看，结果在战场上分心，浪费了大量积分。如果不是父亲说了那么多故事，两个哥哥安下心来，扎扎实实在沙家战场上打拼，或许他们还活着。

沙星野与李源对视片刻，确定新队员没有敷衍她，这才满意地拍了拍少年肩头，叮嘱多努力。

车队继续行进，离开磁矿干扰区后，已经转为自动驾驶，目标地定为戈壁滩东北角一座矿洞。

小队每个人都有一辆行军车，李源被临时安排到秃头壮汉的车上休息。

就这位老兄的车最宽敞，睡两名壮汉都绰绰有余，更不要说李源的小身板。不过，莎莎暗中提醒，最好找东西把耳朵堵起来，秃头大叔的呼噜声盖世无敌，横扫小队，若是跟秃头大叔的行军车并排行进，连自诩睡神的队长都不能安心入睡。

“呵呵，小子，你和莎莎看起来很般配，年轻就是好，朝气蓬勃，花前月下，想当年你破浪叔叔我，那也是风华正茂，头发浓密，人见人爱，花见花开……”

秃头不仅呼噜声盖世无敌，睡觉前还很多话，把李源说得直犯困，然后一声惊天地泣鬼神的呼噜声，把你吵醒，他却睡得比谁都踏实。

李源透过车窗，看向茫茫戈壁，除了空旷和星光，就没有一丁点值得称道的地方。

静下心来，很适合想事情。李源揉了揉眉心，空间痕内矗立着一尊机甲，散发静谧光泽。千里之行始于足下，虽然他只是一个小小的机甲兵，却对未来充满憧憬，他想成为一名机甲士。

“士”的阶层不同于兵。

“唉！那是一道巨大分水岭呀！不再受到欺压，不再沦为底层，享受较高待遇，至少能让母亲过得舒坦一些吧？”李源如是想。

机甲兵的上面是机甲士，而机甲士的上面则是机甲师，大多数人能成为机甲师，就已经非常荣耀，沉浸在光环中。更上面的机甲王是王牌，在整个帝国的数量都不算多。

机甲兵、机甲士、机甲师、机甲王，构成机甲世界，至于顶级的机甲天王，民间只当作传说。

人类阔步走向宇宙，机甲科技兴盛发达，除了必要的空间技术，机甲内部有五大系统，想要提升成为机甲士，契合度是一方面，五大系统也不能落后。

每尊机甲体内配备能量池、动力炉、修复灵、合成罐、调制巢。它们就像人的五脏六腑，担负着不同职能，属于机甲硬件部分，而驾驶者属于软件。

机甲很适合作战和开发新天地，使人类世界滚雪球般壮大。而反过来，几千年几万年的对外开拓，使得机甲文明超速发展，形成良性循环，使宇宙四方慑服。

李源苦笑，他还没有学会走，就想着跑了，似乎有些好高骛远，一级机甲兵距离机甲士的境界有多远？很多像他这样的草根，也许需要用一辈子去丈量……

CHAPTER 07

进入矿区

迷迷糊糊醒来，李源闻到一股军用饼干的味道。

“咔吧，咔吧，咔吧，咔吧……”

几道美好身影坐在床边，有说有笑，“咔吧、咔吧”吃着什么，她们旁边的袋子有些眼熟。

“啊！你们什么时候进来的？这里不是男生宿舍吗？”李源一下子蜷起身体，脸色通红。

“哈哈哈哈，好有意思的小弟弟，居然还没有从学院生涯转换过来。”妩媚女人在笑，紫头发母暴龙跟着笑，莎莎也在笑，上气不接下气。

“好了，不要难为情，不就是晨勃吗？沙家的女人向来以彪悍著称，我本人呢，更喜欢找个成熟点的，你还太嫩，不用担心姐姐把你吃掉。”女人穿着开襟睡衣，特意摆出一个比较有诱惑力的姿势，酥胸若隐若现，让纯情小男生面色更红。

“这位是我们大姐头的姐姐沙星兰，专程为我们天狼小队送来一批物资。”莎莎做了简单介绍后，神情稍显凝重地说，“另外，告诉你一个很坏很坏的消息，任务等级已经从三银星提升到四银星，在我们前面进入矿区做调查的队伍，全军覆没。是的，你没有听错，全军覆没。”

“四银星等级？”李源的面色由通红转为铁青，这不是他所能承受的危险等级，可是他已经加入天狼小队，根据沙家战时条例，在执行任务期间，遇到类似情况，必须服从小队安排。

“呵呵，别担心，擎宇那个酒鬼还是很有责任心的，不会随随便便把你送到危险地界，你和莎莎尽量走在一起，她好歹是四级机甲兵，相信危急关头能帮到你。”沙星兰说着，笑眯眯地把手中最后一块饼干干掉，然后很不淑女地打了个嗝。

“莎莎是四级机甲兵？”李源很是吃惊，他没有想到这个看似柔弱，总是戴着半边黄金面具的小女生，居然是一名四级机甲兵，距离机甲士的境界也只差一个等级，底蕴实在不凡。

“呃，好饱，真是不错的行军饼干，五天都不用吃饭了，回程的时候可以睡个好觉。”沙星兰在少年目光注视下，毫不避讳，大秀婀娜身段，美美地伸了个懒腰，然后向外面走去。

“姐姐，你怎么把饼干全都吃掉了？也不给我留些。”沙星野在身后张牙舞爪叫着。

“吃饱了好有力气睡觉，四银星等级不一般，不要大意，姐姐可不想给你收尸。嗯，我改天再来看小弟弟，他睡觉时像个吃奶的孩子，呵呵。”女人走了，穿着一身睡衣钻入运输战舰。

“饼，我的饼干。”李源终于反应过来，原来这些无良女生吃的零食，是他好不容易背来的高营养行军饼干。

母暴龙把面容一板，掐腰训斥起来：“饼，饼，什么饼干？臭小子，没有一点警惕性，真把这里当成学院宿舍啦？被人欺身到近前，甚至拿走你的东西，还睡得这样熟，如果敌人摸到我们队伍中，只需半秒钟，你就是一具死尸。好好给我做检讨，今天白天你的运动加量。”

沙星野趾高气扬走了，留下一个傻眼小男生。

莎莎摊了摊手，点头道：“大姐头说得很有道理，你睡得太死了，太沉了，队长曾经说睡觉是门大学问，什么时候你能睡过队长，什么时候你就能出人头地。啊，你可能要说，昨天与破浪大叔住一起，他的呼噜很有杀伤力。啧啧，姐姐告诉你，战场没有侥幸，睡觉也是一种修炼。”

几个无良女生喜形于色，叽叽喳喳议论着，离开行军车，远远还听到有人说：“啊，那小子很有货啊！莎莎你是不是看上他了？”

李源仰面而倒，哼哼两声，不愿动弹，心里却在大叫：“天啊！都是什么人？两块高能饼干就顶一天饭量，居然当零食来吃，这些女生都是大胃王吗？那是老子一个月口粮，没人性。”

但是，就算再不愿意，也必须承认母暴龙副队长训斥得对，无论在何种环境下，都要保持警惕性。因此，被一群母暴龙把粮食啃光，无话可说！

新的一天开始了，天狼小队加快行军速度，向矿区入口移动。

很快，李源便得到了补偿。由于任务难度提升，总部授权沙星兰带来一批物资，看样子要到地下坚守一段时间，战队目前口粮充足，装备齐全。

战队每个人都得到一份矿区地图，莎莎带领大家作战术分析，让李源感到在小队与在学院确实有很大不同。这里的人更加务实，无论行动还是做准备，没有任何花哨，力求简单快捷。

随着距离矿区入口越来越近，气氛在不知不觉中，被母暴龙副队长调动起来。

“你，快点把气垫船绑好，地下环境非常复杂，我们要走地下河。”沙星野发号施令，李源急忙去捆绑便携式气垫船。

“啊！太慢了，速度，速度就是生命。”母暴龙又在叫，“记住，你的速度快慢，直接影响我们每个人，身为小队一分子，你要严格要求自己。你的维修技术不错，去检查一下气泵弹床。”

好家伙！还没有扎营，李源便忙得脚打后脑勺，天晓得母暴龙怎么会有那么多工作要他来做。

不等夜幕降临，天狼小队便借助扬沙机伪造沙丘，将行军车掩埋起来。矿洞崎岖不平，很难运送大型机械进去，真若到了矿区深处宽阔地带，自然能召唤机甲作战，而往来行军，还是摆脱这些笨重行军车更方便些。

神龙见首不见尾的睡神队长沙擎宇，走到大家面前，笑道：“嘿嘿，诸位很有精神嘛！希望你们能一直保持旺盛精力。记住，我们这次执行四银星任务，千万不要逞强，遇到厉害敌人能退赶紧退下来，让队里的高手迎战。当然，高手除了星野，就只有我，也许会跟你们一起跑路也说不定。所以，你们还是少惹麻烦为妙。”

有几名队员哄笑起来，紧张气氛略微放松。

四银星任务真的很有压力，就算天狼小队曾经完成过两次相同等级任务，却大幅度减员，伤筋动骨，因此那些老队员没有一个乐观的，只是不想给后加入的队员造成心理压力，所以才面无表情，以此来遮掩心中的担忧与恐惧。

“报告队长，天狼小队共二十三人，实到二十三人，请指示。”沙星野戎装待发。

“记得二十二个人呀！哦，想起来了，新来了一个小鬼。我没有什么要求，大家都听副队长的话，她让你们做什么，你们就做什么。不扎营睡觉了，立刻出发。”队长一声令下，小队行动起来。

还没等李源明白过来，身边的人走个精光。

“喂，不是一起行动吗？怎么，怎么全都散开了？”李源直发愣。

“呆子快跑，这么难的任务，自然要打散行动，防止一死一大片。”莎莎的声音从耳机传来。

李源背起面前沉重的包袱，向指定方向奔跑。这与他想象的情况截然不同，边跑边问：“四银星任务都是这样做吗？对了，你一会儿叫我哥哥，一会儿自称姐姐，现在又叫我呆子，都快把我搞得精神错乱了。”

“笨蛋哥哥，我就是我，还不允许人家有一些小伪装？这是对自己的保护，明白吗？我们女孩子的专利。”莎莎没好气地回道。

“好，好，好，知道了，你在使用女生专利。”李源急忙点头，他发现一个道理，千万不要和女生胡搅蛮缠，或者她们胡搅蛮缠时，一定要顺着。反正也拿她们没辙，所以不能太较真。

“嗯，保持联络，注意距离，我们离得并不远。”莎莎关闭通信，长途奔跑之时，需要节省体力尽量少说话。

跑吧！李源又想到了学院手册。

“机甲兵都是寂寞的，悄无声息地来，神出鬼没地走，任务做彻底，敌人杀干净，我们就是星际机甲兵。”

“寂寞呀！哥做的不是任务，而是寂寞！”李源叨咕一句，借助越来越浓重的夜色隐藏自己的身形，从他的角度竟然看不到一个人影，也不知道这帮子天狼小队队员是怎么做到的。

两个小时后，李源上气不接下气，终于进入矿洞，看到莎莎正在前面向他招手。

“啊？我还以为我跑得很快，怎么你们领先我那么多？”李源看向地面的气泵弹床，启动次数超过二十次，也就是说他真成了吊车尾，跑在最后。

“还说呢！一个大男人跑得磨磨蹭蹭，体能之差冠绝小队。知道吗？你要想战胜枫桦，可要抓紧时间了，她的体能与大姐头不相上下。而且先进矿区，通常遇到的敌人好对付，当引起敌人注意，局面会变得非常麻烦，所以你恐怕占不到什么便宜。”莎莎非常认真地提醒李源。

“原来这个女人不简单，枫桦，沙枫桦，名字有些印象，难道是上届那位体能冠军？”李源恍然，不由得倒吸一口冷气，他似乎与一位了不起的学姐打了赌。

“站上去，快点。”莎莎将李源推上气泵弹床。

“不对，这是要做什么？怎么在这儿使用气泵弹床？”李源一愣。

“哎呀！问那么多做什么，待会儿你就知道了。”莎莎用力踏在拉杆上，瞬间飞起身形扑入李源怀中，两道身影在强大气压作用下，飞速升到空中，撞向矿洞顶端。

CHAPTER 08

地下历险

风声很急，李源吐出一口浊气。

“莎莎，你想在我身上挂多久？”李源看了看下方，他们二人被射入一处洞窟，距离洞窟地面仅有半米高，真难为他抓住钟乳石吊了两分钟，还有一大负重挂在胸前。

“呵呵，你心理素质不过硬，星野叫我多调教你。”莎莎轻飘飘落地，她的行囊很少，多半已经送入机甲。

李源落到地面，看了看莎莎轻装上阵，再看看自己臃肿得像头狗熊，心里嘀咕道：“难道大家都如此？难怪会跑到我前面去。可是，放入机甲，先不说浪费能量，取用也不方便呀！”

“呆子，你带这么多东西，刚才弹射差点没能进入这座洞窟。”莎莎吐了吐丁香小舌，后怕地拍拍胸口，指向前方，“你看，队长很厉害吧？临时扫描到一条潜入捷径，别看我们弹射到这么高的地方，却能利用高低落差，造成一个冲势，由岩石夹缝进入地下河，再顺流而下。”

“高低落差？地下河？顺流而下？”李源第一次做任务，虽然觉得临时更改路线不太符合学院手册上的规矩，但是谁叫他是菜鸟呢？发言权无限接近于零。

“走啦！别站在风口，容易感冒。”莎莎拽着李源，在自己肩膀上安装一架微型集束探照灯，迈入黑暗，真的很黑，钟乳嶙峋。

洞窟直通岩石裂缝，也不知道经过多少年地质变迁，几乎拓宽成为斜向下的甬道，流水将地面打磨得极为平滑，犹如一道滑梯。

“快点，气垫船，就在这儿，我们一路滑下去，可以少走不少冤枉路。”莎莎指向前方，跨越石台，斜坡突然变陡，已经有不少滑行痕迹，看来大家都是从这里下去的，确实是条捷径。

李源赶紧操作起来，把气垫船包裹打开，开始制造惰性气体冲压。见操作得差不多了，便抬头问：“莎莎，你的行头为什么这么少？难道队里允许把东西放入机甲？这好像很不方便呀？”

“说你笨，你就是笨。每个人情况不一样，像你这么臃肿，很不利于行动。所以,能够放起来的东西尽量放起来。队里很多人随身带着叠加空间战术腰带，能放一部分装备。而你莎莎姐我呢,决定跟你一同行动,像气垫船这种笨家伙，自然可以半路扔掉喽。”莎莎露出笑容。

“说来说去，我还是苦力。”李源直咧嘴，对莎莎的理论表示“理解”，苦的就是他一个人。

二人上了气垫船，缓缓滑行到石台，轰然向下坠落，产生一股强大冲力。

没有办法，斜坡太陡，只能抓住气垫船扶手，尽全力稳住重心，通过这种方式使船稳定下来。

滑行速度越来越快，李源可不知道高低落差到底有多高，只听风声在耳边呼啸，而前方这条通道好像没有尽头。

也不知道过去多久，“嗖”的一声，气垫船如离弦之箭飞了出去。

“我勒个去呀！我们怎么在空中？不是说应该进入地下河吗？”李源彻底抓瞎了，他很想按向眉心召唤机甲，可是庞大下坠力量不给他机会。

气垫船在空中滑行一段距离，勾画出一条完美抛物线，之后快速向下坠落。

呼啸声考验李源的心理承受能力，这可不是在游乐园玩激流勇进，而是生死时速，弄得不好就会船毁人亡，四银星任务刚开始便如此凶险，那么接下来呢?

就在这时，李源感觉一双温暖手臂，从背后抱住了他，还有那胸前的温暖。

“扑通……”

气垫船扎进水里，李源只觉得身体跟着气垫船向下沉，强大阻击力让他痛苦万分，手蹬脚刨往上浮去，差点就要溺亡。

好不容易固定好气垫船，赶忙去捞装备和食物，还好防水措施做得不错，损失微乎其微。

“没事吧？”百忙之中，李源回身问道，可以说非常仁厚，结果一看之下，差点把鼻子气歪。

莎莎好整以暇坐在气垫船上，李源的皮肤在水面上拍得红里带紫，人家从背后抱住他，是用他承受入水瞬间的冲力，又成了垫背的。

“呵呵，女孩子要注意保养皮肤，有你万事足。”莎莎一句话，让李源在水中呛了不止一口水。

“得，不跟你计较。”李源撑起身体，从水中翻入气垫船，好笑地说，“谁说咱们沙家女孩都彪悍，能当男人用？要我说，沙家有些女孩，那是属狐狸的，狡猾大大滴，能把人折腾死。”

“切，这才哪到哪？小弟弟，姐姐的手段多着呢！”莎莎突然老气横秋，不怀好意地看了看少年下身，随即咯咯咯笑了起来。

想到早上的窘态，李源面孔顿时变成猪肝色。他到现在都搞不清，几头母暴龙欣赏一柱擎天究竟有多少心得，又看了多久，只能在心中哀号：“大意了，以后睡觉都要睁半只眼睛。”

李源和莎莎乘坐气垫船顺流而下，还好他们都不是魁梧类型，要是秃头大叔那种体型，只能把自己和物资塞进去，肯定容不下第二人。

“小心，有些不对。”莎莎忽然伏低身形，关掉集束探照灯。

“怎么了？哪里不对？”李源也把身体伏低，观察湍急水面与地下河两岸。

莎莎抱住了李源，小声说：“知道吗？你身上有一股阳光的味道，很暖人。还有认真时有种独特气势！就像，就像我父亲一样，那是霸气吗？”

“小妞，你又在打什么鬼主意？还阳光，还气势，我怎么从来没有感受到？”李源这时候也觉察到不对劲，非是莎莎不对劲，而是地下河的流向突然发生转变，并且隐隐听到轰鸣声。

“臭小子，抱紧我，你没有感受到不同，那是因为你大脑迟钝。”刚才还小鸟依人，一下子就有向母暴龙转化的趋势，让李源有些不适应，觉得是不是沙星野附体了，真他娘的怪异呀！

就在这时，水流轰然向前，如万马奔腾，如瀑布横空。小小的气垫船完全没有自由，被洪流裹挟，向未知终点疯狂飙去。

速度太快了，就像洪荒猛兽正在狂吸地下水。难道刚才的轰鸣炸毁了河道？让地下河错位？

李源想要尝试联系小队其他人，可是水流一下子把气垫船淹没进去，他和莎莎泡在越来越湍急的河水中，根本没有办法动作。

混乱，声音混乱，思维混乱。

莎莎就那样抱着李源，好像一只布娃娃，柔软，蓬松，感受不到重量。

也不知道过去多久，气垫船先冲出河道。或者，那已经不能称之为河道，只是洪水冲出来的缺口，到处都是泥浆，还有一些地下菌类植物。

“呼，呼，呼。”

李源勉强喘了几口气，就觉得地下空气污浊得能把他毒死，急忙向腰间摸去，取出一只精巧的液氧瓶，挂到嘴边。

“呼哧，呼哧，呼哧……”

肺部总算好过一些，等把一口气喘匀称，他急忙在泥水中爬行，去看莎莎。

“怎么回事？头上有血，难道是冲下来的时候撞到岩石了？”李源抱起女孩，举起集束探照灯反复察看，越看脸色越难看。

行动中常有意外发生，这李源早就知道，可是还没有正式执行任务就搞得如此狼狈，这得多倒霉？概率之低，整个沙家恐怕都少有。

不管那么多了，李源赶紧进行抢救，人工呼吸肯定少不了。只是他们已经成为泥人，嘴对嘴也品不出个滋味来，反而会弄满嘴泥。

“呸，呸，呸，这么多泥啊！倒霉催的呀！小队究竟发生了什么？怎么一下来就跟点了炮仗似的？会不会有人员伤亡？”李源一边吸氧，一边想着事情，他抱起莎莎向气垫船那里爬去。

到处都是淤泥，还好不算深，淹没到腰间，站稳没问题。

气垫船上绑着装备，重量可不轻，所以未能漂远。借着灯光扫视一周，发现这里是一处很宽阔的地下洞窟，似乎从来没有人来过，四周闭塞，黑咕隆咚。

经过一番努力，总算把莎莎弄上气垫船，拿出紧急医疗箱，小心翼翼操作起来。

医疗箱不错，播洒出紫蒙蒙灯光，用紫外线快速除菌，清新空气也喷涌而出。李源将莎莎的衣物全部剪开，这样做便于检查还有没有其他伤处。

看着少女身上几道纵横交错的旧伤疤，还有机械假肢，李源禁不住皱起眉头，他简直不敢去想女孩曾经经历过怎样的苦痛，伤疤显然掺有特殊毒素，无法完全复原，估计每时每刻都要承受痛苦，要不然以沙家的医疗条件，不至于此。

“唉，看情形应该是落到过敌人手中，被严刑拷打，能活下来真是奇迹。”李源伸手抚摸伤疤，深吸一口气，强迫自己冷静下来，开始做全面检查。

莎莎是一位四级机甲兵，理论上来说，身体素质强悍，因为要适应机甲快速移动时造成的强横冲力与各种负荷，每次机甲提升都要进入调制巢调制。所以，即便撞到岩石，也不会昏迷。

李源判断，问题出在莎莎身上的旧伤上，这些旧伤持续不断削减体质，而头部撞上岩石成为压垮她的最后一根稻草。

“我真是苦命的娃，四块蓝田石一块也留不下，只有此物能帮莎莎暂缓伤势。”李源急忙转过身去，从包裹中取出蓝田矿石，岂料突然听到“嗖”的一声，有东西对他展开袭击。

CHAPTER 09

天降财富

“呜嗷！”

尖锐叫声差点刺破耳膜，让李源一阵心惊，等到反应过来，才发现手中少了两块蓝田矿石。

“什么鬼东西？”随着怒吼，李源抄起探照灯，向一道黑影照去。

很可惜，黑影移动速度太快，探照光束只是一晃，并没有看清究竟是什么，只听到一阵难听的咀嚼声，令人心烦意乱。

“呜嗷！”

又是一声尖锐呼啸，纵然有所准备，李源还是觉得脑袋一震，陷入瞬间晕眩。

让李源狂怒交加的事情发生了，这鬼东西居然又抢走一块蓝田矿石，手臂上出现五六道恐怖爪痕，血水顺着胳膊不断流淌。

“不管你是什么鬼东西，都给我死吧！”李源抬起手来，细碎红光向外延伸，轻松锁定幽暗身影，迸发出一簇火苗。

远红外袖箭发威，尽管这东西只能用一次，可是确实很管用，它未必有多么强悍的威力，却胜在精巧，胜在触发简单，乃近距离阴人必备装备。

“噗，噗，噗……”

黑影不断后退，看样子是被击中了，未等再发出那种尖锐刺耳的叫声，便瘫软在地，不再动弹。

“哼，敢抢老子的东西，知不知道，这是用来救命的。”李源翻身下船，气势汹汹向黑影栽倒的地方爬去，等到了近前，顿时怔住。

“什么鬼玩意？机械兽？类机械兽？”李源好像发现新大陆，抓起这只古怪的，有成人大腿粗细的机械兽，用力地晃动几下，发现这东西原本就有伤，脑袋被什么东西啃掉一大块，这才被远红外袖箭击倒。

带着疑问，李源拖着机械兽往回爬。

到处都是淤泥，行动十分不便。手中这只机械兽非常讲究，设计肯定考虑了恶劣环境，行动能力并未受到泥浆影响，所以它抢夺矿石时，才快得惊人。

“真沉呀！是机械兽就好办，不信刚才这么一会儿，能把我的矿石全部处理掉。”李源用力将机械兽弄上气垫船，他也跟着翻身上船，把手中仅剩的蓝田矿石捂在莎莎伤口上。

要是普通人，无法直接使用蓝田矿石，因为矿石中含有一些杂乱辐射，会让体细胞出现坏死甚至大规模病变。不过，给四级机甲兵使用，完全没有问题。

机甲兵之所以担负作战和对外开发等重要职能，就是因为身体素质远超常人。可以说每次使机甲进化，机甲主人的身体素质也会得到一次质的飞跃，如果二者无法匹配，便不会提升。

四级机甲兵，满打满算已经在调制巢接受过十二次调制，不要说区区杂乱辐射，就算极为凶险的死光，也能抵抗一二。

正是这种体质，更能说明莎莎的伤口上附着毒性不简单。而李源所能做的，仅仅是为莎莎减轻少许痛苦，至于能否行得通，只能尽人事而听天命。

“嗤嗤！”

随着异响，矿石上冒出一缕淡淡蓝烟，莎莎的伤口很显然是一种辐射病变之毒，二者相互作用引发激化反应。

“好，有用，绝对有用，只是量太少，太少啊！”李源有些抓狂，拿出工具箱，从里面翻找激光刀。下面要解剖机械兽，对于拆卸机械他还是很在行的。

这时，周遭空气又变得浑浊起来，李源用脚踹了踹医疗箱，顿时感觉好受了那么一丁点。

“怎么回事？这是哪国的机械兽？没有标识，没有钢锉，也没有熟悉的线路板。”李源仔细检查过后，禁不住瞪大双眼。

要知道，大多数机械兽都有国家质量认定，即便是一些私货，也有个钢锉什么的，可是今天遇到的这只穿山甲，好像幽灵一般，什么都没有，干干净净，甚至连工作原理都有些搞不清。

“不管了，这么一只破烂玩意，总不至于在体内安放炸弹阴人吧？如果还能用，倒是可以用机甲修复灵修复，要知道机械兽向来是有钱人的玩意，卖掉也很值。”李源一边嘀咕，一边拿起激光刀，按照机件纹理解剖。这个过程需要精力高度集中，因为谁也不知道有没有危险。

时间不大，只听“叮”的一声脆响，穿山甲的肚皮向外敞开。

李源张大嘴巴，机械兽身体太过坚硬，激光刀根本不管用，他只是使用激光刀在甲壳裂缝间游走，碰碰运气，结果一大堆泛着各色微光的细碎矿石倾泻而出，差点把他的一条腿埋进去。

“我去，我知道了，这只穿山甲是专门用来开采矿石用的，所以我拿出蓝田矿石，才会把它吸引过来。”

李源哈哈大笑，畅快高歌：“啦啦啦！运气好。吼吼吼！好到爆。感谢天，感谢地，天赐神运护我身……小莎莎你有救了。”

快速从细碎矿石堆里翻找起来，不要别的，只要蓝田石。

还真别说，附近肯定有蓝田石矿脉，这小东西肚子里大半存货都是此石。

没说的，莎莎很照顾他，也许是在幻天使酒馆相遇留下了好印象。投桃报李，李源觉得应该回报对方。要是按照沙伯所说，为了自己利益必须狠心，可是难道见死不救？那样做太自私。

另外，李源发现大方一些没坏处，第一次送出两块蓝田矿石，沙伯给了他很大帮助。而今天连老天都帮他，送来这样一只机械兽。与其说蓝田石是提升宝石，倒不如说是他的幸运石。

大块的蓝田石已经被机械兽嘴巴捣碎，能量很容易泄漏而出。

李源将矿石覆盖住莎莎的伤口，伤口周围现出一片好看的蓝色光晕，起初呈扩散状，很快便环住娇躯，进行较深入渗透，那娇柔身躯轻颤，脸色恢复了一丝红晕。

“好，太好了，总算渡过一场难关。”李源抹掉汗水，他发现尽管莎莎呼吸变得平稳，脉搏也变得强劲有力，却没能醒转过来。

不过，少女嘴角噙着一丝笑容，好像跟着松了一口气，应该是被伤势折磨得太久，如此多蓝田石下去，完全止住了毒性，已经进入深层次自我调理状态。

“哈，这些宝贝矿石还是赶紧用掉吧！要不然天晓得四银星级任务会经历哪些灾劫，再说也要看看护符修复得怎么样了，吞了我那么多契合度，不给老子一个交代，别想了结。”李源把剩下的能量矿石用衣服裹住，然后拖着气垫船，向干爽地方行去。

他要开启空间痕放出机甲，需要一个场地。自然也可以在泥浆中展开，可是使用过后，要花时间保养。所以，想要省些工夫，还是去开阔之地比较好。

行行复行行，没想到泥浆范围那么大，而且越到边缘处，越泥泞，有些地方形成水洼，看似很浅的样子，实则深不可测。

总算度过刚刚形成的小溪，借着还算清澈的流水，得以洗去一身泥浆。

李源帮莎莎洗去泥浆，在她的行囊中，找出一身干净衣衫，胡乱为她换上。

过不多久，“轰”的一声闷响，地面开始下陷。

终于穿上了机甲，之所以要用“穿”字，是因为这样作战方便，每次召唤机甲都会直接进入核心舱。李源赶紧检查地面情况，地质疏松是硬伤。

“呼，还好，雷声大雨点小，这地面完全承受得起。”李源咧嘴一笑，在相对狭窄的核心舱移动起来，他扭转身形来到一处凹槽前方。

在凹槽内，数万片金光闪闪的微型菱形晶片围绕一堆脆弱金属残片运转。

菱形晶片便是机甲修复灵，能够折射激光，并顺应能量波动，对机械造物进行修复。而那些脆弱金属残片就是意外发威，助李源提升契合度，获得入学资格后，因损坏沉寂数年之久的护符。

“嘿嘿，这次能量充足，有小队发放的配额，还有从车队额外购买的能量块，再加上几块能衍生出机甲能量的宝贝矿石，就不信修不好你。”李源挺起胸膛，好像在面对平生最大的挑战。

不错，修复这些金属残片就是李源的最大挑战，甚至是挥之不去的梦魇。

有时他真想放弃，面对那么多冷嘲热讽，面对那么多风言风语，他茫然过，动摇过。可是每当想到这是父亲和两个哥哥留给他的遗物，不能这么不明不白损坏，便再次鼓起信念坚持。

坚持，坚持，再坚持，一直坚持到毕业。

他守住了心中目标。

就在前几天，金属残片再次剥夺契合度，冒出一缕缕微光，总算出现变化，李源看到这种情景，流下了热泪。

是的，李源哭了，哭得无比委屈，哭得无比伤心。父亲去世，两个哥哥战死沙场，为了让母亲获得安慰，他表现得异常坚强，忍住了所有哭泣。

可是，在这一刻，他哭得歇斯底里，哭得昏天暗地，差点哭疯掉。

没有想到的是，金属残片随着哭声，迸发出越来越强烈的光芒，几乎笼罩住整个核心舱。

李源发现这个奇异现象，使出吃奶劲干号，结果金属残片却又恢复到原来状态。唯一的发现是，当时此物通过修复灵，吸干了机甲能源，能量池空空如也，连指示灯都暗淡下去。

“能源，也许这些金属残片需要能源。”多年坚持换来的唯一希望，李源要紧紧抓住，并想尽办法不让它溜掉。

“开始吧！修复灵，叫我们来看一看，能不能最终修复，赌上一切，赌上执念，为我还原它的本来面貌。”李源激活修复灵，刺眼亮光闪耀，将他的身形逐渐吞没进去。

CHAPTER 10

秘宝黑魔方

“嗡嗡，嗡嗡，嗡嗡……”

脚下不住颤抖，好像无法负荷，让李源内心惶恐，担心机甲会随时爆掉。

光好强烈，晃得人睁不开双眼。也许有一个世纪那般长久，思维随着流光呈发散状态，脑海忽然恢复了活性，刚才觉得时间快速流失，现在回想起那种感觉，似乎是真，似乎又是错觉。

李源用力甩了甩头，定睛看去，大叫起来：“啊！父亲留给我们三兄弟的护符呢？明明是金属残片来着，为什么修复之后，会变成这种东西？”

凹槽内，脆弱金属残片消失无踪，取而代之的是一块黑色魔方。

不错，就是魔方，小孩子经常摆弄的智力玩具，而且是一块五阶立体魔方。

在这块黑色魔方上，布满了错乱玄奥的花纹。

李源接触过五阶魔方，知道五阶魔方总共有八个角块，七十二个边块和五十四个中心块，在五十四个中心块中，四十八块可移动，六块固定。

可是，这块黑色魔方上面的图纹和刻度线更为复杂，想要还原方位，需要超限次计算，以目前机甲光脑的运算标准来估算，没有个几千年，别想出结果。

“郁闷！除非提升到机甲士程度，否则根本不具备如此强大的运算能力。”李源长叹一声。

费尽心力，坚持始终，他终于得到了答案，将护符修复出来。虽然东西有些出乎意料，但是魔方上面的花纹与护符一脉相承，甚至可以说就是护符上面的花纹，修复灵应该不会出错。

老问题解开，新问题随之出现。也许魔方确实是件宝物，却仍然带着谜团，不是李源现在所能触及的东西。又或者它是某个科技帝国专门为孩子准备的一次性提升工具，达到契合度标准就碎掉，除此之外没有任何作用。

就在李源心中猜测不断时，冷不防听到一阵悦耳提示音："恭喜主人，能量波动符合能量池进驻标准，宝物级别暂定为秘宝级，请尽快装入八大限位。"

"什么，这东西是一件秘宝？"李源心潮澎湃。

"目前侦测不出具体参数，本机可当作秘宝使用。"机甲光脑机械化回应。

"我靠，莎莎呢？出来见证奇迹，哥哥这次赚大发了。"李源跳了起来，一头撞在核心舱顶层装甲板上，痛得他嗷嗷直叫。

为什么如此兴奋？因为一件秘宝作用巨大，完全可以为机甲增幅各方面能力，如果秘宝层次再高些，增幅十倍都不奇怪。

机甲是什么？是机械。

能量池是什么？低级些的比喻是油箱，却附带八个限位，能够加装宝物，对能量进行处理。

这个处理可以是萃取，可以是稀释，可以是核裂变，也可以是磁化。宝物数量越多，互相搭配越有讲究。宝物数量越少，反而不必烦心衍生效果，也有人把能量池限位称作鸡尾酒限位。

不管怎样说，能够进入能量池限位的宝物可谓少之又少。很多机甲士奔赴蛮荒星域，开辟新领域，或者不辞辛苦前往异族地盘，为的便是寻找可堪大用的宝物。

这些宝物从低到高分为珍宝、秘宝、奇宝、瑰宝、神宝。

当然，珍宝数量还算庞大，而秘宝就可以让人抢破头了，至于奇宝和瑰宝层次，恐怕金鼎帝国皇家库房中会有存货，那是邀请机甲王出山效命的筹码，属于战略资源，已经超脱了民间范畴。

开心过后，李源想起沙伯的提醒，在外可不比学院，有什么好事情，都可与人分享，机甲兵怀璧其罪的故事几乎把耳朵磨出茧子来。获得一件秘宝，傻傻呵呵说出去，那是找死。

“算了，自己高兴一下就打住，为了不勾引别人犯罪，我还是老老实实，做个普普通通的小机甲兵吧！”李源瞬间想开，眉飞色舞搓了搓双手，他郑重其事捧起黑魔方，钻向能量池。

原本那些脆弱的金属残片非常轻，几乎感受不到重量，可是这块列为秘宝级的黑色魔方给人沉甸甸的感觉，密度恐怕直追黄金。

“奇怪了，这块黑色魔方很显然是人造产物，而大多数珍宝和秘宝可都是天然产物，最多进行过人为加工，难道说真正发挥作用的是魔方材质本身？”李源心生疑惑，不得其解……

所谓能量池仅仅是一团拳头大小的青色光球，外围铸有一百零八根细长探针，运转机甲时，探针会呈错层排列，均匀环绕青色光球，并进行快速移动，它们会像吸管一样从池中汲取能量。

对于机甲来说，最关键部分就是能量池与动力炉。

能量池大约在机甲丹田部位，而主动力炉在机甲心脏部位，还有四个辅助动力炉，则在四肢相应位置。

在战斗中，动力炉可以出事，损坏到一定程度都没有关系，因为主副动力炉可以快速实现职能转化。即便主炉破损，仍然能继续战斗下去，最多持久性很差，而唯独能量池不能出问题。

而且，如果能量池饱满，完全可以一直驾驶机甲活动，根本不用像李源这样苦逼，总是担心能量不够用，心里面天天扒拉着算盘，那点能量参数差不多快倒背如流了。

“啊！秘宝魔方，不要辜负我的一片希望！让机甲变强，父亲，大哥，二哥，保佑。”李源深吸一口气，将黑色魔方送入能量池。

密密麻麻的探针开始环绕青色光球缓慢转动，它们非常奇妙地将魔方让了进去，而后空间猛地折叠，黑色魔方体积瞬间缩小，最后仅剩下一个小黑点，估计已经进入第一限位。

“哇呀呀，开始了，光脑立刻检测黑色魔方增幅效果。”李源磕磕撞撞坐回座位，能量池所在微型舱室正在一环环关闭，如同保险箱套上的五层超级合金，环环紧扣，这才最终启动。

“嗡……”

“嗡……”

“嗡……”

机甲产生深远回音，如同猛兽出闸，爆发超然气焰。

“警告，能量池正在拓展。警告，能源严重不足，请主人注入能量。”光脑一板一眼地说道。

“我靠，混蛋啊！第一次融入花费那么多能量？我的老本。”李源龇牙咧嘴，急忙把队里发的所有能量块甩进合成罐。

合成罐大概有一米五高，深深内嵌，形似弹壳，带有闸门。它可以利用机甲行动当中产生的庞大热量来合成食物，更可以吞掉一些高能物质来回馈给能量池。有时候在一些较偏远的星球，那些前去探险的机甲师没有能量块怎么办？他们会满世界找铀矿，之后送入合成罐。

“哗啦”一声，李源这才想起来，他在合成罐中装了不少冰块。由于合成罐能够对空间进行叠加，着实存放了不少冰坨。

“算了，洞里到处都是水，等一会儿净化一些，足够我用的。”李源迫不及待，也就顾不得许多了，他快速打开能量循环通道，吸取能量块的能量。

这些能量块体积不大，仅仅两个婴儿拳头大小，却能量惊人，是一种极为环保的磁能，效果丝毫不亚于反物质能源，不过携带更加安全，深受沙家机甲兵喜爱。

机甲骤然产生一股独特波动，向外扩散。

“冲压？是气场冲压，太棒了，这是二级机甲兵才能达到的境界。”李源心头狂喜，他急忙操控机甲向远处移动，尽量不给莎莎造成麻烦。

“轰！”

能量块燃烧起来，化作一道道蓝光，快速汇入能量池。而冰块在热力逼迫下，分解成为氢气和氧气，也化作一点能量，汇入能量池。

李源能够感受到一股狂暴气焰在游走，它特别贪婪，不满足于现状。

“警告，能源达不到融合标准。”光脑一个劲提示，李源大骂起来：“混蛋，还不够？真当自己是黑洞，什么东西都不放过。”

没有办法，只留下一小块高纯度蓝田石，李源急忙把机械穿山甲肚子里搞到的宝石，统统填入合成罐。

“融合，给我融合。”李源大叫，他知道自己犯了错误，太过轻视秘宝，几乎没有准备。不但把小队发放的能量块搭进去，还有那么多宝石，不成功，他会失去机甲作战能力。

合成罐吞掉宝石后，能量通道和能量循环顿时安静下来。

李源甚至在想，如果不行，就只能想办法唤醒莎莎，从她那里想办法，四级机甲兵的身家肯定比自己强。可是那样一来，还能保住秘密吗？

现在，他基本绝了与人分享秘密的心思，好东西也要有个量，如果太好，好到冒泡了，那就是祸害，在没有完全成长起来之前，捂着比较好，捂不住容易出事。

机械穿山甲肚皮里的矿石很了不起，有一些李源根本分辨不出种类，要是没有这些蕴藏巨大能量的矿石，今天恐怕就难办了。

随着机甲又一轮震颤，光脑的提示音来了。

“完成初步融合，秘宝正式生效，能量池扩容百分之五百二十九，达到五级机甲兵程度，能量浓缩度增幅百分之五百九十九，达到五级机甲兵程度。能量爆破增幅程度未知，需要主人提供更多数据，再行监测。”光脑的提示音叫李源飘飘然，可是接下来的一句话，相当残酷。

“请输入能量淬炼动力炉，请输入能量提升修复灵，请输入物质改造合成罐，请输入能量注满能量池，请主人进入调制巢调制，契合度为五个百分点，为一级机甲兵最低标准，目前无法全面提升，仅能量池一项指标达到要求。”光脑很刻板，冷冰冰的话语把主人直接打落云端。

CHAPTER 11

万古无疆

李源很痛苦，他有一座五级能量池，本以为就要展开彪悍人生，却备受打击。光脑提示音让他清醒地认识到，机甲是均衡发展的玩意。

是的，均衡。

有一项指数不达标，最多在同级高出半头，他李源还是那个小小的一级机甲兵，还是那个初级机甲学院毕业的超级偏科生，距离飞黄腾达，距离出人头地，遥不可及。

“呵呵，不管了，反正机甲性能有所提升，赶快收集更多蓝田石，应该能达到第二次调制的标准，说不定契合度也会起来，那就万事大吉了。”李源渐渐看开，能得到一件秘宝，难道还不满足？至少有了明确的前进方向，看到了希望，人不怕死亡，而是怕失去希望。

李源的第一次调制是在学院帮助下完成的，为这几乎耗光两个哥哥的全部抚恤金，而母亲现在大概正在奔波，做一些力所能及的文书工作，贴补家用。

收起机甲，回到气垫船上，莎莎睡得正香。

由于用掉不少能量，所以接下来的行动要比先前还要节约。

躺下来休息片刻，李源掰着手指头计算：“能量池飙升到五级呀！啧啧，绝对有五级，也许其他五级机甲兵还没有我这座能量池强。额滴娘，这中间需要跨过多少道关口？要知道五级机甲兵再上去，可就是机甲士的境界。光脑说能量爆发力参数无法测定，是不是说已经……”

摇了摇头，李源觉得不可能，因为机甲士代表着不凡，据说在完善能量池、动力炉、修复灵、合成罐、调制巢五大系统的基础上，还要合成出一件专属武器和多件辅战武器，并确立今后的战术发展方向。可以说每登上一个新台阶，就要付出巨大努力，不可能仅凭一件秘宝便能达到。

总之，五级是一座巨大分水岭，超越五级才能进入“士”的阶层，不能超越出去，永远都只能做个小兵兵。同样，机甲士也有五级，完全超脱五级，突破那宛如天堑般的瓶颈，才能走入机甲师行列。

“呼，我想这么多做什么？对了，我好像忘记了一些事。”李源拍了拍脑门，他没有把机械穿山甲收入机甲，那还指望修复灵修复个屁呀？有心再召唤一次机甲，却想起那该死的能量刻度，看来只能自己修，好在手头能凑齐工具。

大概两个小时后，莎莎被一阵金属摩擦声惊醒。

“嗤嗤，嗤嗤，嗤嗤……”

虽然声音很轻微，且距离稍远，却仍然感到有些刺耳，在这种情形下，能睡得下去才怪呢！

“李源，是你吗？”莎莎第一个反应就是摸向自己的身体，察觉没有受到侵犯后，抬头向噪音传来方向喊道。

“啊！莎莎你醒了，没想到刚才的声音这么大，你可以多睡一会儿，我这边很顺利，竟然遇到如此古怪的机械，损伤有些严重，我把我的回力震波锄拆掉了，替换了一些零件，应该能让它动起来。”李源回答道，又是一阵金属摩擦声。

这摩擦声要比刚才刺耳得多，看来李源嘴上说让莎莎多睡一会儿，手上的动作却已经肆无忌惮了。

“哼，笨蛋，呆子，蠢货。”

莎莎借着昏暗灯光，已经看到自己身上的衣物被人更换过，也许是过于匆忙，所以穿得格外别扭，心中禁不住娇嗔：“这个混蛋家伙，本小姐什么都被他看光了？对了，我的伤口。”

当反复确认伤口之后，莎莎觉得不可思议。

“咦，怎么回事？毒素被完全逼住了，非但没有继续扩散，反而产生了排斥反应。先前找到的幽暗之花，就算只能配置出总解毒剂剂量的百分之三十，也有希望恢复体能，不用回去面对那冷冰冰的眼神了。”莎莎捂住嘴巴，惊讶得流出热泪，只不过睡了一觉，就产生如此大的差别，让她以为仍在梦中。

李源拖着机械穿山甲深一脚浅一脚走了回来。

没有办法，地面一直在沉降，好不容易收集到一些清水，经过净化器过滤除菌后，已经小心翼翼收入行军水壶。至于用机甲大范围净化制冰，能量从哪里来，这是目前最大的难题。

“哈哈，醒了，醒了就好。”李源拿出一块行军饼干，细细咀嚼起来，说道，“看到你头上直流血，可把我吓得不轻，当时情况有些混乱，怕你身上再有其他撞伤，所以就有些失礼。”

“禽兽！”莎莎目光恨恨。

“啊！不是的，我没有对你做什么，只是把衣衫剪开，略做检查，清理泥垢，沙家的女人还在乎这些？你的观念怎么那么保守，学学人家星兰大姐。”李源连忙解释，结果越解释越乱。

“禽兽不如。”莎莎挺起胸脯，想到胸部已经曝光，又有些脸红地缩了回去，说道，“别用无辜眼神看我。你啊！不会以为我和你有些小暧昧，就很随便吧？那是一种训练，叫作万花丛中过，片叶不沾身。我们沙家女孩可是很矜持的，骨子里非常高傲。可是，在这个乱世光有高傲不行，我们还要学习很多东西，甚至去敌国做间谍，日常就需要很多练习。”

“花丛，训练？”李源有些头晕。

经过莎莎一番解释，最后总算听明白了，敢情自己又成了垫背的，被少女拿来做靶子，人家担心有一天做间谍，需要慢慢琢磨小男生心理，有时候挑逗一下，看看有什么反应，尽管听起来像是过家家。

“当然，我们现在是队友，共患难过，我不可能欺骗你的感情。”莎莎噘起小嘴，连她自己都搞不清，为什么要说这些话，似乎在向对方解释什么。不过，话又说回来，如此娇柔的美少女送到嘴边，李源居然能忍住，真是禽兽不如。

“呵呵，美少女机甲兵啊！为了信念努力吧！尽情在我身上施展，尽情暧昧吧！我承受得起。”

“死人，滚一边去，大禽兽。”莎莎张牙舞爪，像一只小母兽。

等到李源走近，莎莎看到机械穿山甲，神色顿时紧张起来，问道：“李源，你从哪里找到的开山甲兽？在这东西面前，你居然能活下来，这可是坎桑帝国的秘密武器，并非坎桑帝国研究开发，而是珈蓝帝国所有，神之国珈蓝知道吗？”

“这东西叫开山甲兽？还有个神之国？”李源一愣，旋即摇了摇头，表示他不清楚。

“也对，机甲学院还接触不到这些东西，现在各大帝国横跨浩瀚疆域，连人类自己都不清楚究竟统治了多大版图。不过，有三大古国乃万国之源，分别是神之国珈蓝、魔之国庞贝，以及我们金鼎帝国的大靠山龙之国大夏。”莎莎快速讲道。

“嗯，龙国大夏，这个我听老爸说过，老爸他好像就出自大夏。”李源点了点头，若有所思。

“伯父是大夏华民？”莎莎有些吃惊，不过这也没有什么，大夏之人千千万，虽然大多不太愿意往金鼎帝国这种小地方跑，却也不能说没有。

“很多年前，只有三大古国，它们曾经是铁三角，与亿万异族争锋，取得星空控制权。战争没能使三国倒下，可是那巨大利益却腐蚀了三大古国。”

莎莎一叹，继续说道：“三大古国几年当中分崩离析，分裂出去许多小国。不过，三大古国毕竟强盛，它们并未消亡，一直屹立到今天，只不过互相之间征战不断，龃龉不断，又积极向外开疆辟土，一方面腐朽，一方面繁荣。就在最近，神国珈蓝和魔国庞贝似乎有了再次合作的苗头，让龙国大夏非常紧张。”

“哦！所以，在酒馆的时候，你跟我说那些帝国结盟未必是好事，也许是更大规模战争展开的前兆。三大古国？万古无疆？咱们金鼎帝国跟它们差多远？”李源挠了挠脑袋，他在机甲学院的时候，每天就是苦练精微操控，把偏科进行到极致，好让总分达标，能够毕业，对于时事知道得少，好像只学了金鼎帝国战争史和一些乌七八糟的战例，其他东西哪有时间关心？

“你啊！平时多用点脑子，虽然那些大国距离我们还很遥远，但是身在浪潮中，小角色更需提高警惕，有什么风吹草动，赶紧采取措施。”

莎莎轻咳了一声，说：“话题扯远了，大夏与魔神两国摩擦不断，斗争持续升温，这股气息蔓延到金鼎帝国，就成了我们沙家与坎桑帝国安得赛特家族的死斗。”

“原来这样，大国把小国排在前面先斗一斗，再来自己斗。”李源的真实想法却是，沙家现在够不够安全，自己随军作战，母亲怎么办？

“哪有那么简单，问题极端复杂，我们金鼎帝国排不上号，只处于小国的中上游，那些中等帝国背后还要角逐一番，反正最近几年不太平。”莎莎身上伤口一阵刺痛，这是开始好转的征兆，她不得不咬着牙转移注意力，说，“我是情报系出身，多少知道些内幕，就在这颗沙漠行星矿区，发现了高价值矿物，安得赛特家族有大动作。原本沙家还不能确定，可是看到这只开山甲兽，基本上能断定此地必有重大发现，也许任务等级不再是四银星，而是五银星。”

听到此话，李源第一个反应，就是恨得牙根直痒，他想咬人，咬沙鹏飞：“你大爷的啊！沙鹏飞，居然把老子坑进五银星级任务。五银星级啊！有可能完成吗？”

“大源子，你得罪了沙鹏飞？”莎莎眯起双眼看过来。

CHAPTER 12

诠释极限

李源鼻子差点气歪，莎莎很有创造力，给他安上一个大源子的称号，反正指的就是他。

“嗯，沙鹏飞何许人也，那可是老家主的长房嫡孙，你居然和他过不去。听说，被他整死的笨蛋没有百个也有八十个，你可要小心了，这家伙最小心眼。”莎莎一笑，并未对此事深问。

“我们不说这个，刚才你说这东西可怕，我没觉得呀！远红外袖箭就把它撂倒了。”李源指向机械穿山甲，又自我否定道，“不，也不能说是我干掉的，它头上本来就有伤，如果机体保存完好，再与那种尖锐刺耳的声音配合，说不定我会持续晕眩，根本无法做出正确反应。”

“不错，开山甲兽很强悍的，就连五级机甲兵都抓不住它们，在矿洞这种昏暗环境中，也许连机甲士都拿它们没办法。”莎莎仔细观察机械兽，羡慕地说，“这东西最擅长寻矿挖矿，乃神国珈蓝不传之秘，安得赛特家族能把甲兽拿出来，说明此地必有重大发现。”

“哦，既然这样，即便把这东西修好，也不能随便启动，容易引来麻烦。”尽管李源觉得他能重启开山甲兽，却选择放弃，因为不知道此兽与敌人有没有联系，也许这里已经不安全。

“我的伤，你用了很多蓝田石是不是？”莎莎很聪明，稍微想一想，就猜到大概。却不知道李源在这中间不止收获了一批矿石，让机甲能量池成功融合了一件秘宝。

“呵呵，还好蓝田石有用！而穿山甲肚子里存了不少，别的东西又不管用，所以一股脑都给你用上了。”李源笑了笑，并未因为失去矿石而沮丧，他今天收获一件秘宝，还处于亢奋期。

更大的亢奋是，再也不用被黑色魔方剥夺契合度了，也许他很快就能提升为二级机甲兵。

“你的恩情，莎莎铭记于心。”少女郑重点头，她欠下李源一条命，如果换作老队员，绝对没有可能为她付出这么多。

那些蓝田矿石是重要资源，能够撂倒一尊开山甲兽，这种幸运不会出现第二次，沙家混合着铁与血，是残酷的，是无情的，也只有李源这种初出茅庐的菜鸟才会为别人着想。

“少女，我能聆听到你心中的寂寞。”李源很臭屁地照本宣科道，“战友是什么？那是我能把背后放心相托之人，那是能够生死与共之人。寂寞不算什么，当战友站在你身边，寂寞如初春之雪，会被暖阳化开。兵锋相撞，激情无限，战友身边是魂灵归处，愿这缔结的情义永存。”

“嗯嗯，背得不错，很有感情的样子。”莎莎给了李源一个白眼，“你脑袋里都是幻想吗？还把背后托付给别人，还永存。那些都是糊弄你们这些初级学院学生的东西，要不然谁去做炮灰？”

“啊？此话怎讲？”李源不由得一愣，他本想用这种方式来开解女孩，让对方不要在意什么救命恩情，因为大家是战友，要生死与共。很不错的出发点，结果换来奚落。

“愚蠢，你难道只停留在这种层面？我们机甲兵不会原地踏步不动，是会提升的。要不是我身上有伤，以四级机甲兵程度，是主力，懂吗？而你在这种任务中，只能成为炮灰。战友的先决条件是同等层次，而不是拖后腿。”莎莎的言语相当无情，李源感到心中有东西在破碎。

“你，你怎么可以？”李源看向莎莎，这个女孩似乎与平常不同。不，他一直都不了解这个把自己隐藏在云里雾里的少女。

“李源，你救了我一命，我郑重告诉你，要想活下去，就要认清事实！”莎莎很认真地说。

“我靠，都是麻辣鲜师。”李源的思维仍然处于发散状态，沙伯也让他现实些，而他觉得自己已经很现实了，连怀璧其罪这种低调原则都能贯穿下去，还想怎么样？又转念一想，心中豁然开朗，叫道：“哦，我知道了，你们这些人好狡猾，受了恩惠就反将一军，用什么现实来告诫一番。啧啧，真是好办法，大肆说教，既能一解当老师的瘾，还能把人情债给还上。”

“好你个大源子，怎么会这么想？”莎莎败下阵来。

“那是因为我要做一个心中有坚持、心中有理想的人。”李源嘿嘿一笑，凑了过去，“亲爱的莎莎妹妹，你的心如糟粕，让我化作一缕清泉，注入你的心田吧，来洗涤你心中的腐朽！”

不知不觉，李源已经抱住莎莎。

“啊，你怎么？”莎莎一怔，旋即发现不对。

“轰”的一声，气垫船被李源踩爆，产生强大推力，如同气泵弹床，把二人高高弹射出去。

“壁虎鞋，给我攀附住。”李源在洞窟顶部一路滑行而下，右手抱住莎莎，左手死死抓住开山甲兽的爪子，距离地面二十米时，他利用开山甲兽的利爪钩住一块凸出岩石，堪堪停了下来。

只听黑暗中传来笑声：“哈哈哈，小子，警惕性不错嘛！”

“妈的，老子早上被人观赏一柱擎天，还敢大意吗？”李源冷漠地看向黑暗身影，那是一具豪华机甲，通体散发着不凡，给人的感觉很像古装将军放大版，身上披着锁子甲，头戴钢盔。

这锁子甲并非装饰品，而是一种强大助战器物，只有贵族机甲兵用得起。

反正，贵族搞出来好多先进玩意，让草根和穷鬼仰视万万年，李源早已见怪不怪。

对方机甲看起来有些笨重，实则行动和隐藏性非常出众，能够悄无声息接近气垫船，足以证明性能优越到极点。

“把我放下去，这是一名劲敌。”莎莎无奈说道，她的伤势刚刚见到一点曙光，就遇到如此劲敌，如果在作战中，身体承受太大负荷，也许会打回原形。

“你对付得了吗？四级机甲兵，身上的锁子甲与头盔都不简单。”李源对于危险事物有一种天生的直觉。

“很难，安得赛特家族左将星雷蒙，在后辈中很有名气。虽然没有与他交过手，但是我在右将星玛娜手中吃过亏，身上的伤就是那个恶毒女人拷问留下的。”莎莎攥紧拳头，恨意狂涌。

“哈哈哈，我听到你们在说玛娜。有意思呀！真没想到，能在这里遇见沙家高等学府的情报系大才女沙莎莎。”对方显然监听到了话音，笑声震动整个洞窟，“小美人，我只是过来回收开山甲兽，能见面是不是缘分？让哥哥疼你，好不好？玛娜未能撬开你的嘴，我肯定能。”

“准备作战。”莎莎忽然从李源怀中跳了出去，身体急速坠落。

李源反应速度惊人，莎莎跃出的同时，他用力向前蹿出去，身体尚在空中，便召唤出机甲。

攻坚者三型机轰然出现，看外形真不怎么样，毫无美感可言，标志性的剪刀眼亮了起来。

机甲不是单纯的机械，它的开发技术十分高明，一方面结合各种空间能力，一方面把仿生学发展到极致。只要精微操控和契合度上去，大部分动作与常人无异。高来高去飞檐走壁，几乎没有机甲做不到的事，腰身弯曲更是家常便饭，李源借下冲力量，做出一记高难度动作。

背如弓，身如豹，快速一蹦，产生庞大劲力，如疾风暴走，向前冲去。

安得赛特家族左将星雷蒙把全部注意力放在莎莎身上，因为情报系才女非常有价值，至于李源，从监测数据来看，身体仅仅接受过一次调制，当然是个可笑的一级炮灰。

是啊！在雷蒙眼中，一级机甲兵不是炮灰是什么？而李源初生牛犊不怕虎，对方认为他是炮灰，可左将星又是什么鸟？名头再大，在他这个一级炮灰眼中同样没用。所以他抓住机会出手，毫不客气。

莎莎刚刚召唤出游侠机甲，借助一道微弱空间张力滑行，飘飘然，尚未落到地面，就见粗糙机甲从头顶上生猛踹了过去。

“砰，砰，砰……”

武将机甲来不及挥舞手中大剑，只能略微抬起手臂抵挡，向后退出去半步。

对方机甲出腿速度太快，踹了三脚之后，变踹为踩，踏在武将机甲机械手臂上，借此向上高高升起，接下来一记漂亮的三百六十度旋身踢，大黑腿化作一道龙卷风。

“轰隆隆！”

雷蒙极力稳住机甲，可是仍然在倒退，以他的操作技术肯定能控制住，反攻就在下一刻。

令人不可思议的一幕出现了，区区攻坚者三，居然屏蔽掉动作与动作之间的间隙，堪称行云流水，完全衔接下去。

李源操控机甲，让那粗糙身形再度暴起，一双大黑腿跃起猛力一蹬。

“轰隆隆！”

巨响震耳欲聋，力道实在太大了，雷蒙为了刹住武将机甲，不得不让机身半跪下去。可是当武将机甲又想起身反攻之际，大黑腿第三次狠狠踹来，武将机甲继续向后滑行，根本刹不住。

“你妈蛋，怎么可能？”雷蒙暴跳如雷。

李源的操作不会这样简单，他在诠释一种操作极限，他的双手在光屏上翻转如飞，弹射出一个又一个光符号，攻坚者三向后倒仰之际，大弓已经到了手中，锐利破空声震慑整个洞窟。

CHAPTER 13

刮目相看

弓如雷，箭如电。

快，太快了，根本没有时间闪避。

不过，对方是一位四级机甲兵，在总体实力上超出一级机甲兵太多，就在李源开弓之时，在战斗直觉促使下，左将星雷蒙已经先一步启动防御屏障，武将机甲轰然作响，防御力飙升。

蓝色光焰和红色光焰围绕武将机甲展开，两支穿甲箭顿时被绞成碎块。

只有第三支穿甲箭穿越屏障，刺在武将机甲肩膀上，却被锁子甲锁住，穿甲功能完全失效。

短短的几秒钟，李源攻击失败。

然而，又一支箭矢近距离射出，有若惊鸿，飘忽不定。

“轰隆隆！”

武将机甲遭到重击，雷蒙把大剑插入地面，仍未刹住颓势，胸甲爬上冰霜，向后退了三步。

“哦，莎莎妹妹，你也用机械弓？急速冰冻箭，造价不菲呀！”李源微微吃惊，莎莎与沙旋风一样，都是驾驶游侠五型改装机甲，性能比游侠五型略高上一线。

别看只有一线，在那夸张绑腿的速度加成下，实现高机动力，很适合用机械弓进行远程攻击。

在洞窟中作战，拉不开距离，如果让敌人缓过劲来，莎莎和李源都知道，自己会吃亏，所以他们只有精诚合作。

“攻。”李源再次上前。

攻坚者三型是粗糙的，也许最大优势便是禁得起折腾，不能给敌人喘息机会，今天他要完美诠释极限操控。

“嗖、嗖、嗖……”

李源前行过程，莎莎进行掩护，穿甲箭纷飞如雨，四级机甲兵的身家果然不简单，拿穿甲箭当常规用箭来用。

“浪费呀！”带着羡慕妒忌恨，李源已经控制机甲，倾斜着躺倒下去，借助冲力向前，大黑腿轰然一震，凶猛踢去。

“还想来？我踩死你。”雷蒙大怒。

堂堂安得赛特家族左将星，居然会栽在一名一级机甲兵手中，虽然依靠机甲强横性能，他并未真正栽倒，却也搞得相当狼狈，实在丢不起这个人。

瞬间，武将机甲全力运转，不惜剧烈消耗能量，机体散发出蓝色和红色光晕，将莎莎射过来的穿甲箭绞碎，并抬起大脚向攻坚者三踩去。

若是这个一级小机甲兵使用贵族间通用的高等原甲，雷蒙不会如此愤怒，他无法忍受的是，对手只有一具攻坚者三，便把他的战斗节拍完全打乱，而不是沙家的游侠五型，这是巨大耻辱。

武将机甲强势，李源没有办法，急忙稍稍偏移，机械手臂用力一撑，机体从地面翻卷而起。

“旋风击。”攻坚者三型再次诠释极限，变不可能为可能，居然施展出沙旋风的招数，机体如同一股旋风，在空中旋转五百四十度，进行了三次爆发性侧踢。

四级机甲各方面性能远超一级机甲，若不是攻坚者三的能量池很强横，恐怕李源做不到眼前这种程度。

感受到能量输出流畅，李源只觉体内热血完全燃烧起来。

他要战，战他个天昏地暗，双手猛地在光屏上游走，形成刺啦啦的噪音，手指尖冒出火星，就算攻坚者三型机甲再禁折腾，也有些不堪重负。

沙旋风一直是李源的超越目标，他能模仿出旋风击并不奇怪。不过，作为一名偏科生，怎么会没有自己的绝活？不达到极限，又怎么会拉高总成绩，达到毕业标准？

“来吧！看看我在学院刷新的纪录，超负荷脉冲崩。”李源大吼。

他引发了能量暴动，让主副动力炉瞬间达到高热状态，即便坐在核心舱内，也能感受到惊人热浪席卷。

如果机甲是一个人，那么主动力炉便是心脏，而所谓的脉冲，就是电压或电流像心电图上的脉搏呈波形跳动，那是骤然爆发，达到超然激化。

随着吼声，攻坚者三型双臂如同打桩机，以一种诡异频率振动，向武将机甲攻去，而雷蒙只看到一抹亮光。

“轰隆隆！”

武将机甲的能量护罩在破碎，蓝色和红色光晕不再完整，如撕开的幕布。

没有结束，李源的超负荷脉冲崩刚刚开始。

攻坚者三型向前，扑入武将机甲怀中，铁拳自下而上捣出，轰在武将机甲下巴上，把那敦实的机体轰向空中，离地一米高。

李源的手指伤痕累累，划过光屏时疼痛如刀割，然而他仍在疯狂操作。

在雷蒙眼中，攻坚者三成了挥之不去的梦魇，成了一尊恶魔，不停挑战他的忍耐极限，他很想爆发，很想反攻，却已经陷入对方的战斗节拍，无法自拔。

粗糙的黑腿再次弹射而起，带着一道凄厉呼啸，带着一股奇异绷劲，撞击在武将机甲胸口。

莎莎简直不敢相信这是一级机甲在对决四级机甲，角色完全逆转过来，本该成为炮灰的一级机甲兵正在碾轧四级机甲兵，而且还是安得赛特家族极为出色的左将星。

这一次，武将机甲完全栽倒，从空中倒了下去，在泥浆间滑行。

“不，我不服，是急速冰冻箭迟滞了我的行动。”雷蒙咆哮，只是这里是战场，他不能对敌形成压制，就注定受到碾轧。

李源已经退了回去，超负荷作战除了会对机体造成一定损害，还会给驾驶者带来重创，没有经过多次调制，身体素质再强，也会吃不消。嘴角渗出一丝鲜血，五脏六腑都好像换了位置。

“咳，情况要好些，毕竟能量池加了一件秘宝。”李源简单扫视参数，抹掉嘴角血迹，这是他几年来苦练的结果，今天初露锋芒。

莎莎反应迅速，机械弓发出刺耳鸣音。

别看左将星雷蒙很狼狈，实则李源对武将机甲造成的损伤并不重，四级机甲发展起来不知道投入了多少人力物力和心血，精微操控再超常发挥，只能弥补差距，仍然无法打破坚实壁垒。

所以，到了关键时刻，仍需四级对四级。

正是因为有莎莎这位四级机甲兵制衡，李源才敢放手一搏，否则他最该进行的策略是逃跑。

“轰，轰，轰……”

急速冰冻箭之后，又是烈焰核爆箭。

莎莎身家不菲，她正在利用骤冷骤热物理特性来制造绝对优势，以此瓦解武将机甲能量系统。

雷蒙一步错，步步错，他本该成为猎人，却因为李源的极限操控，反而成了猎物。就算他再怎样咆哮，再怎样不甘，当机体被轰入较深泥潭，当李源缓解过来，配合莎莎出箭，锁子甲发出“哗啦、哗啦”的响声，他知道今天这趟栽了，栽在一对狗男女手中。

“狗男女，你们等着，我会回来的。”雷蒙能在安得赛特家族吃得开，必有过人之处，作战勇猛仅是一点，他还很果断，拿得起，放得下。在察觉有大败被俘迹象后，断然爆掉身上的锁子甲，形成浩大电网，挡住犀利穿甲箭，头顶盔甲释放一阵空间波动，武将机甲消失不见。

“我去，混账，就这么跑了？战利品，我的战利品呢？连根狗毛都没有留下。”李源忍着浑身剧痛，冲着黑暗大叫，战斗消耗剧烈，能量池快见底了，他可是眼巴巴想要打劫来着。

“行了，看把你能的，打跑了一名大敌，已经占尽便宜，还如此叫嚣。”

莎莎对这个初级机甲学院毕业的家伙刮目相看，居然能把精微操控演练到这种地步，恐怕单对单与二级机甲兵作战，都能取得胜利。甚至，有些时候，能当半个三级机甲兵来用。

“唉！还是联系不上小队呀！对了，刚才那混蛋是从哪里进来的？应该有出口。”李源顺手就把开山甲兽扔到修复灵所在凹槽中，先做全面扫描，找出信号发射器，把祸患拆掉再说。

从地表带下来的装备和给养全都毁了，当时李源只来得及抓住机械兽，还是因为要利用机械兽的利爪来攀住岩石。也许莎莎那里还有两个人的口粮，再不行就只能寻找菌类植株，使用合成罐胡乱合成一通，搞出来的东西肯定难吃，最多饿不死。

“放心，有办法联系，只是相对困难些。”莎莎在机甲里捣鼓起来。

“对呀！差点忘记，莎莎你可是情报系出身，只有高等学府才会对学科进行细致划分和定向学习。让我算一算入学年纪，怎么看你也不像比我大四岁啊。”李源真的在掰手指头计算。

“混蛋，人家明明只比你大半岁，难道你不知道有保送生吗？某方面具备超常天赋，是可以提前升入高等学府的。而没有发现天赋，就算沙鹏飞那种嫡系也要按部就班，从初级机甲兵学院开始积累学分，或达到保送资格，或显露出独特天赋，才可以进入高等学府，接受为期四年的高端教育。”莎莎冷哼，尽管对方很白痴，什么都不知道，她还是认真解释了一遍。

“啊，那莎莎妹妹你的伤，还有机械假肢呢？”李源觉得少女一定经历过非人苦痛。

“当然，我已经进入最后学年，虽然没有正式毕业，却已经可以出来实习。我那时刚刚进入天狼小队，就遇到一次四银星任务，而安得赛特家族右将星玛娜也是搞情报的一把好手，我们在各自家族神交已久。她早我一个学年毕业，初次交锋我败了，侥幸把性命保住，而代价就是现在这副鬼样子。”莎莎摸了摸黄金面具，她要留着伤痛，为的便是复仇，同时让自己记住第一次出任务时犯下的错误。

CHAPTER 14

杀戮场

“哔哔。”

莎莎的机甲频道忽然传出信号声，有人说话：“鲨鱼，鲨鱼，我是紫龙，我是紫龙，终于接收到你的信号了，快报告方位。”

“紫龙，我是鲨鱼，方位未知，超出矿区地图记录范围，不过很快就能测绘出地形图，队里怎么样？”莎莎问。

“很糟糕，刚下来不久就遇到开山甲兽，队长出手未能擒获，反而引来了劲敌，大倔和马后炮死了，这次任务恐怕要归为五银星级。”紫龙声音变得沙哑起来，李源听出来那是沙星野。

“有一个好消息，大源子侥幸猎获到一只开山甲兽，可惜甲兽体内并未发现异种矿石，安得赛特家族究竟在矿区有哪些重大发现，还要进一步确认。”莎莎简明扼要地汇报起来。

“大源子？哦，这小子运气好到爆。赶快带上开山甲兽归队，这是最好的证据，找地点发信息回去，这对我们至关重要。”沙星野说到这里，关闭了通信，防止敌方监听。

游侠五型转过身来：“大源子，快上我的机甲，这里不安全，必须尽快回去与大家会合。”

“知道，能不能给我一些能量块，虽然能量没有跌落到警戒线，但是消耗很大。”李源一边包扎手指，一边不好意思地说。

“你的极限操控消耗这么大？算了，没有工夫和你计较。”莎莎信手一指，游侠五型机甲向攻坚者三型传递一段空间波动。

片刻后，五个兵级中等能量块落到合成罐中，让某少年热泪盈眶，这是及时雨呀！要不然他这棵幼苗铁定渴死。

“莎莎姐,出手大方！小弟以后就跟着你混了。”李源启动合成罐吞掉能量，看着能量池刻度慢慢上浮，心情顿时好转。不过，有百分之三十的能量分散出去，自行淬炼动力炉了。

“贫嘴，省着点用，这是奖励你刚才助我击退敌人，姐姐也不富裕。”莎莎一句话，让李源眼泪哗哗的，不富余用穿甲箭当常规用箭，要知道他的箭囊中只剩下六支穿甲箭了，六支呀！

显然，小小的一级机甲兵永远不能与四级机甲兵比，那样太伤心。

李源收回机甲，落到游侠五型手臂上，还没等站稳，莎莎就开动了。游侠五型那夸张绑腿冒出一排排幽蓝火苗，机械长靴正在进行调整，再想想自己的粗糙攻坚三，又开始羡慕嫉妒恨。

“轰”的一声呼啸，身影快速滑行出去。

耳边出现风吼，李源嘴角挂上一丝血迹，他的伤势有些重，一旦遭遇风压很难受。

“不管了，有东西不用是王八蛋。”李源把自己留下的唯一一块纯净蓝田石放到胸口，任由淡淡蓝光渗透，顿时觉得好受不少。

机甲兵每一级都可以进入调制巢，对身体进行三次调制，而学院传授给学生九种保健操，效果相当不错，能够增进体质，尤其在使用机甲作战后，将九套保健操用上一个遍，效果更佳。

九套保健操前面三套是活动四肢，中间三套是变幻呼吸，后面三套则是自我按摩。

很微小的动作就能行操，好像普天之下机甲兵都会，没有什么神奇之处，就算有人运用高端光脑推衍出第十套保健操，改变也微乎其微。

事实上，真正让保健操发挥功效的因素是战斗，当机甲兵承受一定超负荷以后行操，比平常做百次千次还要管用。

很多东西，李源不明白，他只是一门心思想要舒服一些，便坐在机械手臂上行操，蓝田矿石加上九套保健操导引，让他感觉精力越来越旺盛，似乎一拳就能打死一头犀牛。

莎莎陡然将速度提升上去，进入隧道。

这并非人工挖掘出来的隧道，而是一道地下裂缝，能够看到岩浆细流在脚下涌动，周遭温度渐渐提升，已经没有半块钟乳石，到处都是散发着微弱辐射的黑石。

“找到了，在这里。”莎莎找到一处缺口。

李源看到大剑劈砍痕迹，雷蒙大概就是从这里突破而入。拥有开山甲兽真的很方便，安得赛特家族对于矿区的了解，不知道超出幻天使刀疤脸老人多少倍。

来到一条人工挖掘出来的隧道，莎莎已经完成定位，她加快速度，向小队所在矿洞狂飙。

归心似箭，离开小队仅仅几个小时，就有两位队员牺牲，纵然莎莎告诉李源现实些，她自己却未必能做到。

大倔和马后炮是老队员，他们能在数次危险任务中活下来，足见身手不错。谁能想到？菜鸟运气爆棚，轻松干掉一只开山甲兽，并击退了左将星雷蒙，而两位老队员永远地离开了大家。

想到曾经并肩作战，想到生活中的点点滴滴，莎莎的心不断下沉，如果敌国势大，那么沙家恐怕会损伤惨重，进而影响到整个金鼎帝国。

莎莎默然无语，李源对两位队员没有多少印象，甚至无法对号入座，因为大倔和马后炮只是为了减少曝光率，而起的行动代号。

就像他李源成了大源子，也有绰号的意思在里面。

时间一点一滴过去，李源隐约听到轰鸣声，心一下子提到了嗓子眼。

“有些不妙，这种声音是？该死，大姐头发怒了，她非常悲伤。”莎莎不顾一切，轰然将速度提升上去，进入一座矿洞。

这处矿洞很辽阔，几乎望不到边际，地面上遍布巨大的陨坑和数不清的裂痕，热浪从地缝中升起，点点火星在空中舞动，令人心悸。

李源瞳孔一阵收缩，他曾经在学院纪录片上看到过类似场景，那是机甲士决斗所形成的超强破坏，矿洞空间结构变得极度不稳，随时都有可能坍塌。

“大姐头。”游侠五型如离弦之箭，向前射去。

接近了，那是一具威武的紫色机甲，李源竟然叫不出型号，它半跪在超大型陨坑中心，大剑横插在地面上，机体周围尽是奥美人残尸。

“鲨鱼，你来得真及时，我，我恐怕快要不行了。”紫色机甲之中传来声音，随着一阵空间波动蔓延，沙星野显露出身影，眉心一闪收回机甲，她从空中跌落下来。

莎莎速度很快，一个前滚翻，控制机甲把沙星野接到怀中。

李源只看了一眼，就知道母暴龙和自己一样，使用了超越身体承受范围的招数。看紫色机甲起码有五级水准，也许距离“士”的阶层仅差半步，这种高端层次超负荷，可不是开玩笑的。

精微操控引发的超负荷脉冲崩，与母暴龙搞出来的大场面没有可比性。

即便如此，战斗过后李源都觉得难受，不得不用掉手头唯一一颗蓝田石，并把九套保健操从头到尾做了一遍，以此减少损伤。以己度人，母暴龙遭受的反噬，恐怕非常难办。

莎莎刚接到沙星野，就有一道炽烈气息，从上而下陨落。

“轰隆隆……”

整个矿洞回荡着响声，游侠五型弹出的能量护罩，应声破碎。

“噗！”

莎莎狂喷鲜血，她为了保护怀中二人，抽出能量池大半能量，并释放出只有机甲士才能使用的空间盾，代价便是核心舱出现一道道裂痕，主动力炉崩溃，作战能力一下子跌入低谷。

“咦，居然能挡住本座一击？”来者有些吃惊，并准备再度出手，机甲肩膀部位迸发出两团高速旋转光束，轰然出掌。

“啊？机甲士？”李源大惊，他从来没有如此近距离看过机甲士发威，那种昂然身形，那种强大自信，是他一个小小的一级机甲兵难以望其项背的。

电光火石间，莎莎显示出过硬的心理素质。她控制机甲身形猛然向下，游侠五型那独特的绑腿发出异响，机械靴完全解体，溅射出一块块金属碎片，机身背后狂吐空间波动，形成一道韧性十足的弹射轨迹。

李源深吸一口气，为莎莎的疯狂叫绝。

居然是利用机甲空间张力做弓弦，利用机体做箭矢，在威猛铁掌降临前，把机甲弹射出去。

“轰”的一声巨响，音爆让李源瞬间失聪，游侠五型狂飙而去，快若闪电，勇往直前。

“岂有此理，竟敢在本座面前耍花招。”那机甲士发出怒吼，化为一团亮光向前追来，眼看着就要追上，却又停了下来，气急败坏。

没有办法，莎莎可不是随意向前，她选取了一个角度，刚好射入前方矿洞通道，而机甲士方向稍偏，眼看就要撞上通道入口岩壁，所以不得不停下来。

李源眼前一黑，任由游侠五型将他带离战场。刚才他不光看到奥美人残尸，还看到沙家特有的游侠五型和信天翁六型，绝对不止一具机甲解体，也许是四尊，或者是五尊，都是自己人。

无论几尊，说明天狼小队损失惨重，就在他和莎莎赶来途中，小队必定经历了一场惨烈大战。

亲身经历了这种杀戮场，李源感到非常无力，他的精微操控就像小把戏一样，难怪无论莎莎还是那个安得赛特家族的左将星雷蒙，都不拿他当回事。一级真的是炮灰！李源心中那种想要变强的意愿前所未有地强烈：“不！我的命运我做主，我要尽快强大起来。”

CHAPTER 15

又要救人

游侠五型带着李源和沙星野风驰电掣，进入一处狭小矿洞。

这是一座废弃矿洞，莎莎能把地图记住，并且迅速找出路径，十分难得。敌人开始疯狂封锁矿区，很多地方成为死路，成为断路，天狼小队从暴露那一刻起，似乎就预示着全军覆没。

“咳，咳，咳。”

“啊！母暴龙你在咳血！”李源大叫。

叫声刚刚停止，莎莎便收回机甲，显露出身影，直接晕倒在李源怀中。

“我靠？不是吧！还来。”李源看着两个女孩，左边一个，右边一个，彻底傻眼。曾几何时他成了医护人员？不过这次没有蓝田石给他用呀！

矿洞实在不大，仅能容纳一具机甲，还好身边有一只行军水壶，装了些清水。

撬开母暴龙的牙关，给她灌进去一口水，之后赶忙按照九套保健操之中的按摩操，为女病人推宫活血，引导血液循环，加快身体机能。

把李源累得直喘粗气，按摩操进行到一半，他突然停住。

下面需要按摩心脏部位，通过外力挤压前胸，这样做非常有好处。可是，母暴龙醒来，会不会挥舞着大剑把他咔嚓掉，不得不慎重考虑一下。

“想什么呢？救人如救火，不就是按摩一下吗？以母暴龙的脾气，小意思。”

李源摇头驱赶走这个念头。在他看来，莎莎也许会矜持些，而沙星野大大咧咧，根本不会想到，有人帮她推拿。

手中稍稍用力，把揉搓动作进行到底。

眼神微微一愣，暗道：“我去，都说俺们沙家女孩吃木瓜是个好习惯，这习惯确实伟大，一个比一个凶狠，看来吃木瓜真能如此？厉害，厉害呀！”

看到沙星野嘴角又有一丝鲜血渗出，李源赶紧收住心神，加快动作。

起初动作有些生涩，随着时间流逝动作衔接越来越连贯，效果越来越明显，母暴龙脸上出现一丝红润，呼吸顺畅许多。

抹了把汗水，李源接着在莎莎身上推拿。

两个女孩交替进行，也不知道推拿了多少次，李源只觉得口干舌燥，见到她们紧绷的面容终于缓和下来，这才停止。

不得不说，李源又一次对症下药。

莎莎和沙星野都是超负荷运转机甲，身体承受了极其严酷的反噬，在这种情况下，手头没有高精尖治疗仪器，用推拿按摩减少内脏损伤，是最佳救护手段。

毕竟机甲兵的身体经过调制，强悍程度绝非常人可比，所以找对办法，成效就会立竿见影。

李源晃了晃水壶，感受着地面热力，不由得摆出苦瓜脸。

每次推拿前，他都要给二女灌上一口清水，是为了帮她们引导污血，果然吐出来好多，满地都是黑血，可是这最后的清水也告罄。

想想来的时候，还热血冲动，与沙枫桦打赌，说看谁干掉的敌人多。结果进入矿区，连一面都未见到，天狼小队就被一次次打散，狼狈得不能再狼狈。

“唉！不管是四银星级任务，还是五银星级任务，果然不是我一个小小的一级机甲兵所能承受得起的！”李源打开水壶盖，仰头将最后一滴清水干掉。

已经检查过了，莎莎和母暴龙身上没有水，或许都在战术腰带中。问题恰恰在此，没有正确密码指令，无法打开战术腰带。

密码也许是一记响指，也许是一句话，可是二女昏迷不醒，看架势就算天崩地裂，她们也不会醒来，因为消耗实在太大，自我疗伤需要时间。

李源郁闷，为什么昏迷的不是自己？那样就不用干瞪眼，急得像热锅上的蚂蚁了。如果是在沙漠上，哪怕给他一个破碗，一些塑料保鲜膜，也能弄出清水来。可是，现在？这里是地下矿区，附近尽是岩浆，根本没有水汽和昼夜温差供人利用，水将成为大问题。

“歹命呀！要是再有受伤的开山甲兽自投罗网，那该有多好。”李源长叹一声，忽然意识到什么，霍然起身，心道，“等等，机械兽，机械兽是关键，我可以利用它寻找蓝田石，加快莎莎和母暴龙的恢复速度，没准还能利用它找到水源。”

想到这种可能，李源哈哈大笑起来，直道天无绝人之路。

下一刻，攻坚者三被召唤出来，好在有莎莎的能量块垫底，要不然可能也无法使用，李源急忙调出相关数据，观看修复灵的修复程度。

“好，已经找到通信器，将其破坏掉，敌人应该不会再找上门。话说，这东西还真神秘，只能进行表层修复，涉及核心制造技术，连碰都碰不到。”李源发出感慨，虽然开山甲兽只恢复到全部功能的百分之三十左右，仅保留寻矿和挖矿的基本功能，但是对于眼下，足够用了。

李源开始通过修复灵，来篡改开山甲兽的外层数据，让它成为忠实猎犬，寻找水源，寻找矿石。

“成了！”随着一声提示音，李源兴奋地大叫。

“哈哈哈，能够如此顺利，必须感谢珈蓝神国，只要安得赛特家族把指令设定得高些，我都无法成功。”兴奋之后是庆幸。

没说的，赶快行动。

矿区很不安全，从传来的巨响判断，安得赛特家族正在封路。也许他们防备的不是天狼这种斥候小队，而是准备抵御沙旋风那种特战队，那是沙家的战争机械，狠辣，快绝，无畏……

开山甲兽在前面跑，李源在后面追。

他把上衣撕扯成条状，将莎莎捆绑在背后，双臂紧紧抱住沙星野，心道：“我们是战友对吗？我可舍不得把两个如花似玉的姑娘扔下，还是一起行动比较好，不能待在一个地方，必须动起来。”

李源赤裸着上身，向前疯跑。开山甲兽速度超快，虽然更改了数据，能够简单驱使一番，但是矿区环境多变，真若脱离得太远，恐怕会失去踪影。

温度越来越高，李源禁不住大骂："奶奶的，鬼东西，第一指令是寻找水源，怎么把我往这么酷热偏远的地方带？"

比对了一下地图，看到此处是一条大型矿脉的支脉，前方曾经有一座很古老的矿洞，开采时间甚至能追溯到数千年以前，那时候沙家还不知道在哪里打拼，而金鼎帝国大概刚刚形成。

"不管了，只能一条道跑到黑，身后越来越危险，到偏远地方躲上几天也好，等两个大小姐醒过来，再确定下一步行动计划。"李源毅然投入古老隧道，开山甲兽赫然加快了前进速度。

石壁上遍布着星星点点的火光，岩浆在地面勾勒出一幅幅图画，如果再亮一些，眼睛都会受不了。

寻找可供下脚之地，李源一路跳跃攀爬，总算追赶上开山甲兽的脚步。直到现在，他才知道自己有多么幸运。开山甲兽的机体无惧岩浆，甚至能从岩浆中获得能量。这东西坚硬到令人发指的地步，爪子可以轻松捣开矿石，仅凭远红外袖箭就将其撂倒，绝对属于侥幸之中的侥幸。

"砰，砰，砰……"

突然，开山甲兽向一块矿石发起进攻。

仅仅几下，利爪便抓出一块细碎蓝田矿石。

李源非常吃惊，心中惊喜："好厉害！这便是神之国珈蓝的底蕴吗？如此精准锁定能量矿石波动，如此犀利，无怪乎莎莎会说安得赛特家族把开山甲兽作为秘密武器，开山甲兽本身就是宝物，在战区使用这种东西，必须要快，如果大批量投入，被我们沙家逮个正着，嘿嘿。"

可惜，李源知道，沙家特战队正等着天狼小队汇报，在没有摸清楚情况之前，沙家绝对不会向矿区大规模派兵，因为害怕这是一处陷阱。

在沙家征战史上，几十年前就有过一次，安得赛特家族制造陷阱，将许多沙家机甲兵活埋。

两大边疆家族仇深似海，即便有一天金鼎帝国和坎桑帝国停战，估计也不会停止争锋，仇恨早已渗透在血液里，渗透在日常生活中。像莎莎这种高材生，在学院学习期间，就会将安得赛特家族同辈人物作为假想敌，这仿佛成了宿命。

“嘶嘶，嘶嘶，嘶嘶……”

开山甲兽忽然冲着一处黝黑矿洞大叫，只是它已经丧失那种噪音攻击，叫声显得没有力气。

这个异常状况引起李源注意，到处都是火光，偏偏出现一座黝黑矿洞，真是见鬼了，那黑暗好像一尊古兽匍匐在地，明明周围很热，却感觉后脊梁冒凉气，身上起了一片鸡皮疙瘩。

“难道是水源地？可是这种地质结构，没有可能呀！”李源有些踌躇，不知道该不该走进那深邃黑暗，它不同寻常，狰狞可怖。

开山甲兽可不知道害怕，之所以发出嘶嘶声，是为了测绘地图，前方有一股庞大磁力在阻挡其他方式扫描，所以只好运用声波。

片刻后，开山甲兽继续前行，没有丝毫迟滞，迈入黑暗之中。

“妈的，我在疑神疑鬼什么？古矿洞范围很大，地图没有相关记载，为了不被安得赛特家族发现，说不得要闯上一闯。”李源鼓起勇气，身影没入黑暗。

CHAPTER 16

冰妖王石

小队配备的探照灯早已毁在洞窟中，步入黑暗后，只能借助一支荧光棒，看清前后三米范围。

李源嘴里叼着便携式氧气瓶，这东西很小巧，仅仅成人拇指大，他身上正好带着三瓶，分别给莎莎和母暴龙嘴上固定一瓶。

古矿洞也许会有毒气和废气，需要格外注意。就算没有这些，空气也很污浊，虽然她们身体经过机甲调制巢调制，但也未必顶得住。

吸收些氧气，令大脑思维敏锐，李源提高警惕，快步追赶上开山甲兽。全指望这东西建功立业呢！无论找到水源，还是矿石，在如此境况下，都有极大帮助。

不知道走出去多远，古老矿洞内非但没有热气，反而让人有一种阴冷之感，并非那种冷飕飕的恐惧感，而是一丝刺骨冰寒，好像走入冰窖。

这种状况在酷热矿区，恐怕只能用诡异来形容。

荧光棒暗淡下去，李源急忙晃动几下，让荧光棒再度亮起来。母暴龙那雄伟胸襟在光线下，正一起一伏。

李源没有心情欣赏美艳一幕，心中一直在唠叨："两位大姐，想不到你们看似娇柔的身躯，真是会藏肉。估计再走上一段路，兄弟我非累趴下不可。"

双腿像灌了铅，又走出去百米，李源发觉不对："好沉，好重，不是她们会藏肉，而是重力发生变化，越向前走，重力越大。”

机甲兵能够忍受大多数岩石行星的重力，可是眼前一幕超出理解范畴，黑暗矿洞之中有着明显分界线，每向前走上一段距离，就会发现地面如刻度表般向下凹陷一部分，形成网状阶梯。

“前面有什么？”李源停住步伐，他不能再前进了，天晓得黑暗深处有什么东西，身边带着两名少女，恐怕也走不出去多远，在荧光棒的照明范围内，李源慢慢弯腰，将莎莎和母暴龙放下。

“嘶嘶，嘶嘶，嘶嘶……”

还好，开山甲兽无视重力变化，依然向前爬行，只是漆黑一片，已经看不到它的身影。

“咦，地面上有一层冰霜。”李源发现新大陆，抓起一把黑土观察，不等看个清楚，就像被什么东西咬到手一样，赶紧把黑土抛得远远的。

“是辐射，冰冻辐射，难怪这里冰寒刺骨。”李源紧张起来，拽住莎莎和母暴龙向矿洞入口拖去，不能把她们放在地面，时间一久会冻僵的。

就在李源努力的时候，前方突然爆出一簇亮光，并不刺眼，却极为冷艳。依稀看到开山甲兽的身影，在那亮光照射下，张牙舞爪，好像蛮荒巨龙，将亮光吞噬。

内心惶恐，李源抓住二女快速向矿洞入口退，等他感受到洞口热气时，才发现，那种冰寒刺骨感觉正在消退。

抬头望去，星星点点的火光从洞口外飘了进来，照亮一片黑土，古矿洞仿佛全面失势，正遭受无边热力侵吞。感受到燥热袭来，李源又不得不拽住二女往洞内移动，总要找个温度适中的地方才行。

不知不觉，古矿洞亮了起来，不再昏暗，不再寒冷，不再恐怖。

“郁闷呀！这不就是刚才我站住的地方吗？来来回回，累得够呛，还不如站住不动。”李源小小地抱怨几声，将二女放好，他则向前方挺进。

超常重力仍然存在，却阻挡不住少年的好奇心，他想看一看究竟是什么东西在作祟。

背后酷热越来越强烈，给李源提供了温暖和动力，虽然重力让他有种大山压顶的感觉，却也不至于寸步难行。

就这样，步伐越来越小，速度越来越慢，距离开山甲兽的位置也越来越近。

终于，李源看到了这头畜生悠闲地横躺在一块扁平黑石上。令人惊奇的是，扁平黑石距离地面半米高，竟然呈悬浮状态。

“我的天！这是什么东西？人造物吗？不，不像是人造物，就是一块黑石，却有着让人难以置信的磁悬浮能力。”李源心头狂震，觉得自己似乎找到了一件了不起的东西。

再看开山甲兽，身上出现片片寒霜，尤其嘴巴那里，竟然布满冰碴。

此情此景太过诡异，李源抓破头皮，也想不出一个所以然来，他恨自己知识太匮乏，如果莎莎苏醒，应该知道这块悬浮黑石是什么鬼东西。

李源小心翼翼地爬了过去，用手指捅了捅黑石，感觉梆硬梆硬的，类似金属。

好在这东西只有半米高，要是悬浮个五六米，在庞大重力之下，李源根本没有办法登上去。

使出吃奶劲，总算爬到悬浮黑石上，估摸这鬼东西直径能有三米多，上面比较平滑，有许多天然孔洞，不知道是流水冲击而成，还是岩浆烧灼的痕迹，反正看不明白。

看了一圈，悬浮黑石上除了开山甲兽，没有其他东西。

“呵呵！嘴角这么多冰碴，如果能剔除掉淡淡辐射，足够补充用水了，你倒是嘴馋。”李源心头一凛，“嘴馋？开山甲兽确实嘴馋，不过它吃的尽是矿石。从现场状况看，开山甲兽多半是吞食了某种矿石，却又承受不起矿石的冰冻辐射，所以才会被冻住，无法回到我身边。”

想通此事，李源把裤子脱了下来，缠绕到手上。他抓向开山甲兽的大尾巴，也只有这条尾巴没有多少冰碴。

冰寒力量像是要从牢笼中冲出来，而牢笼便是开山甲兽紧闭的大嘴。衣物触及开山甲兽，瞬间冻结，变得梆硬。

在裤子完全冻成冰坨以前，李源抓住开山甲兽赶紧往来路跑，记得古矿洞外有一条滚烫岩浆形成的小溪，他想试一试，能不能为开山甲兽解冻。顺便看一看，这家伙到底吃了什么东西。

“冰冻辐射？难道是制造急速冰冻箭的冰妖石？如果真是这样的话，哈哈，那老子可就实现三级跳，鸟枪换炮了。”虽然手上越来越冰冷，但是李源的心头是火热的。

时间不长，完全记不清怎么从重力威压范围走出来，也不记得什么时候从莎莎和母暴龙身边走过，全部心思都放在冰妖石上，他大踏步来到岩浆溪流前。

来时为了跨过这道溪流，李源可是找了半天落脚地，看着那炽热光色，他情不自禁眯起双眼。

“岩浆，解冻吧！”用力将开山甲兽甩了出去，看着那优美抛物线，李源神情凝固住，那好像是他的裤子，头脑一发热，也给甩了出去，落入岩浆中。

“噗”的一声，浓烟升腾，随即扩散开来。

李源赶紧向后跳了几步，干冷波动辐射开来，以开山甲兽坠落地点为中心，形成一片寒冷区。

“好家伙，这么生猛？看来我得穿上机甲。”李源面色发苦，要知道召唤机甲就得触动空间痕，而空间技术再廉价，也不是普通人负担得起的，也许母亲辛苦一个月，仅够他召唤一次。

为什么说机甲师可以无视贵族？那是因为机甲士等级的机甲，都需要用无数昂贵资源去堆积，更不要说机甲师。像金鼎帝国一些小贵族，未必负担得起机甲师的日常用度，可能这些小贵族终身止步于机甲士层面。

虽说李源已经成为机甲兵，成功进入金鼎帝国力量体系内，但是他的根基太过浅薄，是实实在在的草根阶层。他要比那些贵族子弟付出更大代价，更多努力，才能有所成就。

抚向眉心，周围空间一阵扭曲，攻坚者三出现。

眼前这条岩浆溪流，已经在冰冻辐射扩散下，变为一条死河，它彻底凝固，再也见不到半点炽热流光，温度骤然降低。

“嘶，好冷。”李源有些吃惊，他坐在核心舱室内，都能感受到一股寒气席卷，那么外面的温度已经降低到多少？要知道他现在就一条内裤耍单帮，非被冻坏不可。

回想冰妖石资料，禁不住有些疑惑，因为这种矿石只有在最极端的环境下才会产生，可是身后古矿洞完全不符合条件，还有那块黑色悬石，更加古怪。

操控机甲向前迈步，来到开山甲兽所在，抬起拳头用力向地面捣去，轰然之间出现道道裂痕。

“警告，发现异种能量矿物，请尽快送入合成罐，方便分解处理。”光脑提示音不啻于一道福音，李源正不知道该怎么办才好。

将开山甲兽抓出来，托到机甲掌心，这家伙已经解冻。

李源快速对异种能量波动进行锁定，然后咬了咬牙，只能破费些了，开启机甲近距离定位空间传送功能，将异种能量矿物直接摄入合成罐。如果直接用手去取，冰冻辐射会要了他的命。

“提示，发现冰妖王石，重量十点九七千克，每克可与普通金属箭头合成急速冰冻箭，箭囊共计六支穿甲箭，三十三支普通箭矢，请问主人，是否合成？”光脑的提示让李源瞬间石化。

“冰，冰妖王石？还是十点九七千克？不行，头好晕，叫我算一算，这能合成出多少支急速冰冻箭。奶奶的，算不出，弱智了，脑袋一片混乱。”核心舱室回荡着狼嚎声。

CHAPTER 17

麻烦大了

狂叫之后，李源有一种变成土财主的感觉。

“啧啧，十点九七千克呀！足够我合成一万零九百七十次超级牛逼有木有？实力提升好几倍有木有？”某兴奋少年语无伦次，待回过神来，命令道，“光脑，对箭头进行合成，立刻。”

“是！”合成罐发出嗡鸣。

战术箭囊底部与合成罐有能量仪轨，所以可以直接进行合成。由于要搭建能量回路，第一次会慢些，等到第二次就会快若闪电，分分钟搞定。

果然，第一支急速冰冻箭耗时五分钟，这才新鲜出炉。

“哈哈哈，真的是急速冰冻箭，瞧这纹路，瞧这波动。啧啧，如果我用冰妖王石加工一批急速冰冻箭，转手卖掉，应该能大赚一笔。”李源咧嘴大笑，心情好极。

三十三支普通箭矢全部合成出来，这就是三十三支急速冰冻箭，不过李源没有试箭，他还是那个小草根，认为这种东西太奢侈，需要留到关键时刻保命。

“光脑，有没有办法把穿甲箭也合成急速冰冻箭？我的意思是，让两种功能叠加。”李源突发奇想，随口问道。

“成功几率仅为百分之七十五，每支穿甲箭需要消耗三克冰妖王石。如果合成失败，穿甲箭毁坏，三克冰妖王石消耗一克。”光脑那古板声音让李源眼前一亮。

“百分之七十五就是四分之三，合成四支成三支，如果真能合成出穿甲冰冻箭，用得好也许能逆转乾坤。”李源认真琢磨起来，最后拍板，“光脑，干了，帮我合成这种复合箭。”

“好的，六支穿甲箭，十八克冰妖王石，合成。”光屏一闪，合成罐发出轻微响声。

李源看到光屏上，能量刻度正在降低，瞪圆眼睛叫道：“死光脑，你怎么没有告诉我合成这些箭需要额外消耗能量？”

“是的，需要额外消耗能量池部分能量，由于能量指数没有跌落警戒线，还很充足，所以将提示省略。”光脑回答得理直气壮，让李源气鼓鼓的，恨不得踹上几脚，他一个一级机甲兵真的没有见过什么世面，更不知道一掷千金的豪爽，精细日子过惯了，性子不可能突然转变。

“臭光脑，能量刻度是我们的生命线，下次有消耗一定通知我。”李源运了半天气，终究没有踹过去，他对机甲宝贝得不得了，可舍不得。

“遵命。”光脑在光屏上打出两个字，连提示音都省了，像是在赌气。

很快，合成罐平静下来，李源急忙调出合成信息，看得他眉飞色舞，四分之三的成功率竟然全部碰到，六支穿甲冰冻箭整齐地摆放在战术箭囊中，没有毁坏一支，这就像中了大奖一样。

“老爹，大哥，二哥，谢谢你们，我知道，一定是你们在天国保佑我。放心，我会好好照顾老妈的，放心。”李源心情激动，小声祷告。

虽然人死如灯灭，根本没有什么天国，但是这个时代的人迷信上帝粒子，认为宇宙终极存在伟大至极，那便是神，那便是圣，那便是归宿。

“对了，光脑，这块冰妖王石冰冻辐射如此强烈，岂不是说要一直占用合成罐才安全？那我往后吃什么？喝什么？”李源拍了拍脑袋，这个问题不解决，他会很麻烦。

“可以用铅块和锡铁进行封印，只留下一角提取冰冻辐射即可。不过，封印需要消耗能量池现有能量的百分之二十四。”光脑停顿片刻，经过精密计算，最终给出答案。

“百分之二十四？唉！百分之二十四！我情愿发现的不是冰妖王石，而是可以提供能量的盖亚源石。”李源幽幽一叹，转了一圈又回到了原地，还是那个老问题，他目前负担不起能量。

想要拥有盖亚源石并不容易，除非前往矿脉做任务时，夹带私货，否则只能通过购买，获得盖亚源石。可是，有那份财力，购买兵级能量块也是一样的，盖亚源石只是携带方便而已。

“算了，先放着吧！反正手头没有铅块和锡铁。”李源看了看能量池刻度，摇了摇头，就算要封印冰妖王石，也要等出去之后再想办法，现在每一分能量都至关重要，不能随意浪费。

时间不长，李源操控机甲回到古矿洞，他想靠近那块悬浮黑石再看一看，没准这东西是一种珍宝。

“好运气！能不能再爆棚一次？能不能？”李源胡思乱想着，机甲已经顶着重重压力，走到黑石附近，突然警示音大作。

“警告，警告，未知磁力，未知磁力。”

“我靠，早点提醒，能死啊你。”李源赶紧收住脚步，可是机甲在庞大力量吸引下，自动一点点向前挪移，双脚在地面犁出深深印痕。

“动力全开，给我后空翻。”李源双手在光屏上滑动，机甲猛地倒立而起，背后喷吐出一道刺眼光芒，产生强大空间张力。

任何一具机甲，都具备三个空间能力：第一，将机甲送入空间痕随身携带；第二，近距离锁定传输细小物体；第三，借助空间张力腾跃。

至于空间防御，那是机甲士才会精雕细琢的能力。机甲兵通常不会多费心思，除非家底丰厚到可以随意挥霍，才会考虑利用空间盾做底牌。就像莎莎抵御机甲士使用的力量，便是此例。

李源很少用到空间张力，因为要额外消耗好多能量，他的战斗方式不能说最有效，却绝对是最省钱的。攻坚者三型有两条大长腿，足够了！所以，他几乎与空间张力这种高级玩意绝缘。

可是，眼下不同，黑石突然形成恐怖吸力，好像一只大手捏住机甲，这种感觉不好，很不好。

尽管不知道结果会怎样，可是李源坚信我命由我不由天，他不会坐以待毙，他不会将机甲交给未知力量，当读取到吸力指数，他在第一时间便想到空间张力，除此之外，别无他法。

电光火石间，机体形成一个独特的倾斜角度，而背后空间张力如同弓弦，随时准备把机甲弹射出去。这与莎莎逃脱机甲士攻击时，用到的招数一般不二。

李源模仿能力超强，只要他看过一遍，就能通过神乎其技的极限操控，使之变为自己的招数。

空间乱颤，整个矿洞都好像一分为二，攻坚者三向矿洞入口方向激射。

眼看着就要摆脱吸力，异变陡生。

那悬浮在黑暗中的扁平黑石，轰隆隆转动起来，也如离弦之箭飞射。

谁能想到这鬼东西速度如此之快？它就像一只大巴掌，一掌拍在攻坚者三背后，狂猛震荡力让李源“噗”的一声，喷出鲜血，精神萎靡。

“怎么会这样？怎么可能？”李源晃了晃头，吃惊地看向光屏上的情景，扁平黑石悬浮到机甲身后，距离背部半米，自顾自转动着。

看起来，攻坚者三成了一只黑壳大乌龟，怪模怪样，引人发笑。

“光脑，给我进行扫描，赶快看看这玩意有没有危险。”李源强迫自己冷静下来，越是危险时刻，越需要头脑灵活，如果真的有什么不测发生，他会脱离机甲，毕竟性命才是最重要的。

“放射性同位素探测，能量波形探测，悬浮力场间距探测，光谱性状分析。”光脑在光屏上罗列出一道又一道数据，李源认真察看，细细咀嚼每项数据意味。

看罢多时，李源脸色更加苍白，他总算知道是怎么回事了。

“这东西要命呀！是超级磁属性金属原矿，据说达到机甲晋升到机甲师时，必须用宇宙间最为强悍的金属锻造机体，让机体脱胎换骨。而安得赛特家族出动开山甲兽，多半就是为了这黑东西。现在我的机甲背后出现一大坨，不让敌人知道还好些，若是让他们知道的话，我死定了。”

李源觉得自己十有八九猜得没错，这可是属于机甲师的东西，被一个一级小机甲兵拿到，且摆在明处，结果会怎样，还用想吗？

被这种东西扣到背上，那是会吸引仇恨的，左将星雷蒙那种层次，就算不来一个中队，也会扑过来一个小队，他这个小兵兵只有被抡死的份。

得到冰妖王石的喜悦心情，顿时荡然无存，李源极为懊恼和后悔，恨自己好奇心重，非要驾驶机甲往跟前凑。要是他再抠门些，宁肯承受巨大重力，也要节省一点点能量，或许不会如此糟糕。

用尽一切办法都无法把黑石从后背甩开，李源尝试着将机甲收入到空间痕内，倒是没有受到限制，与原来一样，扁平黑石就好像与机体融为一体，消失无踪。

“呼，运气好有时候也会害死人，再有下次，我肯定不好奇，肯定会小心。”李源念念叨叨回到莎莎和母暴龙身边,低头看向自己,就剩下一条大裤衩，很凉爽。刚才吐了口血，感觉五脏六腑受到震动，不过问题应该不大。

开山甲兽并没有被收入机甲，而是放到外面。这货又活跃起来，在地面钻了一个洞，李源连眼皮都没抬一下，心里正烦着，懒得去管这丧门星。

而就在此刻，远方矿洞外有人说道：“感应到了，是一大块博盾宙极石，附近子弟兵听令，给我将此石取来。”

CHAPTER 18

藏身按摩

李源不知道，要不是冰妖王石用寒气镇压，安得赛特家族早已锁定扁平黑石所在，根本不会给他机会触及这种超能金属。

开山甲兽将冰妖王石吞掉，而他又将开山甲兽扔入岩浆溪流，彻底破了此地格局，纵然安得赛特家族有所察觉，不过当李源将机甲收入空间痕，等于再次隔断外界感应，他们只有一个大概方向，无法锁定具体地点。

如此一波三折，始作俑者正看着两名少女发呆。

“你们一直昏迷不醒，真好！别看这座古矿洞现在还算凉快，等一会儿地气涌上来，非被烤成地瓜干、羊肉串、牛肉脯不可。”李源一阵失神，摸了摸肚皮，哀叫，“呃，好饿，战斗起来消耗就是快，我应该在热浪到来前，看看这座矿洞有没有吃的。”

饥饿让李源振作起来，他想到了母亲，想到了萧萧，甚至想到了沙鹏飞，还有那么多事情没有做，还有那么多心愿没有达成，绝不能倒下。

晃晃悠悠起身，李源就像只饿鬼，开始在矿洞中游走。

星星点点的火光从地面飘起，矿洞居然先涌起一片水汽。只不过这水汽带有淡淡辐射，在没有进行处理前，还是少接触为妙。

按照惯例，每次完成任务回去，若有需要，沙家医疗队都会为战士们恢复身体机能，所以李源并不担心微量辐射，只要忍住不去大口呼吸就好。

扁平黑石待过的地方，从远到近呈阶梯状陷落，深处至少下陷三米，所以矿洞更像一座大坑。

地面上有许多拇指粗细的孔洞，不知道是怎样形成的。反正这个地方透着神秘，李源的知识面很狭窄，他只能连蒙带猜，得出悬浮黑石与机甲师层面有关这一结论。他蒙对了。

在整个矿洞变得炽热前，总算有所收获。

那是一小片蘑菇，晶莹剔透，圆润可爱。谁能想到黑暗深处，竟然隐藏着这些宛如艺术品的菌类植株。最重要一点，李源认识它们，知道它们能吃。

长久以来，由于人类大量使用星门，使很多行星间有了联系，一些生命力顽强的物种开始跨星域传播。所以，看到熟悉的菌类植株，并不稀奇。

李源的父亲是一位冒险者，曾经走过许多地方，也受过许多伤，对于危险事物，尤其那些很有名的菌类植株，他专门教导过三个孩子。而李源在学院时，最大的爱好就是学习辨识各种跨星域传播的危险物种。

冰凌月菇喜欢生长在寒冷的环境中，却又需要地面提供一点点热力。极地火山群岛曾是它们的温床，没想到在这座藏有冰妖王石的矿洞，也能顽强生长，且对辐射产生了一定的抗性。

李源手快，几下便拔光了冰凌月菇。

他边拔边往嘴里送，只觉一股清凉滋润肺部，感觉好极了。虽然离饱还很遥远，却能维持最低生存标准，相信只要熬到莎莎和母暴龙苏醒，就有军用饼干填饱肚皮，这是最大原动力。

再次回到二女身边，矿洞到处都是火星，仿佛地热正在夺回失地，石壁上掉下来一层又一层尘土，地面结出石壳，旋即龟裂开来，情景透着恐怖。

“咳，咳，看来这个地方待不下去了。”李源捏碎手中的冰凌月菇，渗出一些汁液滴到莎莎和沙星野嘴边。清凉让二女产生一丝反应，干裂嘴唇微微蠕动，任由汁液滑入喉咙。

她们状态依然不佳，却也没有恶化。

李源仰头将捏碎的冰凌月菇吃掉，在这种恶劣环境中，浪费是可耻的，是自杀。如果壁虎鞋能吃，他都会毫不犹豫啃上几口，一切只为了活下去。

再次将莎莎背到身后，顺势抱起沙星野，向矿洞入口处走去。

这里太过偏远，不在矿区地图记录范围内，所以只能慢慢探索，走一步算一步。

离开前，打了声呼哨，开山甲兽从地面钻了出来，快速跟上。这是预先设置好的指令，只要没有超出呼哨声范围，就能唤回此兽。

“收获怎么样？”李源问道。

简单话语便是指令，会促使开山甲兽做出相应反应，它凑到李源脚下，仰头吐出三颗蓝田石。

“嘿？三颗，收获不错。虽然体积小了点，却也能起到一些作用。”李源点了点头，停下来给两个病号用上。蓝田石算是对症下药，也好在矿区盛产此石，要不然莎莎前次就大难临头。

二女再次成为重负，李源深一脚浅一脚，向更古老矿洞走去。

大约半个小时后，走入一条狭小隧道。

墙壁上留有螺旋刀痕，那是旋叶式隧道机在地下慢慢拓展出来的空间，很古老的东西。复合古矿洞的情况，如果换作现在，会利用震波工程锤定向捣碎岩石，那样拓展速度至少快十倍。

不过，老东西有老东西的好处，经过旋叶式隧道机推出来的隧道和矿洞很结实，甚至能抵御地壳变迁，进入此地，至少不用担心矿洞坍塌。

隧道很黑，岩浆和火星渐渐消退，温度也随之降低，不再是灼热与酷热，而变为温热。

“哈，真不错，这处古老矿洞隧道成了我的福地。”李源加快脚步，他想躲起来，要找隐蔽性比较高的地方，然后好好歇一歇，再思考接下去怎么办。

要知道机甲背后扣上一块宝贝，不是天上掉的馅饼，而是一道催命符，曝光意味着嗝屁，意味着要受敌人重视。他一个一级机甲兵能挡住多少次高级机甲兵袭击？若是没有莎莎和母暴龙策应，一次都不能，非常残酷。

终于，在隧道一处不起眼的岔路转角发现一条裂缝，将荧光棒抛进去探路，发现足够他们三人容身，只要不故意发出亮光，在外面很难看到。

“好，这里就是我们的根据地了，希望老爸和哥哥保佑，让我安全度过这几天，直到莎莎和副队长苏醒过来。”少年将二女小心抱进去，尽量让她们躺得舒服些，然后自己坐下来休息。

这一路走来，太过疲乏，几乎在身体靠到石壁的同时，李源就觉得眼皮耷拉下来，他想保持清醒，想提高警惕，却终究抵抗不住困倦折磨，呼呼大睡起来。

睡得很香，不曾做梦，也不知道过去多久，突然惊醒。

“谁？”李源顺手抓起身边石块，目光扫向黑暗，并未发现敌人身影，只觉得身下微微一颤。

远方传来轰鸣声，隐隐约约听到咆哮。

“难道是队长他们？”尽管李源对队长沙擎宇并不熟悉，甚至算陌生，但是对方能当上天狼小队队长，必有过人之处，同时也是他的希望所在。

带着两名昏迷少女，机甲还有重大隐患，李源总觉得如果能回到队伍，也许这些问题将迎刃而解。

“轰！”

又是一声震响，头顶上有尘土震落下来，李源急忙缩了缩脖子，面色陡变：“不，这种响声曾经学习过辨认，不是作战，倒像是不惜代价，利用震波工程锤进行爆破性挖掘，难道……”

“糟糕，敌人肯定有办法锁定黑石，这个方向是我发现黑石的地方。”李源急忙捏住嘴唇发出哨声，呼唤开山甲兽回来。

这货还在外面游荡，如果被敌人发现，肯定能顺藤摸瓜找过来，眼下只能寄希望于开山甲兽没有跑远，否则宁肯把甲兽丢掉，也要尽快离开此地。

时间不长，矮小身影从岩石裂缝外面钻了进来。

看到开山甲兽回到身边，李源重重地松了一口气，他拍了拍机械兽的三角脑袋，没想到这货的找矿本领真不是盖的，又吐出来十几块细碎蓝田石。

“好宝贝，你的价值可要比这些蓝田石大得多。”李源感叹，他知道自己绝大部分收益都是眼前这尊机械兽贡献的，如果有机会回去，光靠这尊开山甲兽，他就能过得比以前滋润。

有蓝田石就好办，能够加快二女恢复速度。

李源心好，不惜消耗体力，为二女按摩。隐隐传来的轰鸣声给他造成很大压力，十几个小时便在祈祷和焦虑中过去。

在此期间，就算能找到蓝田矿石，也不敢把开山甲兽放出去。不知不觉，又是五个小时，祈盼二女醒来，成了一种煎熬。

还好，敌人探索速度并不快，始终在某一区域徘徊。不过，随着时间推移，暴露几率大增。

“咦？按照保健操为别人进行按摩，虽然消耗很多体能，饿得前心贴后背，却好像正在让我的身体素质变强，再来一次，不知道是不是错觉。”李源心生疑惑，决定再做一次进行验证。

作为机甲兵，对于身体变化要比普通人敏感得多，整个机甲兵五级，实则就是夯实基础的过程。只是，进化不能一蹴而就，往往需要日积月累的坚持，每个人都梦想加快进度，却未必能做到。而每个人的身体素质和领悟力不同，便产生很多差别，能否尽快成为机甲士因人而异。

慢慢进入状态，李源的手法拿捏得极好，不承想为母暴龙推拿的时候，这丫头发出一声呻吟。

“难道要醒了？太好了。”李源完全没有考虑其他，借着荧光棒的微弱光芒，急忙加快推拿劲力和速度，就在手掌按到母暴龙心脏部位时，又听到一声呻吟，沙星野睁开双眼，睡眼蒙眬地看向少年，眉梢轻颤……

CHAPTER 19

博盾宙极石

“再让人家睡一会儿嘛！”沙星野闭上双眼，昏昏欲睡。

李源喘了口气，这时候才反应过来，自己与母暴龙太过贴近，容易让人产生误会。他想慢慢把手掌撤回来，眼看着就要成功，谁知耳边忽然传来声音：“大源子，大姐头，你们在做什么？”

很安静的地方，突然来了这么一句，格外清晰。

“哎呦，我的姑奶奶，你醒就醒吧！那么大声做什么？”李源条件反射般地说道，等到他再想进行未完成的事业，把手撤回来时，只见一双冰冷大眼睛正冷森森看着他。

“啊，大姐头，您醒了。”某人尴尬大笑，“哈哈，哈哈，天气真好。”

“砰”的一声，李源只觉头晕目眩，身体受到巨力撞击，砸到身后的石壁上，他想要爬起来解释，两双娇柔小脚已经在他背上使劲狂踩。

“淫贼，大坏蛋，你说，你对我们做过什么？算了，你肯定会狡辩，踩死你。”两个女孩完全不像受过重创，也完全不顾形象，精力充沛得令人傻眼，疯狂蹂躏着脚下少年。

“喂，你们两个，给我下来。”

李源突然暴起，尽显男儿本色，抬手便捂住两个傻妞的嘴巴，做侧耳倾听状，等到确认一切安全后，压低声音说：“你们知不知道这是哪里？脑袋进水了？要不是我，你们两个还能站起来踩人？老老实实待着，真想把你们怎么样，老子有一千次机会，事态很严重，收声。”

莎莎冷静下来，借着微光看向李源，以她那强大的逻辑分析能力，质问道：“还说不想怎么样？将衣服撕开，把我绑到背后行走，让老娘用胸部在你背上来回磨蹭，是不是很爽？还有裤子呢？别告诉我太热，你把裤子扔掉了。”

“啊哈，啊哈哈，不愧情报系高才生，推理能力就是彪悍。”李源直挠脑袋，“那啥，路上我真没有把心思放在背后，只顾盯着眼前来着。还有那条裤子，莎莎你说得对，太热，扔掉了。”

“无耻，带着两个女孩子，裤子说脱掉就脱掉。”莎莎有些语无伦次，冷哼道，“你说只顾着看眼前，是因为你抱着大姐头，发现她的比我的大？”

“砰！”

李源头晕眼花，他又挨了母暴龙一拳，莎莎这是不怀好意，专门把他往沟里带，看来不祭出撒手锏，不足以压制两个悍妞。

“我，我说，我老实招供，在一座矿洞中，意外发现了一块扁平黑石，那玩意居然能自然悬浮半米高，当我驾驶机甲接近，便生成巨大吸力，扣到攻坚者三型背后，仍然有差不多半米间距，使用最大动力却无法将那鬼东西拉开。”李源还是有些小聪明的，懂得转移注意力。

“黑石？自然悬浮？”莎莎一愣，皱起眉头。

“是啊！很邪门的东西，想跑都跑不掉。”李源揉了揉胸口，感觉母暴龙还算不错，以五级机甲兵体质，想要收拾他，那就像掐小鸡一样，看来这丫头不光彪悍，还知道手下留情。

“难道会是那种要命的东西？有了它，如果数量充足，足够邀请数名机甲师出山。”母暴龙意识到问题的严重性，恢复了副队长风采。

“大源子，把黑石的周围环境仔细描述给我听。”莎莎神情极为凝重，甚至透着一丝焦虑。

“呃，我想想，那处古矿洞很神秘，地面上有很多莫名其妙的孔洞，而且重力环境紊乱，整个矿洞看上去更像陨坑，越是靠近黑石，重力越庞大，要不然我不会驾驶机甲过去。”李源描述一番，抹去冰妖王石存在的痕迹，就连冰凌月菇都没有提半个字。

并非不相信二女，而是任务之后，如果冰妖王石出现在报告中，会引来许多不必要的麻烦。他只是一个一级机甲兵，还很稚嫩。没有死在战场上，却死在自己人手中，那将是最大的悲哀。

二女把脑袋凑到一起，低语几句，又是点头，又是摇头，之后便是沉默，让李源心里发慌。

“小子，真不知道该说你运气好到爆，还是说你倒霉到爆，从你描述的情景看，我们基本可以确认那是一块博盾宙极石。”沙星野压制住内心烦躁，低声问，“知道博盾宙极石是什么吗？”

李源急忙摇头，说：“听名字就知道是高级货。”

莎莎叹道：“博盾宙极石很稀有，恐怕大部分机甲师都没有见过。它不是常规矿物，却异常出名。因为古老传说，神之国珈蓝就是以博盾宙极石起家，建立起庞大帝国。据说这种超能金属拥有很强的抗打击能力。李源，你在矿洞地面看到的孔洞，是博盾宙极石源液从地心升腾到矿区留下的痕迹。此石出现时间应该不久，因为稳固下来的博盾宙极石，通常是球体。”

“莎莎，我们必须找到队长，把消息发送回去。”母暴龙攥紧拳头，她已经意识到，这件事会引起轩然大波。

“唉！恐怕会很难。”莎莎摇了摇头，神色间一片凄苦，解释说，“难怪安得赛特家族会出动开山甲兽，听说开山甲兽具备一定几率，可以侦测到博盾宙极石所在。当然，这个几率非常玄妙，矿区如果有其他矿物，会形成干涉。除非……”

沙星野一愣，继续说：“除非他们已经请来最高端的先知型开山甲兽，以普通开山甲兽作为先知开山兽的感应节点，使侦测几率大增？”

“不错，既然他们锁定了大致范围，就说明李源动那块博盾宙极石的时候，肯定有波动泄漏出去。敌人正在进行地毯式排查，一条隧道一座矿洞地清理，不放过任何死角，所以留给我们的时间不多了。”

莎莎咬了咬嘴唇，她和沙星野都很聪明，知道这背后意味着什么，如果让敌对家族得到博盾宙极石，那么沙家将彻底陷入被动，说不定会连续失利，丢掉广阔疆域。

“两位大姐，先别说这些了，你们的战术腰带里有行军饼干吗？没等敌人找过来，我恐怕会先饿死。”李源摸着肚皮，他平时饭量就大，虽然与母暴龙们相比，还有些差距，但是确实很饿呀！已经记不清有多久没吃东西了。

“咕嘟。”

听到此话，母暴龙的肚皮也不争气地叫了起来。

“吃货，谁像你走到哪里都带上一麻袋行军饼干？我的战术腰带里全是装备，没有多余空间放吃的。”沙星野不由得看向莎莎，她为了恢复身体，已经耗光体能，只不过嘴硬，心里还是很渴望饱餐战饭的。

“呃，你们都没有吃的吗？我也没有呀！”看到李源有崩溃迹象，莎莎连忙说，“不怕，我在机甲中放了好些，等到了安全的地方就可以取出来。”

“机甲？快，快找个矿洞取吃的。”李源眼睛都变绿了，他现在绝对能吞下一头牦牛，就算吃不下成年牛，吃一头小牛犊绝对没问题。

“等一会儿，叫我感应一下，似乎有些不妥。”莎莎忽然说。

“我也有些不妥。”沙星野眉头一皱。

“啊？你们有什么不妥？不会，不会是女孩子每个月那几天来了吧？”李源被饿得呀，说话已经不经过大脑，顺嘴就来。

“砰！”

又吃了一记暴栗，李源抱着脑袋蹲下。

“笨蛋，脑袋里整天在想什么？”莎莎颇有些恨铁不成钢的样子，长叹一声，“不妥是我无法驱动机甲，损伤太过沉重，终究没能逃出机甲士的攻击。相互隔了一个大层次，机甲兵遇到机甲士，只有被碾轧的份。”

“我也一样，无法动用机甲，恐怕比莎莎你的游侠五型损伤还要严重不少，必须回去找专人处理，才能恢复战力。”沙星野的话让李源几乎忘记了饥饿。

“喂，喂，不是吧？你们两个无法动用机甲，而我的机甲又见不得光，那不是说我们三个都成了废人？”李源看看莎莎，再看看母暴龙，答案显而易见，他们就是废人。

“不，我不想听这个，我想要吃行军饼干，我想要喝水，我想要……”李源抓狂，突然身体向后一沉，莎莎和沙星野同时在身后抱住他，捂住他的嘴。

“嘶嘶，嘶嘶，嘶嘶……”

很轻微的嘶叫，由远及近。

不多一会儿，看到石缝外面出现两道淡淡绿光，那是一双电子眼，有开山甲兽经过。

李源点了点头，示意自己已经恢复理智，心中却在叫苦连天：“难道敌人快要搜索到这条隧道来了？隧道尽头似乎有座古老矿洞，却并未感受到气流，很有可能是个死胡同。”

死亡，面对它时，很少有人能风轻云淡。更多的时候，是各种负面情绪的爆发。

莎莎将荧光棒收入怀中，掐灭微弱的光线来源。然后，动作无比迅速地开启战术腰带，从中取出一卷幕布，展开之后，将幕布挡在三人身前。

这层幕布能阻挡大部分探测手段，更能切断声波，正好适合在黑暗中使用。

等到开山甲兽离开，莎莎才敢重新照亮石缝，沙星野从战术腰带中取出三件黑色斗篷，分给莎莎和李源每人一件：“穿上它，我们要尽快离开这里。”

李源认识斗篷，这是沙家最好的隐形衣。可是，他们真能回归小队，并且成功发出消息吗？他们心里完全没底。

CHAPTER 20

忍无可忍

隐形衣并非真的隐形，而是通过扭曲光线，来抹去身影。如果用强光照射，再厉害的隐形衣也会显露出痕迹，更不用说利用各种侦测手段进行深层次扫描，那将无从遁形。

有一件斗篷罩在身上，让李源仿佛找到了自信，他抬起手来认真辨认一番，确实有效，只能看到一片黑暗。

“走，跟我走。”莎莎速度很快，点脚跳出石缝，身形微微向下，化作一道清风飘然而去。

李源眯起双眼，这些斗篷存在一丝联系，所以能准确探知同伴位置。莎莎刚刚离开，沙星野便狂猛跃出，两个悍妞的体质，实在叫人羡慕。

远远吊住莎莎，开山甲兽已经被母暴龙收到战术腰带中。这又是李源羡慕的地方，拥有叠加空间的战术腰带，向来是他这种草根梦寐以求的。

三人并未进入前方矿洞，而是反方向行进，快速离开古隧道。

“记住，从现在开始，我们不能说话，尽量不要聚到一起，以回归小队为主要目标，必须将消息传递出去，否则就算死，也是白死。”沙星野斩钉截铁，尽显铁血风范。

这时候的母暴龙，才是真正的天狼小队副队长，就如她以一己之力拦截敌人，掩护小队队员撤离一样，仿佛与生俱来便有刚强和不屈渗透到血液中。

沙家守卫边疆数百年，即便骨子里有些腐朽，可是能够屹立到今天，自然有他的道理。

莎莎开始用一种独特方法绘制地图，她之所以能保送进入高等学府，确有其过人之处，只见纤纤玉手不断在地图上描绘勾勒，随着自身精力快速流失，地图正变得完整，甚至连安得赛特家族搭建的封锁线和陷阱都一一标注清楚。如果李源看到这一幕，肯定会吃惊得说不出话来。

每个家族都有秘密力量，而莎莎正是那秘密力量的一部分。虽然沙星野在沙家拥有很高权限，但是她对莎莎仍不了解，只知道这个女孩出自情报系，驾驶游侠五型，战斗力并不出众。

莎莎的一切，都很神秘，隐藏在迷雾中。

不知不觉，莎莎已经带着沙星野和李源踏上一条相对安全之路，反其道而行之，借助一处隐蔽岔路，赶在敌人封锁之前，从古矿洞区域突围而出，三人又见到了那久违的岩浆和火星。

“这，这就脱险了？”李源晃了晃脑袋，狠狠掐了自己一下，不是做梦，是真的。

然而，莎莎和沙星野并未减速，反而将速度提升上去，看得出她们非常急迫，在快速移动的时候，斗篷边缘泛起波浪。

“现在的女人呀！都不会为别人考虑一下吗？肚皮瘪瘪的，却要急行军，好辛苦。”李源脑海闪过几句抱怨，可是之后这些抱怨便被自己的喘气声淹没进去。

狂奔数公里，斗篷罩在身上，笼住一团热气，真的有些吃不消。

这时候，李源的倔劲上来了，两个女孩都能坚持住，他这个爷们没有道理不行。还在学院的时候，他就立下过誓言，永远不能拖战友后腿，就算再怎样困顿，他也要维持那一点尊严。

矿洞本就酷热，还要在身上罩上一件斗篷，莎莎和沙星野早就香汗淋漓。可是，两个女孩出自沙家，意志力超越同龄人太多，不要说区区热力，就算烙铁印在身上，也不会皱半下眉头。

人是肉长的，可是那意志却是钢，却是铁，千锤百炼，方能无畏。

莎莎隐隐有一个感觉，这个方向应该有天狼小队队员，不知道是谁，却越来越近，让她充满期待，最好能找到主力，见到那个苦苦压制实力的队长。

然而，事与愿违，当三人进入一座大型矿洞，莎莎首先停了下来，并未过去。

“哈哈哈，小美人，听说你是沙家那个体能冠军是吗？啧啧，不如咱们切磋一下体能，看看谁在床上的持久力更强些。”笑声肆无忌惮，听起来有些耳熟，正是曾经被李源和莎莎联手击退的左将星雷蒙。

此时此刻的武将机甲伤痕累累，却并未伤筋动骨。这要归功于两件机甲辅助宝器，让他在面对天狼小队其他队员时，两次脱险，这钱花得值。

“无耻，有种就一剑把我砍死。”一架信天翁六型机甲浑身颤抖，一条机甲臂膀被斩掉，机体被缆绳倒吊起来，已经接近解体边缘。

“声音真好听，我开始浮想联翩了！”雷蒙以一种让人起鸡皮疙瘩的声音说，“宝贝儿，我的亲亲小宝贝，男人不无耻，女人不会爱，只要你尝过哥的滋味，就会无可救药地爱上我。”

话音刚落，旁边石壁一晃，出现一尊机甲，通体火红，头戴角盔，脚踏马靴，是一尊女武将。

“好了，雷蒙，把我叫来就是为了听这些？沙家的女人你又不是不知道，就算你用强把她们拉上床，她们用嘴咬也会把你咬成残废。”冷冰冰的话音扩散开来，李源好像看到莎莎站立的位置在颤抖，旋即便稳定下来，让他以为是错觉。

“妹妹，你真扫兴，哥哥我喜欢从肉体到意志完全摧残对手。”雷蒙抬起大剑，用剑尖在残破机体上划出一道道火花，笑道，“就好比现在，我享受的是过程，懂吗？你瞧瞧她，一直都在坚持，一直没有放弃希望。而我呢，给她保留希望，没有攻破最后一关，否则可爱的信天翁六型很快便会解体。知道吗？慢慢蚕食希望，让恐惧降临心头，一个未经人事的小丫头肯定难以承受。”

“哼！我们女人有的时候很感性，会为了心中一点美好，不惜以生命作为代价。”

雷蒙的妹妹走到近前，拿出一把短剑在残破机体上游走，说道：“就像那个莎莎，原来她很在意自己的容貌。可是，当我把她的心上人搞得奄奄一息时，她居然在那种情况下，不惜毁掉自己的容貌，自行断掉四肢，对我形成反制。呵呵，很有意思的小丫头，可惜她看走了眼。”

“我知道，莎莎是你出道以来，唯一一个从你手头逃走的沙家人。对了，她原来那个姘头最后怎么样了，没听你提起过。”雷蒙哄笑。

“哼，那个蠢货早就成了我的奴隶，只是配合演戏，谁想小丫头入戏太深。既然主角伤心地走掉了，作为配角的他，自然会谢幕。对了，尽管哥哥有所隐瞒，我却知道你在那个小丫头手上吃了亏。”

“混蛋，你居然监视我？”雷蒙大怒。

“咯！你在生妹妹的气吗？职责所在，没有办法，何况我只能看到一点朦胧光影。输了就是输了，作为安得赛特家的男人，有什么不敢承担的？除了莎莎，我倒是对她新勾搭的小男生很感兴趣，这会不会是另一场有趣游戏的开始呢？”女人惹怒雷蒙后，心情似乎一下子变好。

“不准把我失利的消息外传，否则我会让你尝一尝左将星的厉害。”雷蒙发狂，轰然一剑捣毁信天翁六型机甲，探手一抓便将少女捏到掌心。

“老子今天心情不好，你这个小妞到底从还是不从？如果把大爷侍候得开开心心，没准大发善心，把你的头颅寄回沙家。”雷蒙残酷至极，用力捏合掌心，如果少女没有表态，下一刻就会血溅当场。

李源看到这一幕，紧紧握住拳头，指甲深深嵌入掌心。

“妈的，是沙枫桦，我们还有个赌约。看着一名队员在眼前死去，我受不了。”李源想到这里，迈步就要冲出去，却被一团劲力拦住。

是莎莎，她在关键时刻，拦住了这个冲动的家伙。

在同一矿洞中，为了不暴露目标，二人全都不敢作声，缩到一个狭小角落，紧紧扭到一起。

莎莎抓住李源手臂，用指头按出一种节奏。这是沙家学院都会传授的一种简单密码，她在声嘶力竭地说：“呆子，我们有任务，不能因你一时冲动坏了大事。不能去，小不忍则乱大谋。”

“乱大谋个屁，难道就眼看着队友身死？眼看着敌人用队友取乐？我李源很惜命的，可是如果不做些什么，即便我爹和我哥复活，也会被我活活气死。记得吗？我说我要做一个心中有理想、有坚持的人。你是女人，可以冷静克制，可是我是男人，即便不是沙家嫡系，可是我生活在这片星空下，就要尽到应尽的义务。”李源以最快速度传递出这段信息，身形陡然向前翱翔。

“轰”的一声震响，攻坚者三出现，背后仍然以磁悬浮状态驮负着扁平黑石。

“喂，你们两个家伙太目中无人了。这个女人是我的侍女，打狗还要看主人，她的命你们偿还不起。”李源向前走去，一个一级机甲兵，一个男人，一把大弓，坦然面对两名兵级强者。

沙星野看到李源出战，松了一口气，作为副队长，她无论如何也不想看到队员被捏爆，还是花季年华，就此凋零，令人不忍。可是，正在执行的任务也很重要，关系重大，她不知道该如何选择，所以没有拦截李源，也没有阻止莎莎，在她心中，李源的选择，便是她的选择。

“是你？”雷蒙一愣的工夫，一道光影袭来，惊艳、炸裂、蔓延。

万点冰晶凝结，冻住了武将机甲手腕。李源轰然驾驶机甲向前，他要以一种正在开创的极限操控招数作为开场，嘴中一字一顿念道：“冰妖展翅，极限杀箭，怒断长空！”

CHAPTER 21

技压强敌

箭矢长达两米八五，箭镞布满玄奥花纹，机械弓发出雷音，等到看清弓弦震颤时，四道光影已经劲爆飞出。

这是复合型能量箭矢，穿甲冰冻箭。

李源头脑很清晰，他知道自己没有资格挑战四级机甲兵，更何况旁边还站着一尊始终辨认不出级别来的古怪机甲。考虑到这对兄妹的对话，妹妹能监视哥哥，又不被察觉，说明女武将机甲层次不低，最起码也是四级机甲兵，甚至更高。

箭镞上的花纹是以冰冻辐射篆刻出来的能量回路，李源一弓四箭，爆发出凌厉杀机。他不管敌人高出自己多少，开弓没有回头箭，既然跳出来，就要战斗到底，这是他的坚持。

速度太快，雷蒙和他的妹妹都有一种被击中的感觉，根本来不及锁定，由于太过突然，也未能启动全部防御，便听到光脑警示音。

“警告，穿甲冰冻箭，能量屏障抵消百分之三十五杀伤，箭镞深入腿部膝关节，冰冻辐射正在侵入。警告，膝关节受创。”光脑尽忠职守，却让雷蒙暴怒。

“小子，你死定了，没人能救你。”雷蒙大吼。

李源的攻击从来都是一浪高过一浪，他无视对方咆哮，操控机甲前滚翻，正好滚到武将机甲脚下。刚才他那四支穿甲冰冻箭成功命中敌方两尊机甲膝盖，能够限制对方在几秒钟内无法行动。

几秒钟对于一场战斗来说，太重要了。不过，他没有借机扩大战果，而是救人。

“轰”的一声巨响，攻坚者三用它那粗糙脑壳撞在武将机甲手腕上，只见细碎冰晶漫射，李源顺势一个肘击，将雷蒙的机甲击退三步。

机甲手指在空中划动，已经捞到沙枫桦。

然而，异变突起，一道红色光影斩来，惊得李源双手紧急刹住，快速转角变换操控。

令人绝倒的一幕出现了，攻坚者三下挫，做出一字劈腿动作，并用右手撑住地面，不等真个坐实，双腿骤然翻卷，身体旋转倒立，对准红色光影猛踢。

“砰，砰，砰！”

女武将机甲亦向后退去三步，她有些吃惊，在这种情形下，对方竟然快速反应过来，顺势还击，看来莎莎刚勾搭到手的小男生，似乎蕴藏着巨大战斗潜质，应该重点收集此人情报。

“攻！”

李源大吼一声，弓若惊雷，天崩地裂。

转身开弓过程中，攻坚者三已经将沙枫桦抛了出去，因为没有余力照看这名受惊少女，至于母暴龙能不能接住，则不在考量范围内。

接下来面对两尊超出自己太多的强敌，战斗只会更加艰苦。

“嗖，嗖，嗖，嗖……”

箭镞划破空气，造成一连串呼啸。李源仍然在退，他必须尽快拉开距离，为莎莎和母暴龙创造机会，从这座矿洞穿越过去。因为只有前方一条道路，很快后方就会被闻风而来的敌人堵住。

六支穿甲冰冻箭，三十三支急速冰冻箭，一个照面便被李源用掉四支穿甲冰冻箭，以及八支急速冰冻箭。他在全面瓦解敌人速度，让两具机甲陷入迟缓状态。

莎莎惊奇地瞪大眼睛，她没有想到，这个大男孩居然留有底牌，这是拿急速冰冻箭当作常规用箭来用，以她的身家自然无所谓，可是放在刚刚毕业的机甲兵身上，那是十分奢侈的事情。

“还等什么？我来断后，走。”李源头也不回，大吼。

母暴龙的行动永远都比思维快，她已经接住沙枫桦，身形飞快向前方蹿去。

莎莎咬住嘴唇，面容变得异常冰冷，她突然做出一个连自己都有些吃惊的动作，机械假肢爆发明亮光焰，她从侧面跃到攻坚者三手臂上，再用力一踏，坐到机甲肩膀上，看向对面。

“胡闹！这个时候，你怎么上来了？”李源吃惊，手中动作却不慢，他再次抬起大弓，用尽全力拉动弓弦，身形不动如山。

“右将星玛娜，真想不到，你与左将星是兄妹，好像你一直都在刻意隐瞒这层关系，连我们沙家情报处都不知道。”莎莎高声说道，“最近过得可好？我们又见面了，你不是说我莎莎从来不会看人吗？你不是说我应该把自己的眼睛挖出来吗？那么，看看我现在的男人如何？”

出乎意料，李源静了下来，因为莎莎暗中敲击机甲脖颈，传递着密码，意思是说：“你这个混蛋，就知道逞英雄。让大姐头带着沙枫桦离开，我如果也跟去，玛娜会不惜一切代价追过去的。这个女人很疯，很毒，很辣，她向来不按常理出牌，我们还有机会，不能轻易言败。”

“呵呵呵，小丫头，咱们两个真是有缘！我这个笨蛋哥哥可不知道做妹妹的良苦用心，他只会抓你们沙家女人寻开心。”玛娜驾驭着女武将机甲向前跨出一步，插在膝盖上的穿甲冰冻箭寸寸崩碎，机体上涌起无穷热力，冰冻辐射带来的迟缓效果正在快速消退，让人非常吃惊。

“这是？你所拥有的女武将机甲，难道是安得赛特家族秘而不宣的女武神九型？”莎莎看到玛娜的表现，不由得倒吸一口冷气，心中骇到极点。

“九型机？”李源虽然不知道女武神机甲的相关参数，但是他清楚一点，那就是凡是原甲开发到极致，最后的型号都是九型，只是侧重点不同，数据自有偏重。

别看原甲相差程度不大，可是在最激烈的战斗中，一丝一毫的差距，也许就是生与死的距离。

所以，各大家族都在不遗余力开发高型号原甲，为的就是把某方面的功能发挥到极致。例如沙家的信天翁六型和游侠五型，都在速度上下功夫，游侠五型改装机配备战术机靴，也就是那种夸张绑腿后，弥补了速度方面的不足，才与信天翁六型堪堪齐平。

这是制式类外部插件带来的功能，不能计算在基础参数之内的，只因游侠五型那弧线造型比较拉风，深受沙家青年喜爱，故此使用率比较高。

今天是李源第一次见到九型机，他有些痴迷地看过去，心道："难怪看不出级别，竟然是九型机呀！整个系列最为成熟的原甲，功能方面甚至要比原始型号提升百分之五到百分之十。"

李源没有工夫去羡慕嫉妒恨，莎莎又在暗中同他说话。

"记住，我们唯一的逃脱希望，在于你的极限操控与机甲背后博盾宙极石配合，要知道这可是机甲师层面使用的超能金属，具有不可思议的防御功效。另外，不用为我担心，我能自保。"

"博盾宙极石？对呀！背着这块黑石，总要为我出几分力。"李源将情绪稳定下来，老实说他嘴上叫三女快走，心中却产生巨大孤独感。直到莎莎毅然留下，心境这才快速转变，感到浑身上下充满活力，情不自禁把腰杆挺直，勇气噌噌往上冒，大弓爆发如惊雷。

"爆，爆，爆。"李源双手扭曲成独特角度，结出古怪手印，快速落在操控光屏上，主副动力炉骤然分解出千点万点芒光，爆炸开来。

"轰！"

弓如满月，蓄势已久，全力引发而出。

这才是李源的绝招，从展开攻击到现在，他一直都在做准备，主动力炉与四个辅助动力炉好似承受不住重压，不停颤抖，掀起层层叠叠热浪。还好合成罐中有一位大救星，关键时刻让光脑消耗掉五六克冰妖王石，抵消了超负荷运转动力炉带来的强横反噬。

只有一支箭射出，撕破长空，发出鸣音，如凤啼，如龙吟，霸道无双。

"咔嚓！"

强大的后坐力让攻坚者三向后退出去五步远才堪堪站住，莎莎身形摇晃不已，差点从机体上跌落下去，让她万分吃惊。

雷蒙哀号：“啊！我的眼睛。”

粗大箭矢钉入武将机甲眼窝，骤然爆发出冰冻辐射，加上强劲力道引起超强破坏力，直接将武将机甲对外观测功能摧残掉，使雷蒙眼前监控光屏爆发强光，轰然破碎。

光屏破碎前出现强光，让雷蒙暂时陷入失明状态。

如果没有右将星玛娜在场，李源凭借急速冰冻箭，完全可以压制住雷蒙，并对武将机甲形成更致命打击。

可是，雷蒙这个妹妹不简单，她掌控着一尊九型机，可以任意扭曲机体附近的光线，从而形成隐形衣效果，更能用独特方法抽取地热。否则膝关节中箭，不可能那么快恢复。

“不错，李源你真的很不错，如果能持续性动用刚才那种攻势，再有急速冰冻箭作为常规箭矢使用的话，就可以越级作战了。”莎莎说到这里，禁不住一叹，暗道，“可惜，如果李源使用游侠五型的话，即便只是一级机甲兵，也能凭借原甲不弱性能，爆发出三次攻击。可是现在，攻坚者三明显落入颓势，能量池和动力炉多半再也无法负荷这种招数了，令人担忧。”

“小鬼，技术不错！可是你选错了对象。在敌人之中有九型机的时候，如果只有一箭之力,应该最先向九型机展开。”右将星玛娜驾驭机甲向前走来，话语之中不无奚落，“哎呀！这就是莎莎你选的小男人？看起来像个蠢货。”

话音未落，女武将机甲顿在原地，玛娜不敢置信地望着前方，只见大弓如满月，再次爆发出璀璨流光。

CHAPTER 22

超强防御

李源会不知道九型机甲威胁性更大？放着一具传说中的机甲不攻击，反而攻击较弱者？即便雷蒙再讨厌，再嚣张，再欠揍，可是战场就是战场，何至于如此糊涂？

既然李源不蠢，那么愚蠢的，就只能是敌人。

“怎么可能，明明不堪重负，为什么还能开弓？”玛娜恨得牙根直痒，她知道刚才攻向雷蒙那一箭的厉害，能够洞穿防御屏障，准确射入电子眼，从内部摧毁机甲视觉和扫描能力。虽然雷蒙已经放出修复灵，动用全部能量进行修复，却需要时间，而这个间隙，她也要出问题吗?

“轰隆隆……”

光影喷吐而出，破入鲜红屏障。

玛娜看到眼前光屏出现一片雪花，她急忙闭上双眼，任由光屏破碎，任由强光凌虐。

箭镞只是稍微迟滞，便势如破竹攻了进去。箭尾颤颤巍巍，大半箭身钉入九型机电子眼。

李源大口喘粗气，浑身都是汗水，心中一阵庆幸，要不是拥有一件秘宝，不需要担心能量池输出问题，他根本发不出第二箭。

可是，代价也很巨大，攻坚者三左侧机械臂耷拉下来，光脑发出警示音：

“警告，后坐力超越承受极限，左侧机械臂内部组织损毁严重，请立刻派出修复灵维修。”

“修复灵，立刻前往维修。”李源急忙调出数据，快速扫视，松了口气。

损伤没有预计那般沉重，全因机甲整体实力有所提升。这是秘宝带来的好处。

“我要让你为自己的行为付出代价。”玛娜怨毒叫喊，她陡然驾驭机甲向前。

在女武神九型前进的过程中，机甲双臂弹射出湛蓝短剑，剑身爆发出耀眼光芒，使周遭空气布满令人窒息的闪电。

这个玛娜好似一头被激怒的母狮子，疯狂咬来。

“果然，有那么一丝迟滞，即便用的是穿甲冰冻箭，也没能破坏所有感应线路，女武神九型仍具备扫描功能，并未致盲。”李源对战斗有着一种天生触觉，他几乎先玛娜一步猜到结果。

退，仍然要退。

攻坚者三没有任何资格与女武神九型碰撞，尤其对方还拿着一对凶器，湛蓝剑身差点亮瞎李源的眼睛。

这对短剑肯定是兵级机甲最顶尖的武器，光是造就它们的材质，就极为不凡，更不要说光脑监测到的能量波动，强烈得超乎想象。

此时此刻的莎莎，目光坚定，毫无畏惧，直视女武神九型，好像对李源胜出，抱有极大信心。

女武神九型单就速度这一项，就超出攻坚者三型太多，也许只有抗打击能力基础数值，稍稍不如粗糙的攻坚者，却在九型机各项数值带动下，抹去了那点微不足道的弱势。

玛娜注意着莎莎，光屏已经重启，她的心头不由一凛，暗道：“哼，过于自信，正是心虚的表现，想通过这种低级方式来影响我的判断力吗？真是幼稚。”

双剑瞬间拉近距离，夹带惊人电光，向攻坚者三双肩劈砍而下。她很想看一看，莎莎还如何镇定，对方胆敢伤害她的女武神，不把攻坚者三从外到内肢解掉，就不是安得赛特家右将星。

看起来，攻坚者三已经退无可退，以一级机甲程度，下一刻就是破碎。

就在玛娜仿佛看到自己鞭打莎莎的新姘头时，攻坚者三忽然做出一记奇怪动作。

李源在如此恶劣的境况下，操控机甲背对敌人，机身猛然向女武神九型撞来，他在利用背后的博盾宙极石。

“轰隆隆……”

响声传出去很远，这下子乐子可大了。

刚刚，女武神九型发挥速度优势，全力向前攻来。而攻坚者三突兀转身，以巨力相迎。就好像两颗彗星碰撞在一起，难怪会产生如此大的动静。结果令人跌破眼镜，强横的女武神九型直接轰飞出去，两把湛蓝短剑插在扁平黑石上，再看攻坚者三，完好无损。

“我靠，这么牛？老子发达了。”李源对此情此景极为傻眼，他曾经想过博盾宙极石是一种强悍到极点的超能矿石，却没有想到会变态到极点。

要知道他们可是成型机甲作战，巨力相撞难道还抵不过自然形成的矿石？在相撞之前，李源想得更多的是把黑石撞掉，也许就摆脱麻烦了。

“你，你这是？什么？这么一大块，难道都是博盾宙极石？”玛娜失神，她终于知道为什么看对方机甲背后黑石如此熟悉了，本来还当作是一种可笑的防护器具，现在才反应过来。

“快走，有强大敌人正在飞速赶来。”莎莎就像先知先觉般，鼻子轻轻动了几下，断定有强敌即将到场。

没有办法，虽然李源很想教训这对恶毒兄妹，但是自己层次太低，估计不用多久，雷蒙的武将机甲就会恢复对外感知，如果迟疑片刻，恐怕小命不保。

“哼，日后再相见，我会为莎莎出一口恶气的。”李源说着，驾驭攻坚者三快速向前方隧道跑去，在他离开之前，用背部全力撞击石壁，使隧道坍塌下来一小段。

玛娜很想起身拦截，可是博盾宙极石超级变态，把女武神九型大部分冲力反弹而回，让机体出现大约三秒钟休克状态。

仅仅三秒钟，玛娜就不得不眼睁睁看着可恶的“狗男女”离去。

“啊！莎莎，我会自断一臂，作为对自己的惩罚。下次，你不可能再有如此好运。”歇斯底里的喊叫声在背后响起，玛娜真的会自断一臂惩罚自己。

“切，疯婆娘，居然自残。”李源放松下来，机甲兵不能一直使神经处于紧绷状态，他有些好奇地问，“莎莎，问个问题，你刚才就那么自信，觉得我能逃过一劫？”

“笨蛋，我说吓得动不了，你信吗？玛娜这个人太过自负，我越是表现得自信，她越会放开警惕性。能够逃出来，很不容易。可是更加不容易的，还在后面。”莎莎淡淡地回了一句。

“吓得动不了？呵呵，你真会开玩笑。”李源很佩服莎莎，这样一个比他大半岁的女孩，已经经历过很多事情。

博盾宙极石曝光，接下来所要面对的，将是围追堵截，将是山呼海啸。李源已做好耗干能量池所有能量的准备，总不能坐以待毙，就算死，也要拉上几个垫背的，惊天动地地挣扎一番。

“对了，在与那个毒女人相峙时，你好像说我是你现在的男人耶！”李源突然说，神情表现得很激动。虽然他心中已经有了萧萧，但是有女孩对他产生好感，还是会觉得异常骄傲的。

“打住，你也说了，那是与敌人对峙，我只有那样说，才能让她把全部注意力集中到你和我身上，才好让大姐头带着沙枫桦离去。”莎莎侧过头去，好像显得很不高兴，实则有些迷茫。

“啊哈哈，不要不承认，少女偶尔爱慕一下本帅神，还是可以的。当然，我已经把爱意奉献给萧萧，可恶的沙鹏飞，回去就找他算账。”某人在自我膨胀中。

“萧你个大头鬼，不要走这里，向左移动，快。”莎莎登时警惕起来，有些不安地看向右侧。

说时迟，那时快，箭出如雨。

“砰，砰，砰……”

还好，李源反应速度极快，在箭雨到来前，便操控机甲背过身去，任由攻击降落背后，甩开大长腿向左侧隧道狂奔，快若闪电。

“注意，找到大鱼，他在点三六方位，我会吊住他，各小队赶快到位。”

黑暗中，走出一尊银色机甲，背后背着大弓。

事情太大，玛娜知道捂不住。

她和雷蒙失利倒在其次，关键是沙家很有可能已经洞悉安得赛特家族在做什么，何况还有那样一大块博盾宙极石出现，所以她当机立断发出通报，让附近矿区所有小队了解情况，围追堵截目标机甲，以求挽回一点颜面。

“收到，点三六，开始汇集。”数道目光投向隧道尽头，他们看到一具机甲疯狂撞来。

“轰隆隆！”

攻坚者三在空中就抱成一团，用背部扁平黑石发力撞击。不得不说博盾宙极石超变态，连续撞倒四尊机甲，居然安然无恙。

当然，李源在撞过来之前，已经拜托莎莎，想办法将玛娜那两把湛蓝短剑拔了出来。这东西陷得并不深，只是因为博盾宙极石自带古怪吸力，才给人一种深陷的感觉。

两把短剑绝非凡品，好东西谁不喜欢？尤其现在缺少近身搏斗武器，到了李源手中，更能发挥威力。

如果仅仅是普通合金短剑，以李源的极限操控技术，有没有短剑无所谓。可是，玛娜这对能发出电光的湛蓝短剑，可以轻松破开三级机甲以下防护屏障，是机甲兵不可多得的格斗利器。

“滋滋，滋滋……”

隧道深处冒出电火花，攻坚者三嘴里叼着短剑，从敌方机甲脖颈划过。机甲转身之时，右手甩出一道蓝光，第二把短剑插入一尊机甲头顶。

“旋风击！”看似笨重的攻坚者三旋转起来，好像一阵飓风，将刚刚爬起来的两尊机甲再次撞倒，之后左手湛蓝短剑，右手急速冰冻箭，插了过去。

李源拿急速冰冻箭当作匕首来用，效果还算不错，至少让身下这具机甲当即僵化，想要翻身需要时间，而攻坚者三下一波攻势眨眼就到。

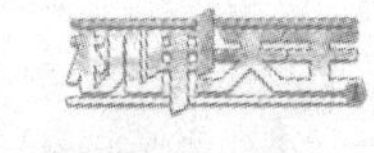

CHAPTER 23

困兽斗

四具机甲被李源干翻在地，若是放在从前，他自己都不敢相信。

实力天平完全倾斜，所有际遇叠加，发酵，引爆，遂将攻坚者三型推向一个全新境界，让刚刚走出学院的一级小机甲兵抓住机会，成了一头猛虎。

不错，李源现在就是猛虎，他打破了兵级壁垒，不断进行越级挑战。无论冰妖王石，还是博盾宙极石，再加上玛娜贡献的一对短剑，都只是外部助力，真正让他强大起来的因素，是顶住冷嘲热讽，毅然将百分之五契合度坚持数年，并以极致偏科学分走向毕业的意志。

在不知不觉中，小小的一级机甲兵已经步入兵级强者行列，足以藐视同阶。

他拥有一颗想要变强之心，从来不曾向命运低头，从来不会向敌人低头。父亲和哥哥都曾经告诉过他，男人必须挺起脊梁做人，不管是不是生在沙家，不管是不是生逢乱世，只要做好自己，只要不丢掉良心，就是李家好儿郎。

所以，在雷蒙摧残沙枫桦的时候，他迈步走了出去。这一步一迈出，在让自己心境变强时，却也把自己逼上了绝路。

生死边缘游走，最能激发一个人的潜力，更何况李源素质不弱。各种感悟纷至沓来，让他在实战中疯狂成长，在腥风血雨中不断洗练，不断蜕变，不断升华，渐渐身上多了一层杀气。

是的，杀气，那是杀出来的气势，杀出来的气质，也许一个眼神，就能让人感到无比恐惧。

被追杀的感觉十分痛苦，好像跑到哪里，都能遇到敌人。但是在莎莎的奇妙指引下，每次遇到的敌人，都刚好在承受范围内，要不然攻坚者三早崩溃了。

不过，也有令李源开心之事，就在他全力以赴放倒那四具机甲的时候，光脑发出提示，告知有机甲能量池泄漏，可以补充能量。

要知道，能量池是机甲重中之重，处于层层保护中，即便机体被打倒，除非完全解体，否则很少出现能量泄漏的状况。真若出现，就能篡夺其能量池积攒的全部能量。

虽然只是一尊二级兵甲发生泄漏，但是对于李源来说，不啻于十全大补汤，他二话不说将能量全部抽取过来，填入越来越饥渴的能量池。

很可惜，因为黑魔方入驻，一级能量池格外超标，它就像海绵吸水一样，把二级机甲兵的能量鲸吞而入，却没有溅起多大浪花。

“娘的，无底洞啊！这样都不行……”

李源发出哀号，不过他并未气馁，在接下来的战斗中，专门利用博盾宙极石背摔撞击，往敌方机甲腹部招呼。

因为腹部通常就是能量池所在，撞不出来就加上几剑，即便泄漏概率很低，也要人为将概率拔高。还真别说，瞎猫碰上死耗子，在这之后又让李源碰上两次。

连场大战，好在没有四级机甲兵出现，要不然就算李源把全部急速冰冻箭用掉，也未必好使。

这第二份能量泄漏，出自一名三级兵甲，让能量池狠狠进补了一番，喜得李源直搓手，大叫自己押对宝了，如此攻击果然是一条提升捷径。

若是脱出重围，李源觉得自己这次任务下来，获得的收益能吃到机甲士阶层。当然，能否晋升成为机甲士，还是一个未知数，赶赴而来的敌人越来越多，消耗也越来越大，高兴为时尚早。

此刻，又有一个倒霉蛋被撞翻，没能逃脱湛蓝短剑侵袭。安得赛特家族也有一级机甲兵进入矿区，负责比较底层的工作，而李源一路行来，干掉数量最多的敌人，还是一级机甲兵。

“炮灰！”

敌方一级机甲兵的表现，让李源想到了这个词。

确实是炮灰，为了迟滞他的行动，为了拖住他的脚步，很多时候，一级机甲兵会前仆后继地冲杀上来，他们明知道会受到碾轧，却仍然要执行命令，用自己的身躯来绽放最后一丝光热。

“唉，不去想这些了，补充箭矢才是关键。”李源摇了摇头，操控机甲蹲伏下来，从敌人的战术箭囊中，抽出一支支崭新的穿甲箭。

“九十八,九十九,一百支整。”

“居然让我收集到一百支穿甲箭，真是了不起，话说安得赛特家族真是富得流油,我从来没见过沙家给一级机甲兵配备过穿甲箭。可惜,战术箭囊已满,再也放不下。”李源小声抱怨。

“臭小子，从哪搞到的冰妖石？临战合成穿甲冰冻箭，这种事情都能被你做出来，看来我要改变突围计划，在你身上追加一些筹码。”莎莎擅长推理，她亲眼见证,李源从敌人身上截获第一批箭矢开始,就没有缺少过急速冰冻箭。

“啊哈哈，莎莎大妹子，这可是我的秘密，千万要为我保密。不就是一块冰妖石吗？还能坚持着用用，消耗再剧烈些，估计没几次，就废掉了。”李源越来越狡猾，才不会道出实情。

“老实说，我已经确认队长所在方向，也基本上绘制出附近地图。下面，你要做好极限冲锋准备，能借助空间张力时，千万不要节省，保住小命才是最重要的。”莎莎说话语气变得凝重。

李源知道，莎莎一直都在等他增加实力，心中禁不住赞叹：“不愧高等学府情报系出来的女高才生呀！不光心理素质过硬，还颇有指挥能力，对于环境变化和洞察敌情，更是有着一种近似妖孽般的潜质，转悠来，转悠去，居然从未出过错。萧萧入的是哪个系，也有这么神奇吗？”

由于眼界不够高，李源把莎莎的超常表现，归结为高等学府培养所致。甚至在他心中，觉得高等学府出来的人，就应该是妖孽般存在。想到萧萧，一方面为心上人高兴，一方面又担心沙鹏飞成长迅速，自己会一直受到打压。

“咦？好东西。”

莎莎忽然从机甲肩膀上跳到地面，她从破碎的敌方机甲腹部，取出一箱军用罐头，箱子上的绿色食用标记，让李源看得眼睛发绿。

“我靠，有吃的了？呜呜呜，谢天谢地啊！”

李源不惜动用机甲定向传送功能，从莎莎手中拿走大半军用罐头，体能一再降低，差点出现幻听，能够吃上一顿饱饭，就算死了也是饱死鬼。

莎莎同样很饿，打开军用罐头，不顾形象猛吃。

就在这时，矿洞隧道传来嗡鸣。

“不好，是机械黄蜂的声音。快走，现在就展开冲锋，进行突围。”莎莎面色苍白，她捏紧拳头，把心提到了嗓子眼，接下来将是最危险的时刻。

“妈的，机械黄蜂？”李源往嘴里塞了一大块人造牛肉，仰头喝掉汤汁，这才反应过来，瞪眼惊叫道，“学院手册说过，机械黄蜂能打出电磁网，如果数量太多，机甲会陷入恐怖缠绕。”

“该死，不要管什么学院手册了，快给我冲。”莎莎用力捶击机甲脖颈，她能听出来，蜂群正在快速接近，而且这些机械黄蜂绝非普通货色，应该出自坎桑帝国顶级兵工厂，是名叫塞浦路斯的强悍毒蜂。

“全力启动，走。”李源双手操控起来，攻坚者三发出一阵轻颤，身形微微下挫，猛地向前冲去，带动呼啸。

“咣，咣，咣……”

大黑腿翻飞，每次落下，都制造出刺耳噪音。

攻坚者三的速度已经很快了，可是机械黄蜂速度更快，大片蜂群从隧道深处飞来，锁定目标发动攻势。

李源从光屏上看到，机甲背后射来大片暗影，尚未接近便张了开来，那是一张张特殊合金细丝编织而成的狩猎罗网。

“嗤，嗤，嗤，嗤……”

罗网正中目标，冒出一丝丝黑气，散发出令人作呕的气味。

“超腐蚀元素？”李源吓得魂不附体，机甲腿部和臂膀，都被细丝缠绕进去，黑气顺着罗网在快速蔓延，侵蚀机体。

就在这时，悬浮在机甲背后的扁平黑石突然爆发出一簇幽光。

博盾宙极石防御无双，仿佛王者权威受到挑衅，它将附着上来的大片黑色罗网全部反弹回去。

“好机会，加速。”莎莎左手分解出亿万细小吸盘，牢牢抓住攻坚者三的脖颈，她完全有条件克隆细胞，让四肢慢慢恢复，却选择使用机械假肢，为的便是增加些能力，方便执行任务。

“三秒空间张力，弹射。”李源看到前方隧道出口大声吼道。

已经极为接近矿洞，而身后蜂群数量正在快速增加，博盾宙极石将狩猎罗网反弹回去，仅能拦截一时，要知道这些拳头大的机械毒蜂无孔不入。

背后产生空间张力，由于博盾宙极石的关系，无法向后方释放，却可以向两侧延伸，顿时造成如同翅翼般的空间扭曲，微微一颤，狂飙而去。

“轰！”

速度瞬间突破音障，在原地留下一道惊雷，声音滚滚扩散，震落一片毒蜂。

攻坚者三冲入矿洞，眼前情景快速挪移，李源瞬间跨越数公里，却见粗大光束轰过来，排山倒海的磁场降临，硬生生将机甲拦截下来。

“哼，想从我这里突破吗？光靠一具攻坚者三？简直痴心妄想。”银色机甲快速取出背后的机械大弓，搭上一支火红箭矢，遥遥锁定粗糙机甲……

CHAPTER 24

银将星镇守

“莎莎，你这回选的路好难哦。”李源嘴角直抽搐，他借助最后一点空间张力，让机甲安全落到地面，光屏不断把远处画面切换到近前，只见密密麻麻的机甲兵把守矿洞出口，一级机甲兵直接忽略，光是二级和三级就有不少，尤其是左方主洞口，站着一具银色机甲，气场强横。

“满足吧！其他几个方位都有机甲士镇守，只有这条通道，机甲士尚未赶到。你有五到六分钟的时间突破。超过这个底线，我便不敢保证会否有机甲士到场。”莎莎很认真地提醒。

“五到六分钟吗？”李源话语含糊不清，他的嘴里正嚼着人造牛肉，再灌入一口汤汁，感觉体力正在恢复，多少让他安心。

突然，心生警兆，快速偏转机体，背过身去，任由一道红光轰击在博盾宙极石上。

“轰隆隆……”

炽热流光四射，化作滚滚热浪，将博盾宙极石和攻坚者三笼罩进去，李源急忙操控机甲抬起手臂，护住莎莎。

在修复灵不计成本赶工下，机甲手臂已经恢复过来。不过，细微损伤仍然存在，很难再次施展出极限杀箭。所以，目前只能凭借战术箭囊中那百支穿甲冰冻箭，以及腰间两把湛蓝短剑与敌人拼杀。除非李源能再度创造奇迹，极限操控又有新的突破，才能面对四级机甲兵。

机甲每上升一级，需要投入大量资源，性能方面会有很大提升。区区兵级攻坚者三型，能够强行支撑到现在，已经很不容易。即便博盾宙极石发挥不小作用，今天的表现也堪称逆天。

包括李源在内，谁都没有察觉到，博盾宙极石的磁力正在一点点流失，形成丝丝蓝光，借助机甲能量脉络，向能量池汇聚。

那只黑色魔方不停吞吐磁力，每吸引来一分，便全力压缩一分。李源新近搞到的能量，竟然有一小半全部用在萃取磁力上面，只因眼下战斗太过激烈，消耗同样剧烈，尚未引起注意。

此时，覆盖攻坚者三的浓烟并未消散，而是越来越温热，卷起一片昏红。

“不好，这箭上掺杂了火蜥蜴磷粉。”莎莎面色变红，惊叫，“李源，你不是有冰妖石吗？快点开放冰冻辐射。还有，给我一支冰冻箭，我要用来降温。”

“我去，谁有这么大本事，弄到火蜥蜴磷粉配合弓箭使用？”李源知道事情麻烦了，火蜥蜴磷粉可是金鼎帝国和坎桑帝国边疆特产，沙家与安得赛特家族为了争夺采集份额，每年斗得惨烈，却从未停止过。

这种物质对于提升动力炉有好处，同时可以为五级机甲兵增强体质，却因为蕴藏极端能量与辐射，如果不进行处理，会如蛆附骨。哪怕沾染上半点，就很难脱离，直到热力耗尽为止。

李源很不理解，有人居然用如此珍贵的能量物质作战。当然，莎莎的提醒不无道理，如果这份火蜥蜴磷粉分量充足，会直接把攻坚者三粗糙机体给烤化的，即便冰妖王石在手，也未必能逃脱一劫。

莎莎忽然说：“不用紧张，只是一点稀释过的火蜥蜴磷粉，应付起来有些麻烦罢了，还无法放倒我们两个。”

“哈，想要打倒我？没那么容易。”李源快速做出反应，抽出一支穿甲冰冻箭，顺手一捏将箭镞卸掉，递给莎莎。

这时，层层热力向机甲内部涌来，火蜥蜴磷粉的主要功能便是渗透。

异变突生，不等李源打开合成罐闸口，机甲能量脉络爆发出点点蓝光，将火热浪潮瞬间吞没。

“怎么回事？”李源只觉得眼前一晃，合成罐的闸门仍然关着，他并未释放冰冻辐射，恐怖热力便消失不见。

刚才那个刹那，明明看到光屏上的数据出现极端变化，好像惊涛骇浪般向上翻滚，可是当他回过神来，所有异象湮灭无踪，各部分参数纹丝未动，难道自己看到的情景，仅是一场幻觉？

“不，不是幻觉，热力确实消失了。”李源摇了摇头，一方面确认事实，一方面又充满疑问。

“做得好，敌人有火蜥蜴炸裂箭，我们有冰妖石。”莎莎感受到热力尽去，还以为是李源将冰冻辐射释放出来，抵消了越来越强横的灼热波动，那么下面他们所要考虑的，便是如何向前突破了。

李源双手快速抖动，在负责发送操控指令的光屏上，留下一道道指痕，留下一道道涟漪，使层层光彩快速渲染开去。

攻坚者三轰然向前，将机械大弓拿在手中，来而不往非礼也，既然敌人给了他一记凶险的攻击，他要还回去。

莎莎皱起眉头，盯住对面那道银色身影：“如果我没有记错，在安得赛特家族只有一个人使用火蜥蜴炸裂箭，他是有安得赛特候选兵王之称的银将星——莫斯。”

“等等，雷蒙是左将星，玛娜是右将星，现在怎么又出来一个银将星？安得赛特家族是不是乱套了些？”李源碎碎念。

“这有什么？我们沙家的高等学府也有相关排名，银将星和左将星就像冠军和亚军，需要蝉联两届坎桑帝国名校风云榜，才能配得上这个称号。”莎莎敲动手指，用沙家密码回答道。

“名校风云榜？那莎莎你是什么星？”李源说话的工夫，已经射出一箭。

看似漫不经心的一击，却渗透着日常苦练，攻击角度刁钻不已。如果对方稍稍避让，就会给攻坚者三造成机会，可以发动空间张力撞过去。

“咦？冰妖石吗？居然抵消了火蜥蜴磷粉热力。”驾驭银色机甲之人有些吃惊，他正是莎莎口中的安得赛特家族银将星莫斯。

待到李源一箭射来，那又快又强的箭影，令莫斯发出一声大喝。

只见银色机甲抬起大弓，对准前方就是一箭，两支箭矢竟然在空中撞击在一起，冰冻辐射与火红雾色如同两头猛兽交锋，撕扯，炸裂，不剩一点残渣。

全场皆寂，很快有人发出欢呼：“好厉害，不愧是我安得赛特家族年轻一辈英杰，拥有候选兵王之称的银将星莫斯。”

就算李源神经粗韧，看到这一幕，也不由得心脏紧缩。

这位银将星莫斯，岂止是一个厉害就能形容的？行家伸伸手便知有没有，李源对使用机械弓战斗，可以说浸淫很久，打小他就喜欢收集机械弓相关参数，对每一种型号机械弓的指数很熟悉，甚至倒背如流。

正是因为这样，他才深深知道，要做到对方这种程度，有多么困难。

后发先至，用箭矢来封锁箭矢，需要考量太多因素。机甲光脑要在瞬间，也就是敌人刚刚抬起大弓的时候，便精准计算出箭镞轨迹，否则绝对没有可能，让两支箭在空中碰撞。

这是一名劲敌，这是一道难关，即便此路没有机甲士，有这样一个人镇守，也很难冲破封锁。

“没有办法，莎莎准备好，拼了。”李源无奈，如果他不能迅速突破，那么五到六分钟后就是生命的最后时刻，他现在已经不是作战，而是拼命。

“同学们，在那最后时刻，你们一定记住，命就是拿来拼的。”不知道什么时候，脑海中回荡起教官的话来。

“哼，总是不敢与大胡子教官对视，心底会产生恐慌，现在我终于领悟到原因，那是一种视死如归的精神，那是一种大无畏。大哥，二哥，你们牺牲时，也是这样吗？”虽然李源陷入绝境，但是他没有祷告，心中反而鼓起勇气。

如此时刻，李源能够听到自己的心跳声，战场仿佛一下子安静下来，他看到一条道路在前方延伸，道路尽头是如同高山般的银色身影，只有突破它，才能活命。

静，静到了极点。

攻坚者三略微下蹲，做出一个可笑的起跑姿态，背后不断爆发空间张力。由于博盾宙极石的存在，那空间张力时而如麻花扭曲，时而如巨蛇腾空，时而又像一对翅膀，欲展翅高飞。

“轰！”

音爆在矿洞中回荡，粗糙的黑色机体向前弹射。

蓦地，银将星莫斯心头一凛，他总觉得自己漏掉了什么。可是，会有这种事情吗？要知道他的银龙五型机甲号称算无遗漏，最为出众的便是计算能力，战场应该完全在他的掌控中才对。

“轰，轰，轰……”

眨眼工夫，攻坚者三与银龙五型拉近距离。

“怎么可能？”莫斯的瞳孔紧紧收缩，他看到了什么？对方竟然在释放空间张力的同时，让机体向一端倾斜，机械手臂稍稍触及地面，做出滑冰比赛时，在赛道转弯的动作，留下优美的弧线。

莫斯本能地抬起大弓，迅速开弓，火蜥蜴炸裂箭如同雷霆风暴，化作一片箭雨，进行封锁。

“极限操控，给我翻转过来。”李源双手险些击碎光屏，攻坚者三背后狂吐劲力，那粗糙机体由一端倾斜向另一端，硬是在地面上画出完美的“S”形轨迹。

火蜥蜴炸裂箭全部落空，不停在身后炸裂，不过那惊人火力再次纠缠上来。还好，核心舱室微微颤动，热力被什么东西吞掉，并未对机体造成损伤。

湛蓝短剑已经到了机甲手中，攻坚者三借助庞大冲力滑行到银色机甲身边，在李源冲掠而过的一刹那，剑刃闪出电光，斩了出去。

CHAPTER 25

意外状况

用空间张力弹射，机甲速度太快，就算莫斯精于计算，也万万没有想到，区区一名一级机甲兵竟然能做出如此高难动作，堪称完美的滑行轨迹，使火蜥蜴炸裂箭全部落空。

“该死，大意了。”莫斯刚想动作，就有一道电光划过。

攻坚者三冲入敌群，好像保龄球一样，快速滚动起来，撞倒了十几尊机甲。

“不要叫他逃入隧道，死都要拦截下来。”莫斯的怒火全面爆发，他要把这个敢于挑战兵王的炮灰灭掉，他要保住安得赛特家族银将星的脸面，这个世界上，在兵级没有人能打败他。

银龙五型机甲顺势扭动身形，拉开机械大弓。

就在莫斯想要拦截那道伤痕累累的黑色身影时，耳边突然出现“叮”的一声脆响。

令人感到不可思议，莫斯手中的机械大弓的弓弦断裂。这时候他才想起来，湛蓝短剑划过机体的刹那间隔，有一道电光爆发，虽然突破了防御屏障，但是残留能量极为细微，没有在意。

“可恶，难道从一开始，他就把进攻目标放在弓弦上？”莫斯怒不可遏，大声吼道，“没有用的，能量池超负荷加载，修复灵燃烧，逆转乾坤。”

刺眼亮光从银龙五型体内溢出，断裂弓弦正在以一种匪夷所思的速度复原，眨眼间便完好如初。

“今天我就让你知道，在绝对力量面前，你的小聪明有多么可笑。”莫斯再次抬起大弓，有超然气势凝聚，接下来他不打算给攻坚者三丝毫机会，他要用全副力量，掸去可恶炮灰。

只是，李源的反应，又一次超出莫斯的预计。

攻坚者三并未逃逸，而是挺身转了过来，同样握住机械大弓，与银龙五型相对。

等到那些被撞倒的机甲兵起身，便看到这样一幕，他们老大正与敌人隔着百米距离，寂静相对，都是弓如满月，都是三支箭矢蓄势待发，姿态出乎意料的一致。

“好一个沙家的机甲弓兵，训练出如此反应速度，并掌握了最有利的开弓动作，必定下过一番苦功。难怪雷蒙和玛娜那两个贱人，会破天荒承认失利。”莫斯对这个敌人的看法有所改观。

如此尖峰时刻，李源还能沉稳相对，让莎莎感到吃惊。

不过，话又说回来，自从留在李源身边，莎莎已经记不清自己究竟第几次吃惊，仿佛这个刚刚走出初级学院的小男生，拥有深不可测的潜力，每次都能爆发出绝伦潜质，渡过一次次难关。

所以，结果很令人期待！

而真正情况却是，李源欲哭无泪，双手不住颤抖，汗水从鬓角渗了出来，顺着下巴不停滴落。

“奶奶的，冲不出去了，该怎么办？关键时刻掉链子，我的手已经麻木得感受不到光屏指令波动键，也只能站在这里虚张声势一番。他娘的，早知道极限操控到了山穷水尽会是这种状态，老子就应该再刻苦些，练习用脚指头操控。”李源突然一愣，暗道，“等等，脚指头？”

如果莫斯知道对面小机甲兵突然爆发出来的勇气真相，肯定会气个半死。如果他看到李源接下来做的事情，恐怕会直接气死。

李源脱去鞋子，把双脚逐渐抬高，心里快速计算接下来的操控动作，强迫自己冷静，可是又哪里冷静得下来？

莫斯发现有些不对，对方太静了，安静得有些诡异。

按照惯例，机甲弓兵互相之间，如果张弓相对，那么便是决斗的意思。所以，莫斯发出命令让手下站在一旁观战就好。这是他的战场，作为候选兵王，他有着自己的骄傲。

然而，对方纹丝不动，没有一点出箭的意思。

“哼，既然你丧失了勇气，那么叫我来结果你。”就在莫斯要松开弓弦之际，对面黑色机甲忽然做出一个大违常规的动作，弓弦发出震响。

“来了。”莫斯一个念头过去，便令机甲迅速反应，要知道他与机甲的契合度可是同阶最高。

此刻，莎莎凌乱了。从她的角度望过去，只见三支穿甲冰冻箭完全没有准头，恐怕连初次接触机甲的孩子都不会犯下如此严重的错误。而犯下错误之人，是那个已经把精微操控苦练到极限操控境界的李源。

“怎么回事？李源一定出问题了。”莎莎脑海刚刚闪过这个念头，就发现攻坚者三正在向后仰面倒去。

“轰隆隆！”

烟尘四起，却也因为这种异常动作，让莫斯出现判断性失误，三支火蜥蜴炸裂箭从攻坚者三头顶擦过，轰击在远处封锁线上。

“混蛋，作为一个弓兵，作为一名战士，在决斗场上居然做出如此下作行为，无耻之徒，你不配拿弓。”莫斯咬牙切齿，他把对方躲过雷霆一击的动作归结为偷奸耍滑，怒气再次涌起。

“喂，对面的大叔，不好意思，我这里出现一些状况，咱们下次再决斗，好吗？”气死人不偿命的声音在战场上回荡，令有着兵王之称的安得赛特家族银将星彻底抓狂，完全失去理智。

“炮灰，你活着还有什么意义，死吧！”银龙五型手握大弓，以一种怒发冲冠的气势，快速从战术箭囊中抽出火蜥蜴炸裂箭，对攻坚者三展开覆盖性打击。

这次，李源真正遇到难题了，他暴露了契合度不够的弊端，脚指头再灵活也不及手指，只能胡乱键入一些指令，他收起大弓，带着莎莎翻转身形，让攻坚者三如青蛙般跳跃。

战场出现诡异一幕，银龙五型不断张弓搭箭，对攻坚者三展开轰杀。而攻坚者三顶着龟壳黑石，四肢着地，不停蛙跳。

“砰，砰，砰……”

已经分不清是箭矢触及博盾宙极石的声音，还是机甲学青蛙跳的声音。反正李源正用双脚竭尽全力稳住光屏，他再也不敢有多余的动作，可当看到对面的情景时，脸色变得要多难看就有多难看。

“瞧我这倒霉催的呀！反了，冲击方位完全搞反了。”

莎莎好不容易稳住身形，等看清滚滚烟尘外面的情景，不由得瞪大双眼，她恨不得敲碎攻坚者三的胸甲，进去质问李源，这是要干什么。

李源本该冲击封锁线，顺着主隧道离去，可是他的双手已经麻木，再也不能操作，用脚丫子拨弄光屏，还是头一回，所以感觉完全颠倒过来。

颠倒的结果就是，攻坚者三并未冲击封锁线，而是笔直冲着银龙五型而去，百米距离很快便跳到，这还真是出人意料。

“不管了，撞过去。”

感受到机体上下弥漫着澎湃热力，这是火蜥蜴炸裂箭的雄威，那种神奇的吞噬功能居然出现严重迟滞。李源担心莎莎受不了，用三克冰妖王石篆刻出来的箭镞，绝对抵挡不住如此凶残的热力。所以，他摇晃着大脚趾触及冲撞指令键，攻坚者三长身跳了起来，全力向前方撞去。

这一刻，是颠覆性的。

这一刻，是出乎意料的。

莫斯做梦都没有想到，区区攻坚者三在火蜥蜴炸裂箭疯狂狙杀下，居然还能冲到近前。

是的，他没有想到。

按照常理来说，这样一具机甲，在大约七十米的距离，整个机身外甲就会被烤化，如果还能坚持向前二十米，不，哪怕是十米，关节内部线路就会报废，甚至能量脉络会崩溃，让机甲轰然倒地，直到炙烤三天三夜，热力才会慢慢歇止。就算有博盾宙极石，也不应该这样。

对于安得赛特家族的银将星来说，没能封锁住敌人，那么接下来，他所要面对的，便是一场噩梦，足以焚化一切的噩梦。

“轰隆隆……”

攻坚者三异常狼狈地撞了上去，机体外面环绕着火蜥蜴炸裂箭的昏红光焰，瞬间将银色机甲吞没进去。

“啊！不要。”莫斯惊出一身冷汗。

银色机甲熊熊燃烧起来，化作一支巨大的人形火炬，要比攻坚者三承受的炙烤猛烈数十倍。

“撞倒了！大叔，对不起，下次再决斗呀！今天真的出现了一些状况。”李源还在念念不忘决斗，作为一名弓兵，他觉得今天有愧。不过，为了活命，也就顾不得那么多了。

虽然莫斯准备了冰妖石，却并非用来挽救自己，而是在他觉得敌人还有利用价值时，可以驱散火蜥蜴磷粉特有的灼热波动。没想到，今日成了保命之物。

“小子，你给我记住，很快，很快我就会把你点天灯，烧成残渣。”莫斯打开处于封印状态的冰妖石，看着攻坚者三再度起身，做出可笑的跳跃动作，从眼前跳走。而他向来自傲的银龙五型却发出颤音，警告声此起彼伏，叫他放弃机甲逃生。

“砰，砰，砰……”

巨大火团在跳跃，李源调整好方位，直接冲向封锁线。

在这种状态下，谁敢近身战斗？而远程攻击，在火蜥蜴磷粉灼热波动下，还有博盾宙极石的变态防御下，不等轰击到机甲，便会烟消云散。

所以，这些安得赛特家族的子弟兵，错愕也好，心惊也罢，全都傻傻地站在原地，看着火团冲向主隧道，轻松烧穿了挡在前方的电网，扬长而去……

CHAPTER 26

为你暖床

“啊，怎么回事？光屏上怎么全是扭曲数据？难道说，我能逃出来，是因为送入能量池的黑魔方？”李源坐直身体，两眼紧盯光屏，能够看明白的地方很少，数据呈现一种诡秘的线性波动，越来越快，越来越密。

“李源，你没事吧？刚才可把我吓坏了。”莎莎看向周围，火蜥蜴磷粉造成的恐怖热力正在向博盾宙极石集结，令人惊奇。

“啊哈哈哈，男子汉，不是那么容易被打倒的。不过，那个银色机甲好厉害，居然能把我的箭完全封锁住。有机会，我一定要与对方好好战上一场。”李源大笑，安莎莎的心。

“唔，没事就好。”莎莎点了点头，也跟着笑了起来，“呵呵呵，你这个家伙好狡猾，真想不到在那种危险情况下，居然能想出这种怪招。如果你能将机甲契合度提升上去，那么当你晋升成为二级机甲兵，肯定会很厉害，比现在更加强大。”

“哎呀！你是在夸我吗？没有办法，我就是那种人，是金子到哪里都发亮。”李源无比臭屁地回答着，眼神却异常犀利，快速观察数据变化。

“哼，臭男人！都是一个熊样，说你胖，你就喘。说你行，你就傲。”莎莎摇了摇头，转头看向博盾宙极石，热力与磁性正在升腾，就算她再博学多才，也搞不清现状。

此刻，李源极为震惊，他看到了什么？

机甲能量刻度骤然下降，当就要跌落到警戒线以下时，却出现奇妙变化。

热感应仪监测到，博盾宙极石所承受的热力正在以一种匪夷所思的速度消退。然后，光屏上面的数据骤然变为蓝色，那是一种令人怦然心动的幽蓝，透着几分迷醉。

心神恍惚间，仿佛有什么东西借由机甲能量脉络，进入能量池。

李源不敢肯定，从数据上看，博盾宙极石似乎变得有些不一样，磁性稍稍减弱，也许是火蜥蜴磷粉造成的结果。

攻坚者三机体暗淡下去，火蜥蜴磷粉造成的灼热波动，没有一丝一毫剩余，莎莎禁不住疑惑地问："不对，李源你究竟藏着什么宝贝，它能克制火蜥蜴炸裂箭？别担心，我会利用专业知识为你保密，报告若存在疑点，说不定有人看轻你是一级机甲兵，会上门找麻烦的。"

"这个？"李源心思快速转动，叹了口气，"老实说啊，我发现这块博盾宙极石的时候，还发现一块冰妖王石，而不是普通冰妖石。"

"冰妖王石？"

莎莎好看的细眉不自觉地向上一挑，思量片刻，笑道："好你个李源，原来运道这样好，难怪博盾宙极石在矿区出现，竟然没有被敌人发现。敢情是受到强力冰妖王石的镇压，恐怕连特有磁性波动都被冰冻住了。嗯，这样就解释得通了，莫斯遇到你，他的炸裂箭确实没有用武之地。"

"是啊！这次多亏发现了一块冰妖王石。当然，路上能顶住那么多攻击，博盾宙极石也厥功至伟。"李源暗自松了一口气，他的想法很淳朴，冰妖王石这种东西都很出众，那么秘宝黑魔方呢？如果让别人知道，肯定引来巨大祸患。

"放心，我会把报告写得很完美，不会留下任何漏洞。"莎莎非常高兴，露出狡黠笑容，轻声咳道，"那个，李源！你看你有很强力的冰妖王石呦！它很珍贵，是的，很稀有，小妹我也是弓兵来着，很早便想弄上一块。"

"哎呀，臭丫头，原来你在这里等着我，目的这样不单纯，可是会在我心中减分的。"李源听到莎莎的话，并未生气，反而咧开嘴笑了笑。

说句心里话，若是没有莎莎神乎其技的指引能力，李源知道自己无法坚持到现在，而他想拜托莎莎做些事，在这个时候道出手中有冰妖王石，也是有意要以此物作为回报。

“哼哼哼，减分就减分，总比人家花很多钱购买急速冰冻箭强。”莎莎梗起脖子，粉鼻轻蹙。

“我靠，你是猪啊？哼哼个啥。”李源快速计算自己的合理用量，考虑到各种情况，貌似大方地说，“不就是冰妖王石吗？这样吧！十个二百五十，两千五百克，不能再多了，你看如何？”

“你才二百五呢！”莎莎动了动耳朵，回过神来惊叫，“你说什么？你可以给我两千五百克的冰妖王石吗？我没有听错吧？是两千五百克。”

“不好，说多了，那就一千五百克。不，不，五百克！”李源急忙改口。

“真是，真是让人无语，你究竟搞到多大一块冰妖王石？两千五百克，看来比这个数字要多很多！不行，两千五百克太少，我要……”莎莎迟疑起来，突然狮子大开口，“我要四千克。”

“我去，你真敢开口，四千克呀四千克！就这块冰妖王石，去了将近一半！”李源的喊叫声在隧道中传出去很远。

“四千克还只是不到一半吗？”莎莎眯起双眼，发出一声娇笑，“嘿嘿，李源哥哥，你是世界上最英俊的帅神，五千克好不好？妹子可以为你暖床，为你打扫房间卫生，为你……”

“打住，我怎么觉得浑身直起鸡皮疙瘩？节操啊！果然不能信任，到了关键时候，女生也会满嘴放空炮。”李源用麻木的右手拍了拍额头，最终露出獠牙，大义灭亲，“好，那么就给你五千克冰妖王石。不过，有几个前提要求。首先，给我弄一张家族机甲保修卡，不要金卡和银卡，只要黑卡。再来，我要一把蛟龙机械大弓，最好经过改装，加装了力臂齿轮那种。”

“喂，莎莎妹子，认真听着，你那是什么表情？”李源滔滔不绝，继续提出要求，“还有就是咱们沙家的信用卡，买什么东西都便宜。这个不错，我一直不够资格申请，准备给我老妈弄上一张，再存一笔信用点进去。不用太多，七千八千，考虑到物价上涨，够用十年就可以。”

“等一会儿，我还没有说完。”李源加快语速，“我需要家族开放攻坚者三相关数据，把型号提升上去，至少是攻坚者四型。另外，听说调制巢有配套营养液，可以使调制成果更佳，就给我来个五吨吧！我只要五吨，不过分吧！再另外，就是……”

“你，你，你！”莎莎气不打一处来，捏紧拳头大叫，“混蛋啊！居然还有要求，你干脆叫我把沙家库房里的东西都搬给你算了，保修黑卡，蛟龙大弓，内部信用卡……你，你欺负人。”

莎莎噘起小嘴，泪花围着眼眶直打转。

“别哭啊！”李源觉得女生哭太有杀伤力，急忙劝道，“咱这不是商量着来嘛！”

“那好，我肯定不会叫你吃亏的，好歹也是五千克冰妖王石。”莎莎一边抹去眼泪，一边阴暗地想，“就你这猪脑子，还想和老娘算计，等会儿不把你裤衩都扒下来卖掉，老娘就不姓沙。”

“呃，有一种不好的预感？”李源看向莎莎，颇为疑惑。

“黑卡这种东西呢，我自己都没有。你想想，不就是终身免费大修吗？可是啊，等你提升到机甲士的层次，反而不会去维修场，因为每个机甲士都有自己的秘密，就算咱们家族维修场做出保证，说不把相关数据外泄，那些机甲士也不会信以为真的。所以，有张金卡就够用了。”

“这样吗？听起来很有道理。”李源想到能量池的黑魔方，不由得点了点头。

莎莎来了精神，继续说：“至于蛟龙机械弓嘛，不就是各项数据高一些吗？小妹向你隆重推荐猎豹机械弓，劲力方面确实不如蛟龙，可是呢，速度，弓兵需要速度，速攻绝对远超一线。”

“速度？速攻？”李源点头，“确实，我选择的进修方向是速度，天下弓兵，唯快不破。”

“是呀！猎豹劲弓已经很不错了，刚巧我家库房就有一把，而且是改装型，比市面上贩售的猎豹弓强了不止一筹。”

莎莎不等李源琢磨，又说：“还有信用卡，这个小妹确实有关系帮伯母申请，只是信用点不好弄。不过，请放心，小妹会不惜一切代价，为伯母争取最高贷款额度，伯母有这样一位英武不凡的好儿子，无论怎么花销，都肯定没问题。”

“英武不凡吗？呵呵，太夸奖我了。”李源挠了挠脑袋。

“接着就是开放数据，攻坚者三型提升到四型。我的哥哥呀！您就跟攻坚者较上劲了？从来没想过趁着级别较低，更换一具原甲？不要小看这些细微差距，如果将来进行放大，日后会受益颇多的，极限操控又能支撑到几级？”莎莎语重心长，这句话确实代表了她的心声。

“最后你说到营养液，这个最好办，既然是咱们天狼小队的一分子，我会打报告，多多为你向上面争取，奢侈得拿来洗澡还差点，却肯定够用。”莎莎龇牙一笑，她说出来的话，可是留有很大余地的，于细微处坑人，正是她的努力方向。

“听起来还不错的样子，那么能不能再加上一项。莎莎妹子，为我暖床吧！”李源笑呵呵地调侃起来，他可不傻，已经在心中给莎莎打上抠门标签。

“你确定？要让老娘暖床？”莎莎忽然伸出手掌，做了一个向下剪掉的手势，让某位浮想联翩的少年顿觉胯下风险系数飙升，这是要把他的命根子咔嚓掉呀！

CHAPTER 27

急速逃逸

李源和莎莎针锋相对，斤斤计较，互不让步，在几轮暴风骤雨般砍价和提价之后，双方同时得意一笑，认为达到了心中目标，准备出去之后，完成一系列协议。

这是他们两个私底下订立的协议，与小队没有任何关系。而在这个过程中，李源算是见识到莎莎的另一面，这个女孩除了带路本领了得，还能从别人骨头里榨出几两油水来。

当然，李源也不吃亏，穷人家的孩子早当家，他曾在家族公众服务部勤工俭学，也曾在市场调研部待过一段时间，对于如何支配利益，并非菜鸟。

“哼，原来你是想贿赂我，通过我打开渠道，让你在天狼小队快速扎根。”莎莎的身体随着机甲一上一下起伏，她十分巧妙地顺应力道，与骑马差不多。

“嘿嘿，说得那么难听，怎么是贿赂？那叫双赢。”李源把最后一点行军罐头干掉，再按照健身操慢慢活动着指关节，说，“正如你所说，我不可能把博盾宙极石留在身边，所以需要你为我争取最大利益。谁叫我刚来小队，对明面上的，对暗地里的规矩都不熟悉，看在咱们并肩作战的情谊上，有好处自然想到你。”

“还好啦！你还算通情达理，只要达到底线，也蛮好说话的。”莎莎贼兮兮地瞟向机甲腰间那对湛蓝短剑。

这对短剑拥有磁力旋钮，所以携带非常方便。

李源已经很了解莎莎，叹道:“说吧！又想要什么？臭丫头很少说软话，只要夸人，那就是要冒坏水。我如果好说话，也不会寸步不让了。”

“聪明，你有没有发现，你腰间的湛蓝短剑是女孩子才会使用的兵器呢？哎呀，这东西给你用，就是牛嚼牡丹，还不如从我这里换些有用东西回去。”莎莎极力推销着，她为了让自己尽量多些支配资金，在家族最繁华街道租了一家店面，专门售卖杂物，所以生意经很厉害。

“就知道你不会放过我这两把短剑。”李源大摇其头，觉得自己已经看穿莎莎的本质，那就是绝对不会放过一丁点利润，估计整个天狼小队，每次任务后，都会被她雁过拔毛。

“哎呀！咱们可是搭档,再进一步发展,便是黄金组合。你也不想你的搭档,因为没有趁手短剑,而遭到敌人近身格杀吧？”莎莎装可怜,不过这招过时了,李源已经拥有强大免疫力。

“没门，自称老娘的家伙。”李源大吼。

“臭小子，不行也得行，老娘看上的东西，还从来没有发生过意外。”莎莎顿时母暴龙附体。

“娘的，别学大姐头，我给你还不成吗？”李源当即投降，“你一把，我一把，好歹你是右将星玛娜的死对头，没有道理我一个人吸引仇恨。我这把你帮我免费改装，不要短剑，我要机甲使用的匕首。记住，别给我修改得太狠，该是多长的剑身，就给我维持多长，料很值钱。”

“吼吼吼，算你识相，小鬼头。”莎莎老气横秋地笑了起来，她对玛娜的这两把短剑，可是觊觎良久，就算吃亏一些，也会买下来的，不承想李源这次真的大方了一次，送给她一柄。

“对了，玛娜那个疯女人，虽然接触不多，但是日后再见面，我会帮你出气的。”李源淡淡地提了一句，并未深说。

莎莎感到心头暖暖的，她觉得自己很不争气，这个男人站出来，用身躯挡住敌人时，自己就产生了依赖感。是不是自己对玛娜已经隐隐产生恐惧？这是一种逃避，亦是心理障碍……

“砰，砰，砰！”

跃出去几步后，攻坚者三由蛙跳状态站了起来。

李源的双手终于恢复些许知觉，今天的意外让他充分认识到契合度的重要性，如果契合度达到很高成就，只需一道意念，只需一个想法，就能令机甲做出相应反应，即便机甲兵的意念还很低微，契合度上去的话，也要比现在状态强上许多。

“唉！看来得抓紧时间提升契合度了，我在这方面已经落后好几年，不知道还有没有机会追回来。”脑海闪过念头，攻坚者三进入前方矿洞。

“就是这儿，队长的气息曾经在这里出现过。接下来要小心，敌人不会轻易让我们归队，必定会想方设法拦截，说不定会遇到机甲士。”莎莎看向矿洞，到处都是岩浆，如同一片火海。

“我靠，真的假的，环境如此极端，你都能嗅到队长的气味？”李源感到匪夷所思。

“蠢货，别把我当小狗。能找到队长的踪迹，是依靠一种高深本领。我的能力有一半属于与生俱来，有一半则是后天训练。如果你能一直活下去，会见到很多杰出之人，他们所拥有的能力必定让你大吃一惊。”莎莎知道李源接触的层面极其有限，怕他吃亏，所以略作提点。

“不会是超能力吧？那种‘丢’的一声飞出去，‘丢’的一声飞回来。”李源说的话，把莎莎逗乐了。

“呵呵，真没想到，你好可爱。”不知道为什么，莎莎就是觉得，此时此刻的李源很可爱。

“啊？我被鄙视了吗？”李源挠了挠头，虽然父亲曾经给他讲过外面的世界，但是他毕竟没有亲身经历过，眼光始终局限在沙家。

“说得详细些，我所具备的能力与机甲契合度有关。”莎莎笑过之后，决定多说一些，免得让某个可爱的小男生一头雾水，那还不如不说。

“不能说是超能力，却也有些类似，只是人体磁场与电子设备进行干涉，由于干涉程度和原理存在不同，表现出来的效果也便不同。到了机甲士阶层，你会发现很多同阶层高手很早便形成能力，就是从人体磁场干涉逐步形成的力量。”莎莎觉得对李源说这些，似乎还有些早。

“原来如此，难怪你们这些人会被保送进入高等学府，是因为比我们这些普通人，能够更加轻松进入机甲士阶层吗？”李源倒吸了一口冷气，只觉得在自己眼中，原本便恢宏到极点的机甲世界，突然又扩展出去好多，他终究还是一个兵，一个一级机甲兵，只是站在起跑线上。

“你倒是聪明，一下子便看破实质。”莎莎点了点头道，“不错，就是这个原因，拥有特殊能力之人，比较容易提升到机甲士阶层，所以家族会加大力度培养。”

话音顿住，迟疑片刻，莎莎还是把话说开：“而你，我表示惋惜，与机甲的契合度始终无法提升吗？以你的勤奋，以你的战斗直觉，完全可以走得更远，希望你不要放弃梦想，不要放弃努力。或者，很快你就会成为天狼小队队长！大姐头她有任命，而我也要回学院完成试炼。”

“我，队长？”李源咧嘴一笑，“不要开玩笑了，一个一级机甲兵做队长吗？家族会让这种事情发生？哈哈哈哈。”

莎莎耸了耸肩，李源战斗素质很强，她看好这个小男生，至于上面会不会发疯，还真难说。

“左边隧道，快。”莎莎耳朵动了动，神情前所未有地紧张起来，李源急忙开放动力，机甲背后空间扭曲，在强大空间张力作用下，狂飙出去。

“再快些，不要考虑我，即便连续音爆，我也承受得起。”莎莎非常焦急，她刚刚锁定队长的准确位置，就有一种不祥的预兆萦绕心头，敌人一定派出了高手，甚至能屏蔽她的电磁感应。

“好，连续音爆。”李源大吼一声，不再吝惜能量，他相信莎莎，肯定有强者降临，否则不会如此紧张，为了小命着想，多消耗些能量也无妨，回去之后再想办法补足。

“轰，轰，轰！”

机甲爆发出一道音爆后，瞬间跨越矿洞。再次音爆，穿越一条笔直隧道。不等停歇，又爆发音爆，地形极为复杂，全由光脑先行扫描，确定飞驰路线。

“小子，哪里跑？祸害完我们安得赛特家就想溜？岂有此理。”声音镇压四方，让李源心里直打颤，暗道：“奶奶的！这肯定是机甲士无疑，也许还是高级机甲士。你说你们安得赛特家多缺心眼，犯得着跟我一个一级小机甲兵过不去吗？有种去攻打沙家总部呀！真恼人。”

攻坚者三跑得双脚机件都快脱落了，机体已经惨不忍睹，也就是日常保养得好，内部线路都跟新的一样，要不然这么狂奔，铁定出问题。

“轰！”又是一道雷音绽放，机甲借空间张力快速弹射出去，只听李源哭号：“我的姐啊！那睡死人不偿命的队长跑哪去了，怎么还没到？这么不靠谱的家伙，天狼小队能存在到今天，真是奇迹。”

“笨蛋，少说队长，他也不容易，以前任务受了重创，还有一些个人原因，以至于很少出来主持事务。不过，他对我们还是很关心的，到了紧要关头，不会坐视不理。”莎莎的声音在核心舱室响起，带着金属质感，吓了李源一跳。

“好家伙，是穿透性音波，这丫头在机械假肢中，到底藏了多少东西？”李源一愣，他没有时间去想其他，开始全神贯注赶路。

别看机甲连续突破音障，短时间内可以突破音速，可是背后敌人仍在不断缩短距离。

在莎莎身上，始终有一团微弱青光阻挡冲力。她坚持得很辛苦，面色越来越差，却始终没有吭声，而是倔强地挺起腰肢，与攻坚者三型一同飞驰。

CHAPTER 28

暴强的队长

黑发舞动，衣袍猎猎。

不知道过去多久，莎莎身上那团青光破碎，迎面而来的劲风割破衣袍，割破皮肤，血水溢出。

攻坚者三仍然在狂飙，能量池的能量早已跌落到警戒线以下，主副动力炉过热，机甲脚踝处甚至迸飞一只外部钢圈，磨损度正在疯狂上升。

李源已经顾不得那么多，心中有种感觉，机甲背后“嘶嘶啦啦”的噪音，正化作让人无比胆寒的滔天气势，越来越近，越来越强。

“妈的，这种气势，必是机甲士无疑。”他不由得祈祷起来，“老天，给条活路吧！好歹让我把老娘的余生安排好，你再收我这条小命。”

不知道是不是祈祷生效，莎莎突然叫道：“快，前方有岔路，不要停，走左边隧道，很快就能见到队长，很快。”

“我去，真的很快，这都熬成什么熊样了。”李源不敢怠慢，像打了鸡血一样，疯狂给机甲加持动力，不惜毁掉两座辅助动力炉，也要跑完这最后一程。

生死时速，莫过于此。

“轰，轰，轰……”

机甲每次踏动地面，都形成一处土坑，攻坚者三已经再也释放不出空间张力。恐怖热浪迎面而来，李源操控机械手臂挡在莎莎前方，尽量为少女减轻损伤。

“小子，看你还怎么跑。”背后忽然有人断喝，随即就觉一股神秘力量摄来，攻坚者三速度骤然减慢，甚至有向后倒飞的迹象。

“战术箭囊，给我解体。”情急之下，李源大吼。

固定在机甲左肩后方的战术箭囊发出爆响，这箭囊有一半嵌入机体，就像大型碉堡上的小炮楼一样，很是别致，呈半椭圆形。

就在此刻，椭圆形外壳剥离，所有穿甲冰冻箭散落出来，机械手臂扯下大弓，奋力向后一抛。

“轰隆隆！”

震响回荡，李源曾经在机械大弓中安装过炸弹，此刻引发亮光。

这亮光对于机甲士来说，实在不算什么，可是妙就妙在有那么多穿甲冰冻箭扬起，它们受到爆炸力量影响，全部爆射开来，箭镞乱飞，冰冻三尺。

借着这个机会，李源操控机甲，不顾一切向前冲去，隧道尽头出现一片昏红。

响声过后，攻坚者三跌落出去，机体借着庞大冲力，向前滑行出去数百米远。李源只来得及把莎莎捧在手心，机体便翻滚起来，滚作一团。

总算冲入前方矿洞，空间非常辽阔，石壁上尽是岩浆瀑布，如同一条条匹练挂在那里。

李源哀叹一声，他耗光了能量池储存的全部能量，核心舱室所有灯光瞬间熄灭，机甲甚至无法折返空间痕，那不靠谱的队长却仍然没有动静。

四周除了岩浆气泡时而崩碎，产生如鞭打般的声音之外，就再也没有其他。

“哈哈哈，跑啊？怎么不跑了？拿了我们安得赛特家族的东西，居然还想活着离开，你觉得有可能吗？心存侥幸，结果只有一个字——死。”机械巴掌拍了下来，凶焰一时之间铺天盖地。

莎莎咬了咬牙，她明明感应到队长就在此地，可是又出现一层隔阂，令她想不明白。敌人的攻击已到，如此时刻，命悬一线。

电光火石间，一杆黑色长枪嗡嗡作响，由岩浆瀑布飞射而出，轰击在铁巴掌上。

从对面岩浆瀑布后面，走出一尊健美机甲，机体全身呈古铜色，也不知道是谁特意把装甲板铸造成肌肉造型，机体仅五米四五高，比别的机甲矮上半头。

“破浪大叔。”莎莎眼神一变，如释重负。

“是谁在大放厥词？安得赛特家族很了不起吗？如果真有能力，就不会到这颗沙漠行星偷偷摸摸开矿。”古铜机甲冷哼，“我们沙家最近把你们逼得喘不过气来，倒是真的，你们将失去整片星域。怎么，不服气是吗？沙家特战队随时准备空投过来，你们这些只讲大话的垃圾。”

“五级机甲兵，谁给你的胆色，敢跟一名机甲士这样说话。”话音过后，隧道一晃，地面震颤，走出一尊六米高机甲。

它威武雄壮，身前背后或明或暗呈现出数道光环，双眼折射出冷光，许多细碎合金锁链编织成披风，垂在机甲身后。

更让人充满压力的是那把大剑，上面铭刻着一环环能量回路，有黑冰，有赤炎，于剑身上升腾而起，玄妙无双。再看机甲另一只大手，拿着秃头刚才掷出去的黑色长枪，只一捏，长枪破碎。

“来者可是安得赛特家黑炎剑默克？”在强横气势压迫下，古铜机甲向后退了半步，李源听到秃头大叔的嗓音变得异常低沉。

“知我大名，安敢无礼？”矿洞回荡着威严声音。

“哈哈哈，想不到见到一条大鱼。”秃头没有惊惧，反而在笑，话锋一转，喊道，“队长你有敌了，咱们队里新来的小伙子给你引来一位大敌，黑炎剑默克，这次总该够挑战层次了吧？”

“嗯？是四级机甲士黑炎剑默克吗？确实足够了，压抑太久，让我的血液躁动，让我的心生出一种寂寥，同阶机甲已经无法满足我的挑战欲望。那么，便以黑炎剑来成就吾名。”广阔矿洞出现异象，所有岩浆瀑布开始倒流，一团又一团岩浆升腾而起，飘浮到空中。

“搞什么鬼？”默克一惊。

就在这时，仿佛从幽深地狱升起一道霸绝威压。

“是队长，他，他把自己镇压在地心，这个时候才出现。”莎莎恍然，抬头看去。

“嗷嗷，嗷嗷嗷……”

仿佛打开地狱闸门，出现震耳欲聋的啸音。

矿洞中心，岩浆如泉涌，一尊独特身影渐渐显露，漫天都是扭曲火光，重力在扩展碾轧。飘浮在空中的岩浆，不知道什么时候，像浪潮一样波动开来，拍打向岩壁，拍打向敌人，气氛压抑到极点。

李源瞪大双眼，他分明看到一只硕大狼头，喷吐着火焰，目光猩红。

“咦？沙家的天狼机甲？你是沙家天狼星沙擎宇。”默克对于老对头沙家的杰出人物，尤其那些有可能给他造成一定威胁之人，并非孤陋寡闻，他急忙控制大剑横在机甲身前。

“吾之名，天狼星，重压爆炎击。”狼头机甲全身探出，岩浆滚滚而出，超大铁拳隔着数百米便轰然下压，空间发生诡异扭曲，李源好像看到一座山峰巨影砸下，威猛到令人发指的地步。

“轰隆隆！”

默克抬起大剑，却抵抗不住巨大压力，机甲双脚猛然沉入地面，连膝盖都险些压弯。

“轰，轰，轰……”

敌人抬起大剑抵御的工夫，狼头机甲已经跨越而来，光拳如同暴风骤雨，挂着巨大呼啸轰击默克，到处都是热力，到处都是火红，超级火爆。

“混蛋，你再厉害，也只不过是一名二级机甲士，不可能跨越两个阶级来挑战我。”默克发出怒吼，机甲弹射出一道又一道光环，围绕机体进行防御，他更抬起大剑，有一层黑炎波动。

沙擎宇没有任何回应，狼头机甲就像着了魔一样，疯狂攻击，除了拳雨，还有双腿，时不时展开侧踢，打得敌方机甲不停摇晃，那耀眼光环出现一丝丝裂痕。

“真怒黑炎斩。”默克被打得怒火冲天，他轰然进行暴击。

大剑带动残影，劈斩而来。

轰鸣巨响，地动山摇，狼头机甲一个甩头，竟然用头稍稍撞偏大剑，任由剑身黑冰与赤炎垂到狼头上，不断腐蚀机体。

默克还没来得及高兴，就发现情形不对。

天狼星的双眼向内塌陷，那是一种可怕的磁性波动，双眼骤然向外喷涌幽蓝，居然把黑冰和赤炎形成的复合能量反弹而回，轰在对手的防御光环上。

“你，怎么可能？你在机甲士阶层就能熔炼博盾宙极石？”默克大惊失色，他总算知道对方为什么胆敢越级挑战，是博盾宙极石带来的强大自信。

“哼，只是一些博盾宙极石原液，根本未达到熔炼地步，本来只想借地心重压疗伤，谁知道会发现这种有意思的东西？”沙擎宇操控机甲进行更强攻势。

要知道博盾宙极石是机甲师用来替换机体的极高端金属物质，机甲士想要提前利用，存在重重难关，即便融合一点点矿石原液也是很了不起的事情。至少黑炎剑默克，他就做不到。

“不要得意，你的根基差得远呢！”默克鼓足气势，想要发动反攻。

然而，就在下一刻，狼拳轰击在数道光环中心，溅射出无边流光，好像燃放礼花，让黑炎剑默克大吃一惊，发疯吼道：“你，你竟然在战场上跨越壁垒，借助我来升华，完成机体晋升。”

“不错，三级机甲士沙擎宇向阁下讨教。”话音震荡，狼拳并未停歇，而是呈现一种白热化状态，攻击速度骤然提升，狼头机甲通体放光，气势如山，威压如海，狂傲霸拳如陨星碰撞。

太强，太烈，太过耀眼。

李源没有注意到岩浆正在垂落，把他心爱的攻坚者三型烫出一道道疤痕，他完全沉浸在两名机甲士的巅峰对决中。

当大剑再次斩向沙擎宇，狼头机甲身体向前一矮，肘部攻入敌方机甲怀中，并以不可思议的速度出拳，凶猛攻击敌方机甲关节。

“攻，攻，攻，给我下来吧！”完全看不到挥拳，连残影都看不到，音爆声此起彼伏，狼头机甲硬生生将敌方机械臂撕扯下来，这霸绝一幕令李源热血沸腾。

CHAPTER 29

双人档竞技

默克大惊失色，完成晋升的天狼星太过骇人，举手抬足间都有磁场倾斜，再加上不知道使用什么办法，在机甲士阶层便融合了博盾宙极石原液，打破了阶层平衡，确实有能力进行越级战。

“好，沙家天狼星，下次相见，我会让你知道我黑炎剑的厉害。”默克发出怨毒吼声，机甲背后锁链披风“哗啦哗啦”乱响，机体炸裂成千点万点流光，高大身形消失不见，连断臂都化光逃逸。

狼头机甲站在原地，久久无声。

“队长，刚才你那一拳太帅了，能不能教教我？好像是连续肘击蓄劲，再突然展臂。”李源跑到狼头机甲脚下，大叫道。

叫声惊醒梦中人，久立不动的狼头机甲仿佛又恢复了活力，低头看去。

“你是谁，看着有些面熟！”沙擎宇一句话，让李源石化。

“啊哈哈，想起来了，这不是队里新来的小鬼吗？前几天喝得有些头大，睡得太沉！加上你的模样完全没有特点，不像秃头那么好认。”狼头机甲挠了挠头，做出无辜状。

“谁，谁没有特点？你见过这么帅的一级机甲兵吗？对，帅也是特点，你不知道莎莎妹都把我称作帅神吗？”李源仰头大声说。

莎莎拍向自己脑门，她就是那么一说，为了从臭小子手头多捞些好处，想不到这家伙当真了。

“哈哈哈，好有朝气的小家伙，我喜欢。”狼头机甲有电流四射，空间向内猛然坍塌，队长沙擎宇收起机甲，从空中落了下来，眉心亮光一闪即逝。

“队长，大姐头呢？”莎莎看向四周，没有见到沙星野的身影。

“我在这儿，你们跑得好快！”沙星野从隧道冲了出来，身后跟着十道身影，她上气不接下气地说，“枫桦知道小队其他人员躲在哪，所以我先过去收拢他们，反而走到了你们后面。”

“损伤不小！”沙擎宇看向队员，神情有些落寞，强自抖擞精神，仰起头命令道，“天狼小队听令，赶紧收拾战场，做好离开地下的准备。只要我们接近地表，就想办法将消息发送出去。”

“是。”队员们领命。

沙星野抹了把汗水，走到队长面前，将李源截获的开山甲兽拿出来，汇报道：“我们天狼小队收集了足够多的证据，证明安得赛特家族在矿区做什么。对了，还有李源用机甲背回来的博盾宙极石，是最佳证明。”

“做得好，我在地心也有一些发现。”沙擎宇来到攻坚者三摔倒的地点看了看，背起手略微沉吟，说，“安得赛特家族不会把矿区轻易让给沙家的，这个地方很快就会掀起大战，不过那已经与我们无关。”

队长转过身来，问莎莎：“你和李源沟通过了吗？”

“是的，沟通过了，别看这小子表面有些天然呆，傻乎乎的，实则精明着呢！我保证他不会因为家族拿走博盾宙极石而闹情绪。不过，该是他的奖励，只能多，不能少。”莎莎小声回答。

“明白，放心吧！在我离开小队之前，我会豁出脸面，为你们多多争取的。”沙擎宇点头道。

“啊！我隐隐约约听到，莎莎你在说你的帅神天然呆？”李源刚刚凑到近前，备受打击。

“滚一边去，再说你是我帅神，老娘把你扔到岩浆里，叫你知道什么叫烤小鸡鸡。”莎莎的目光充满杀气，让某人直接败退，甚至把暖床两个字硬是咽了回去，找母暴龙要能量块去了。

时间不长，轰隆一声响，攻坚者三重新运转起来。

“跟我走，我知道一条近路，虽然有些崎岖，却胜在安全。”秃顶大叔挥了挥手，他的健美先生机甲真惹眼啊！雕塑成肌肉块模样的装甲板让李源很是羡慕，却觉得是一种骚包行为。

小队其他人员放出机甲，随同秃头大叔走入一条岩浆瀑布。

外面岩浆只是薄薄的一层，岩浆后面别有洞天。既然沙星野回来，就不需要沙擎宇了，这位副队长大姐头把所有工作接过去，带领大家撤退。

莎莎紧锣密鼓，开始编写报告。她首先对开山甲兽和队长找到的博盾宙极石原液，以及李源历经千辛万苦带回来的大块博盾宙极石，摄取图片和相关数据，并将任务难度做了一次详细说明，谁也不能抹杀天狼小队的付出。

李源已经把机甲收入空间痕，就等着回去之后，家族派专人分解博盾宙极石。如此宝物留在身边，没有能力保护，那就是一个祸害。索性大大方方交出去，相信有队长和莎莎在，家族是不会亏待他这个小小的一级机甲兵的。

正在想着回去的风光，忽然一道倩影来到身边。

“你胜了，李源！没想到，你能越级与安得赛特家族的左将星和右将星对阵，而且不落下风。”

沙枫桦那细嫩面皮都快滴出血水来，她时而咬牙，时而感叹，时而双眼茫然，最终掐灭所有念头，毅然说道：“从今天起，你便是我的主人，而我便是你的侍女，愿意端茶送水，愿意听凭差遣。不过，不准你有歪念头，也不准叫我做难以启齿之事，比如穿那些暴露的侍女装。”

李源大笑：“哇咔咔，学姐做侍女，逆天啊！不过，得低调些，改天要是同学会，还不得被学姐你的那些仰慕者给敲死？”

笑过之后，李源摇了摇头，贼兮兮地说：“不行，要好好利用资源，人力也是种资源！你说是不是，女仆学姐？”

“你这个家伙，不会对我做什么吧？”沙枫桦急忙捂住胸口，心神一个恍惚，突然想起对方在战场上的雄姿，禁不住一阵心安，暗道，“这是一个有担当的男人，就算还未成熟，却已经显露出某种特质，而正处于青春期的小男生有些歪念头，也很正常的，最多自己吃亏些。”

就在沙枫桦执着于如果对方小邪恶，她是从还是不从的时候，李源不好意思地说：“学姐能不能帮个忙？你知道大型网络模拟战区吗？”

“大型网络模拟战区？”沙枫桦一愣，好笑地点了点头道，“当然知道，那可是机甲兵用来做模拟训练的必争之地，我的网名叫树欲静。”

“不是吧？你就是战区那个树欲静？奶奶的，这么凶？”李源直咂舌，开心地笑道，“我的网名叫三月流星，有树欲静学姐加盟，就可以争夺夫妻档的奖品了。”

“三月流星？这名字不是很熟悉，原来你是想让我帮你争夺竞技奖励。”沙枫桦面色一缓。

“是啊！最近家族不是推出竞技奖励吗？我有信心拿到个人竞技奖品，不过群体战和双人档竞技还没有眉目。要知道奖励可是非常丰厚的，对于日后执行任务有很大帮助，所以我打算邀请学姐你……”李源有些尴尬地笑道。

“呵呵，这没有什么，也不知道上面哪位大佬恶搞，居然把今年的双人档竞技赛直接定名为夫妻档竞技，很多学弟和女朋友都想争夺竞技奖励，这是培养默契的好机会。”沙枫桦惋惜地说，“你晚了一步，已经有学长向我提出邀请。你可不要误会，那位学长人品好，只是单纯的邀请，而小女子树欲静刚好有几分名气。”

“这样呀！”李源并未沮丧，点了点头说，“没关系，那学姐就帮我邀请莎莎好了。如果我去说，抠门丫头肯定要这要那，换作学姐去说，应该不会那么穷凶极恶。”

“原来如此，是某位纯情小哥不好意思啦！”沙枫桦说着，转头看向健美先生肩膀，莎莎正在专心致志写任务报告，可没有时间听墙根。

“嘿嘿，别看我和莎莎混得很熟，确实有些不好意思。”李源面色一红，其实他更想邀请萧萧参加，只是不久前在网络上提出邀请，萧萧回复说学院第一个学年会比较繁忙，算是一种委婉拒绝吧？奖励又很吸引人，所以他思来想去，只好另选他人。

“放心，这件事就交给我吧！”沙枫桦拍胸脯保证，“有学姐出马，一定拿下莎莎，让她为你打白工。早就和她说过，女孩子有些时候不用太精明的，也不用像大姐头那么彪悍，到头来会成一场空，男人都不敢接近她们。而我呢，与她们有一些不同，认为做女人就应该……”

李源两眼发直，实在没有想到，这位沙枫桦学姐打开话匣子，就哇啦哇啦说不停，感觉有些像疲劳轰炸，最后也不知道说些什么，反正和他大谈做女人的道理，顺便教他如何关心女生。

天狼小队顺着一条狭长岩石裂缝，时而向上攀爬，时而向前突进。

走了两个多小时，沙星野在前面挥手喊道：“可以了，就在这儿，外面肯定能接收到我们发出的讯号。”

“呼，真够呛，看来还是我最差，需要抓紧时间对身体进行调制。”李源一屁股坐到一块巨石上，看着大家忙碌，由莎莎主持搭建简易信号发射塔。

敌人肯定会在矿区进行信号封锁，小队之所以走到这里，正是为了远离封锁区。

不多一会儿，发射塔射出一道强光，有空间波动微微一闪，消息已经送了回去，现在大家所要做的，便是等待回复。

CHAPTER 30

定级五银星

“嘟”的一声，大家全都站了起来，紧走几步来到发射塔跟前。

空间波动荡漾，显露出一道身影。

李源第一次看到运用空间波动传递全息影像，只见一名白发苍苍的老者，站得笔直，目光快速扫过天狼小队每一个人，点了点头，开腔道：“好，做得好，天狼小队。已经确认，你们完成五银星级任务，而且收获不错。下面的战斗，就交给我们特战队来进行吧！你们撤出矿区。”

“是，沙天仇大师。”队长沙擎宇毕恭毕敬行了一个军礼，而大家这时候才反应过来，原来传达指令之人，竟然是沙家鼎鼎有名的机甲大师。

老者关闭通信，他还有很多事情要做，沙家战队将与老对头安得赛特家族进行生死斗，因为博盾宙极石太重要了，不管牺牲多少人，都必须把矿区争夺过来。

“哈哈哈，认可了，上面没有刁难我们，这么快便把此次行动列为五银星级任务。哼，只要有这么一个认可，奖励和积分都不会少给我们的，还有兄弟们的抚恤金。”

秃头大叔沙破浪最先欢呼起来，也是最先哽咽之人，哭号道：“又有，又有几个老兄弟永远地倒在了战场上，老哥无能，连你们的尸骨都无法收回来。”

又笑又哭，正是天狼小队此刻的写照。

李源静静地看着大家，心中生出许多感悟，他觉得大家并不像莎莎和沙老伯警告的那样，冷血无情，完全受利益驱使而薄情寡义。

这个团队有情，有义，有一位暴强的队长，以及一位负责任的副队长。就连莎莎自己，也在挖空心思为小队出力。

“嗯，也许都是聪明人，懂得团结才会让自己变得更加强大。毕竟一个人再怎样优秀，力量也很有限，而整合小队的力量和资源，能得到许多便利条件。”李源暗自点头，他跟随沙家车队出行时，还是个小心翼翼的小菜鸟，所思所想都很幼稚。谁能想到，经历一次五银星级任务的洗礼，就快速成长起来。

李源能够清晰感受到自己正在变强，而且信心不断增强。或者，这里面有得到秘宝黑魔方的原因，他看到了提升契合度的希望。

确实如此，在不知不觉中，李源扫灭了萦绕心头几年的阴霾，整个人变得开朗许多，而经历战火，经历生死，经历选择，使他一次又一次升华，一次又一次蜕变，已经与菜鸟说拜拜。

“好了，赶快动起来，回到家族驻地，再回味，再高兴。”沙擎宇拍了拍手，看向每一张面孔。

家族规定，凡机甲士提升到二级，就再也不能留在斥候小队这种战斗单位。沙擎宇在几年前的金星级任务之中，受到死敌算计，以致遭到重创。这才不得不留在天狼小队，一边继续担任队长职务，一边舔着伤口，并暗中积蓄力量。

老实说，这几年沙擎宇过得很憋屈，当看着身边队员不断牺牲，而他因为伤重等原因无法扭转大局时，他感到非常自责，甚至染上了喝酒的毛病。

不断压制实力，不断寻求突破，终于在今天，借助博盾宙极石原液一举攻破壁垒。沙擎宇觉得自己应该扬眉吐气、高歌狂啸，可是看向身边这些队员，是不舍，是惆怅，还想酩酊大醉一场。

“嗯，看来还是睡觉最好，既能提升实力，又能忘却烦恼。”睡神队长想着想着，鼾声大作。

天狼小队向地面爬去，没有人前来接应，因为沙家在整个沙漠行星投入的兵力，都将向矿区汇集。地下世界将演变为战场，核弹会把很多矿洞炸毁，机甲兵只能沦为辅助力量，真正的拼杀在机甲士，估计更为强悍的机甲师也会加入进来。然而，这一切与李源再无干系……

当跨越星门，回到沙家据点行星，进入天狼小队驻地，大家全都松了一口气。斥候小队一直有个说法，那就是在没有真正到家前，每一分每一秒都是危险的，很有可能顷刻间丧命。

活着，是一种动力，也是一种幸运，没有人会嫌自己命长。

“快，睡觉，好累。”李源看向队员们，一个个宽衣解带，火速冲向自己的房间，而向来负责任的母暴龙打着哈欠说，“大源子，你去东边随便找间卧室住下吧！哈，好困，洗个澡睡觉。”

眨眼工夫，人走得一干二净，只留下李源傻傻地站在大厅里，面对着一地狼藉。

“我靠！这是怎样一支小队？也不欢迎一下新队员，难道大家都被队长附体了吗？”李源能听到自己的回音，不由得打了个哈欠，说，“是啊！确实好累，好困，我要先睡一会儿。”

这之后，晕晕乎乎，感觉睡觉成为人生最大的享受。

不知道过去多久，蒙蒙眬眬，不想醒来，只想睡死过去，睡到天荒地老，就算身边出现许多噪音，响起有些耳熟的“咔吧咔吧”声，也全然不放在心上。

“咯咯咯，太有意思了，快看啊！快看，抬头了，小东西抬头了。”笑声肆无忌惮，让李源骤然睁开双眼，等到略微清醒，面孔变成猪肝色，急忙捂住下身，他好像又被女流氓看光了。

“好可爱，小家伙挺起来走路，给它喂点花生。”几名女生颇有兴致地坐在一起，笑成一团。

李源抹了把汗水，这时候才看清楚，敢情是一只毛球宠物，挺着身体摇来晃去的，小爪子四处乱挥，很可爱的样子。只是，这些女生怎么又跑到他的房间来啦？

神情突然一滞，李源大汗淋漓，心说：“这不像男人房间呀？难道我睡觉时，被她们几个悍妞女淫贼给……呜呜呜，天可怜见！我还想留着清白给萧萧呢！看来这回没戏了。”

“哎呦，醒了呀！大英雄，在别人床铺上，不多睡一会儿？”前面的卷头发女生看到李源，很是开心地打着招呼，让李源一阵腹诽："这，这还有没有廉耻啊？把人家给办了，还像正常打招呼一样。咦，不对，我好像穿着裤衩呢！仍然是矿区那一条，难道没有被办掉？"

"哈哈哈，你们看，他的表情多有意思。"卷发女生唤来众姐妹。

"咔吧，咔吧！"

母暴龙站起身来，从袋子里抓出花生往嘴里放，绝对暴龙吃相，男人远远不及。

莎莎居然也在，指向李源说："给钱，床铺费，你这个混蛋，也不看看房间号码。我去核对奖励的工夫，床铺就被你占上了。看你睡得那么香，而我又那么困，只好到沙发上凑合。"

"你说我占了你的床铺？"李源刚想发怒，念头一闪，吓了一跳，好像他太疲倦，把房间号码牌拿反了，记忆当中，像是蠕虫一样爬到床上，当时还在奇怪，怎么有一种好闻的味道呢？

"呃，不是故意的，真不是故意的，我下次一定注意，号码牌拿反了呀！"少年赶忙赔不是。

"还有下次？"莎莎气鼓鼓地说，"看到这只毛球没？我让它在你裤衩里搭窝，见到那东西直立起来，就上去挠几下，看你老实不老实。"

"哈哈哈！"众女狂笑，现在是上午，她们早上已经欣赏过一柱擎天。

"节操啊，我的节操全毁了。"李源欲哭无泪，谁叫他自己跑到莎莎的房间来呢！也只敢在心中斥责道，"你说说你们，都是年纪不大的小丫头，瞎看个什么劲？也不怕起针眼。尤其母暴龙，身为副队长居然带头围观，也不知道为队员保护下隐私。这才加入小队几天，人还没有认全，就给全队女生白白欣赏了两次一柱擎天，两次呀！会不会有第三次，真不好说。"

大家笑过之后，莎莎丢给李源一块巴掌大的琉璃，说："拿好，你的任务奖励写在里面，回房间好好察看去吧！过两天会有专人过来，把博盾宙极石从攻坚者三的背上分解掉，应该还有额外奖励，至于是什么，我没有打探到。别忘了，把玛娜的短剑给我，我要抓紧时间改装。"

"任务奖励？五银星级任务的最终奖励？"李源双眼笑成月牙形，他拿起这块琉璃，迈步向自己房间走去。

“莎莎，那小子得到哪些奖励呀？他的评分可是除了队长之外，咱们小队最高的。”八卦神火熊熊燃烧，几个女生叽叽喳喳凑到一起。

沙星野支起耳朵听墙根，她有些不服气，新来的小男生居然把她这个副队长给比了下去，莎莎还极力维护，似乎争取到不少好处……

此刻，李源“翘首以待”，房间电子门正发出“咯吱吱”的怪响，打开一半就停了下来，还好他在莎莎闺房睡了一觉，要不然光等老古董给他让路，就得在门外昏睡过去。

“我去，这里多久没住人了？”李源侧着身体，好不容易挤入房间，只见几只生命力顽强的小强正旁若无人地溜达，看起来很惬意。

赶紧找清洁工具，什么自动清洁机械人、雨刷机械壁虎、空气轮换仪、激光蟑螂杀手，统统都扔进房间。李源一边在房间外面的回廊等待，一边打开琉璃观看，这上面只是清单，想要接收物品，还需要一些简单手续。不过，问题不大。

“不错，很不错。嗯，好，好，这东西也给我了。啊，还有梦寐以求的能量块配额，真他娘的带劲。等一等，这些又是什么？”李源不由得眯起双眼，仔细看向琉璃上罗列的数据。

CHAPTER 31

丰厚奖励？

李源在战场上合成了百支穿甲冰冻箭，还有急速冰冻箭，消耗非常剧烈，又送给莎莎五千克冰妖王石，所以手中冰妖王石仅剩下四千九百多克，算是砍去一半。

不过，这五千克冰妖王石送出去，可不白送。

莎莎是谁？那是高等学府情报系高才生，对于家族体制内的窍门，熟悉得不能再熟悉。同样提交报告，经由她的手，就能写出花样来，还要叫你夸赞一句："客观，严谨，大气，天狼是沙家的英勇斥候小队，天狼队员都是好样的，应该把奖励调到上限值。"

当然，莎莎夜里亲自去后勤部跑了一趟，拜会了一位据说关系非常不错的师姐，是那种导师一脉相承的关系，而照顾情报系出来的小师妹，已经成为一种惯例。

沙家太大了，姓沙的人也太多了，已经形成庞大体系。

如果不明白这里面的弯弯绕，在同等条件下，很容易吃亏。而有着人脉，有着关系，便处处开绿灯，处处吃小灶，在大环境貌似公平的基础下，实则渗透着许多不公平。

像李源这种外姓，能跟家主长子嫡孙分到一个班级，可以说非常幸运，若是处好关系，日后肯定受益匪浅。可是，在他身上，从来不曾有过晋升希望，又表现得那么抢眼，为了毕业把偏科修炼到最极端境地。因为年轻，对小美女萧萧产生好感，他便成了权贵眼中的一块臭肉。

是的，仅仅是一块臭肉，连眼中钉都不是，而且很容易变成炮灰，在战场上爆掉，成为一摊血迹，没有人再记得这种货色。

所以，沙鹏飞只是表现出某种意愿，身边自然有人代为处理，将李源甩入外围车队，又改为天狼小队三银星级任务。一个一级小机甲兵，肯定会死得很惨，那些人甚至已经把李源忘记。

之所以连夜去公关，除了奖励，还有另一层因素是为了李源。同样是沙家权贵阶层，莎莎从来不屑显露身份。而且，在她加入情报系的那一刻起，就在竭力淡化自己的出身。

沙家女人很不容易，有时要忍受丈夫儿子战死沙场，有时要自己冲锋陷阵，有时要到战区去做间谍。都说沙家女人很彪悍，而战火硝烟最是无情，她们只是让自己变得坚强起来，不想在留下墓碑时，陵前连一束鲜花都没有。

当然，这背后的故事，李源不知道，他正捧着琉璃光屏傻笑。

“呵呵，战靴，是锉刀战靴！”光线映亮李源的面孔，他就像孩子找到称心如意的玩具，一阵感叹，“攻坚者系列顶级配置，有了这双战靴，总算可以尝试我的那些设想了。”

五银星级任务带来丰厚回报，莎莎要来的奖励像是为李源量身定做一样，屏幕上呈现出来的锉刀战靴只是其中一项，还有泛着静谧光泽的机甲手套，与叠加空间机甲箭囊。

“哈哈哈，这是攻坚者系列三件套呀！锉刀战靴，机甲手套，叠加箭囊。”李源眉飞色舞地翻动页面，很夸张地大叫道，“哇，居然还附带一条磁力旋钮腰带，莎莎你是哥哥肚子里的蛔虫吗？想得太周到了。呃，这是什么？太奇怪了，这种数据，渗透空间技术，有能量回路。”

看了半天，李源瞪圆眼睛，吃惊得张大嘴巴。

“空间旋翼？这就是空间旋翼吗？”李源深吸一口气，喃喃自语道，“对于我来说，这可是传说中的东西，市面上很难看到，相关数据被沙家列为不传之秘。它可以大为节省机甲释放空间张力时所消耗的能量，还能让机体跃空作战，不再局限于地面。如果机甲契合度和精微操控很强，还可以在狭小空间内进行超快速移动。有这东西，在矿区我哪里会那样狼狈？”

看了看琉璃光屏上的页数，空间旋翼竟然是倒数第二页，后面还有页面，难道说还有奖励的价值远在空间旋翼之上？

任务奖励从低到高自动排列，李源实在想不出，什么样的奖励能超出空间旋翼。

神情肃穆，心情紧张，手指甚至在打颤，当李源打开最后的页面，大叫起来：“坑啊？就这排到空间旋翼后面。臭丫头，你让老子兴奋得飞起来，再狠狠地摔下去，空欢喜一场呀！”

最后页面只有一句话：“念在你叫老娘收益不错，勉为其难与你继续搭档，去争夺那个什么档竞技奖励。记住，要拿就拿最厉害奖励，要做就做到最强。所以，努力吧！骚年。”

“奶奶个熊，你才骚年呢。”

李源走入房间，心想：“任务积分用光了，也只能如此。不能像两个哥哥那样，为了走出沙家看外面的世界，便玩命积累积分，到头来倒在战场上。即便出去，也需要实力，否则同样难以开创局面。有着这次的任务基础，相信我会快速变强。对了，莎莎不是说，等家族取走博盾宙极石，还有额外奖励吗？不知道会是什么，希望不会太差。”

美美地冲了一个凉水澡，在矿洞实在热怕了，以至于不敢用热水。

李源好歹曾经利用机甲调制巢调制过一次身体，所以并不担心感冒，他一边冲洗身体，一边回想战斗过程，总结自己的不足，直到提示音响起。

“尊敬的天狼小队队员，您这个月的用水量已经超额。这里是一颗资源匮乏的星球，超额使用水资源需要额外消耗信用点，请将点卡插入盥洗间卡槽。”这温柔提示音，很像莎莎的声音。

“不是吧！这么抠门，洗一次凉水澡都要支付信用点？”李源拿起毛巾走出盥洗间。

“浪费是一种可耻行为，本人负责管理各行动小队日常使用额度。”提示音甜美地说，“如果各小队队员有什么问题，可以找天狼小队的莎莎提出来，我们共同协商、解决。另外，凡是我驻地小队队员，都可以通过申请取得蓝天使零售装备店八折优惠卡，机会难得，申请从速。”

李源仰面倒在床上，哈哈大笑起来：“果然，不愧是抠门莎，居然掌控着驻地使用额度，难怪会那么阔绰。蓝天使吗？给自己开的店铺打广告，这丫头不会自砸招牌的，八折应该不吃亏。”

不得不说莎莎办事效率惊人，当天就兑现了拿走冰妖王石的全部承诺。

她送来了保修金卡，猎豹劲弓，足够使用十几次的调制营养液，家族内部通用信用卡，唯独没有攻坚者三型的原甲改装相关数据。

莎莎让李源再考虑一下，反正一级机甲兵还没有走出去多远，只要条件允许，应该更换一具机甲，对未来有很多好处。

在驻地生活很悠闲，天狼小队还不到假期，正等待新任务。人员需要补充，大家需要休整，会有十五天的缓冲期。而在第一天之后，李源就没有见到莎莎的身影，沙枫桦倒是经常过来。

拥有女仆学姐，怎么想怎么觉得逆天。可是更加逆天的，却是女仆学姐做出来的饭菜，那种味道实在不敢恭维，反正李源吐了一天一夜。

沙枫桦很无辜，她曾经在几个男生面前展示过厨艺，他们都无比开心地说好吃，而且不给她留半点，以饱满热情把饭菜全部消灭掉，这究竟是怎么回事？

李源从这件事上得出一个结论，那就是绝对不能吃那些拥有疯狂仰慕者的学姐做出来的东西。那是饭菜吗？那是杀虫剂，那是敌敌畏，那是大毒药，肠胃等于经历一次核打击。

终于，家族派来分解博盾宙极石的人来了，不知道为什么，竟然晚了三天。

当李源接到通知，赶到巨大的停机平台，只见对面站着几道身影，倨傲、冰冷、不屑，还有肃杀。其中一名头发中分的少年转过身来，派头十足地问：“你就是李源？那个幸运的家伙？”

“不错，我就是李源。”回答得不卑不亢。

“呵呵，想不到一个一级小机甲兵，能够找到博盾宙极石这种宝物。”少年轻轻一笑，“不管怎么说，还是引起了家族足够的重视。可惜，契合度永远停留在百分之五，经过调查，发现你参加入学考试时，学院测试机出现了故障。所以说，你真的很好运，否则不会成为机甲兵的。”

李源抬头挺胸，背手站立。

很标准的站姿，像是正在聆听教官训示，可是在他身上不由自主地产生一道凌厉气势，那是在战场上磨炼出来的杀意，尤为难能可贵的是，带着一丝无畏霸意，让气氛骤然压抑到极点。

“咦？看来我们小瞧你了，是个有血性的家伙，难怪会受到萧萧青睐。”随着话音，有一名英俊少年转过头来，他衣着笔挺，神情肃然，眼神同样带着霸绝与凌厉，且更加浓郁和纯粹。

李源心头一颤：“这是谁？没听萧萧提起过，拥有这种眼神，一定经历过死战，比沙鹏飞那种大少爷不知道强横多少倍，情不自禁让人生出一种敬畏，想要避而远之。”

“我们来只是公干，带走博盾宙极石，还有送来你的额外奖励，是沙天仇大师早年曾经使用的精微操控机械键盘与贴身腰带，你应该感到荣幸。”头发中分的少年面带不屑地说，“萧萧让我带个口信，沙鹏飞已经察觉到手下没有把事情办好，居然让一名炮灰活着回来。”

这时，英俊少年突然插言：“有趣，本该是我和沙鹏飞死斗，却掺和进来一个外人，所以我很好奇，过来看一看，你究竟是怎样一个人。”

CHAPTER 32

情敌挑衅

很显然，善者不来，来者不善。

“哼，沙鹏飞如果做得过分，我会让他后悔来到这个世界上。”李源冷不防一句话，让平台突然寂静无声，对面几名少年微微一怔，旋即嘴角抽搐，哈哈大笑起来。

尤其头发中分的少年最夸张，笑得前仰后合，连眼泪都笑出来了。

“哈哈哈，这个家伙太他妈有趣了。啊哈，我终于知道萧萧为什么对他另眼相看了，这种幽默感超级逆天。”头发中分的少年躺倒下去，不断拍打地面，笑得肚子直疼，相当有喜感。

李源无所谓地耸了耸肩，只要沙鹏飞不打破游戏规则，他连五银星级任务都闯过来了，还有什么能难得倒他的？另外，他很想问一问萧萧，为什么要让眼前这几个家伙代为传话？

英俊少年同样觉得好笑，摇了摇头说：“看来你不知道沙鹏飞的底蕴，又或者觉得自己侥幸完成五银星级任务，便觉得没有什么事情能难得倒你。毕竟家族在竭力营造公平环境，不会自毁根基。可是，事在人为，希望你的脊梁和你说的话一样硬气。取出机甲，下面开始做正事。”

“等等，萧萧她还好吧？”略微迟疑，李源还是忍不住问道。

“好，很好，正在抓紧时间训练，就是沙鹏飞对她目的不单纯。”英俊少年嘴角翘起，非常得意地说，“如果你一个月后有时间，可以进入大型模拟战区，看一看萧萧的表现，我和她搭档，挑战双人档竞技难关。对了，不知道谁那么恶搞，把这次的双人档竞技标示成夫妻档。”

“你和萧萧搭档？”李源身体一颤，不由得捏紧拳头，他总算知道，为什么萧萧拒绝了邀请。

就在这时，修长大腿伸了过来，很劲爆地将头发中分的少年踹飞，沙星野吼道：“没看到老娘正在对面平台维修机甲吗？笑你老母，头发中分，你是汉奸啊你。滚，赶快拿了你们想拿的东西，给老娘滚蛋，这里是天狼小队的地盘。”

“沙星野？前几届的女中豪杰，一直无缘相见。”英俊少年突然挡在手下身前，毫无惧意地与沙星野对视几秒钟，让母暴龙气焰为之一滞，竟然有所收敛。

“还是那句话，不管你们是谁，不管你们有什么样的背景，这里是天狼小队的地盘。而我，作为副队长，绝对不允许你们欺压我的队员。”母暴龙看似收敛，实则气势接近爆发边缘。

“好的，天狼星的面子总要给的，听说这次擎宇队长成功晋升成为三级机甲士，还未来得及恭贺。”英俊少年冷冷一笑，走过去拍了拍李源肩膀小声说，“小子，在天狼好好混。不要有那么多不切实际的想法，萧萧无论家世背景还是相貌，都很棒，只有强者才能与她相匹配。”

就在英俊少年掸去身上灰尘，想要离开之际，李源出其不意，侧身一记肘击。

只听“啪”的一声轻响，英俊少年面孔变得很难看，李源挡住其他人视线，小声说：“想要打击我是吗？我承认，确实不好受。可是，距离颓废还差了那么一点点。所以，我会很努力地往上爬，直到颠覆所有人认知。”

“你……”英俊少年刚想还击，轰然巨响竖立在身前。李源放出了攻坚者三型机甲，直接进入核心舱。

旁边那几个派头十足的少年看得目瞪口呆。他们无论如何也想象不到，这样一具最垃圾的原甲是如何熬过五银星级任务的。

更让他们无法理解的是，看这尊机甲的损伤，竟到了如此境地，为什么还能挺立？如松、如山、如天，那满身伤痕触目惊心，恐怖至极。

“好，我等着你。不过，先应付来自沙鹏飞的阻力吧！”英俊少年看了看沙星野，终究有些忌惮，不想把事情闹大，他向来爱惜自己的羽毛，觉得只是出于好奇心前来，没有必要认真。

家族居然仅仅派出几名少年来收取博盾宙极石，这背后究竟隐藏着多少事情，这几个少年又拥有何等强悍背景，令李源震惊。

李源没有背景，他只能通过努力来不断变强。也只有这样，才是最踏实的进步方式，远远胜过借助外力。

这些少年纷纷拿出黑色小盒子，拼凑到一起，释放出强光。

博盾宙极石喜欢依附巨大的金属物质，一旦附着成功，便会对其他金属物质和能量产生强烈的排斥性。正是因为这种特性，才产生奇妙的防御功能，深受机甲师重视，利用得好，往往能发挥出惊人功效。

也不知道这些黑色小盒子是什么东西，居然有办法将博盾宙极石分解成拳头大小的石块，并释放出空间波动，迅速瓜分掉矿石，送入各自空间储藏。

“我们走。”英俊少年转身离去，再也没有看李源一眼。

“李源，你没事吧？”沙星野看到机甲屹立不动，腾身跳到机甲肩膀上，用力敲了敲大脑壳。

机甲肩膀五米高度对于有着母暴龙之称的副队长来说，实在不算什么。

沙星野担心李源受打击，受刺激，她在对面平台上，正测试机甲监听装置，将那几个少年的话听得一清二楚，看不过眼这才出头。

“小子，不要灰心，你毕竟年纪还小，需要经历不同的感情，才能成长起来。”沙星野自己都没有正式与男生交往过，居然老气横秋开解起别人来。

“啊！大姐头，你还没走吗？”李源像是很忙的样子，说道，“那正好，把队里的维修平台先借给我用一用吧！保证一个晚上搞定。嘿嘿，你也看到了，我和一些家伙越来越不对路。”

“好小子，姐姐支持你，不就是一个小女生吗？抢过来，说什么也要抢过来，咱们天狼小队的男人可不是软蛋。”沙星野兴奋啊！越是具有挑战性，她越觉得有意思，越觉得应该战斗。

暴力女就是暴力女，境界不是一般人能够相提并论的。

博盾宙极石被取走了，各种奖励已经到位，获得沙星野大力支持，就连维修平台也有了，李源开始忙碌起来，他要对攻坚者三进行一次大修。

虽然手中有一张保修金卡，只要机甲没有解体，都可以送往家族维修中心，进行相对较全面的维修，但是这里是家族驻地，有现成的维修平台可供使用。

维修平台的好处在于，很多配件都是最新型号，远非维修中心那种最低配置可比。加上李源要做很多调整，技术层面稍高，大众维修中心可无法满足他的需求。

值得一提的是，修复灵只能帮助修复一些细腻损伤，如果连外壳都交给修复灵去修复，需要海量能量做支撑。就算再有钱，再奢侈，也不会如此做的。除非有一天，修复灵提升到极致。

“开始吧！平台光脑，拆分机体外壳。”李源在机甲外面，将所有准备工作做好之后，打开机甲前胸翅翼状装甲，玄关外扩，他从外面钻了进去，回到核心舱重新坐好。

“是，拆分机体外壳。”声音未落，平台地面快速隆起，伸展出近百条或粗或细的机械臂。

“叮，叮，叮……”

细密火花围绕机体旋转，每一次机械手臂挥舞，都有螺丝或者金属轮壳掉落，攻坚者三显露出骨感身躯。

外壳内部填充有金属泡沫，用来缓解各方压力，就像一个人的筋肉，而泡沫之中连接着细密缆线和光纤，用来驱动和传输能量。

机体内部组织是用最坚固的原料打造而成的，随着沙家不断提升基础制造技术，差不多每十年就会更新换代一次。

不过，真正的进化仍然来自内部，来自机甲兵自身，修复灵除了弥补细腻损伤外，最大功用在主导机体进化上面。而每次机体进行提升，都需要庞大能量做依托。所以说，日常积累和准备工作至关重要，不能有半点勉强。

李源还体会不到那么高深的境界，以他这次五银星任务得到的奖励计算，支付从一级到二级的消耗，已经绰绰有余。

机械臂来回穿梭，为攻坚者三更换破损零件，同时去掉一条条烧焦线路，并利用特殊喷雾剂补充金属泡沫。

很快，金属操作台倾斜升起，整尊机甲躺了上去，开始进行细密手术，剔除一些潜在隐患。

此刻，李源摸向腰间。

腰间缠绕着一条几近磨损的机甲兵贴身腰带，据说出自沙天仇大师，是这位机甲大师早年曾经使用过的装备。

当然，象征意义远大于使用价值，腰带扣上刻着一圈细碎花纹，那是沙天仇的标记。在沙家地面上，无论走到哪里，凭借这样一条腰带，都能得到稍高于常人的权限，只是李源并不知道。

腰带共有六个精密旋钮，能够装入六件物品，只要每件物品体积不超过一立方米即可。

不用密码，这腰带太过原始与古老，李源用力扭动第一个旋钮，弹射出一副机械键盘，他拿在手中仔细端详，不由得心头一颤，暗自感激。

“好一位机甲大师，他是想用这副键盘来告诉我，精微操控永远没有止境吗？我所谓的极限操控根本就是一个笑话，与极限两个字，差得好远！”李源抚摸机械键盘，他有些搞不明白沙天仇大师为什么会指点他一个一级小机甲兵。

当几天后队长离开时，李源才隐约得到答案。

正有一道命令自上而下发给天狼小队，这道命令表面上看，是对李源的极大嘉许，却也把他推向风头浪尖……

CHAPTER 33

无底洞生光

交付博盾宙极石，额外得到一条腰带和一副机械键盘，都是沙天仇大师昔年之物。

机械键盘上有几个轻微指印，别人也许看不出什么端倪来，可是放在李源眼中，那就是一片新天地，为他指明了前进道路。

机甲大师的东西不白给，李源感到自己能少走不少弯路，就像黑夜遇到一盏明灯，如果按照指法修习，他的精微操控可以更强，说不定有机会达到真正极限。

将机械键盘与机甲线路连接，李源看了看自己的双手，不由得苦笑，还要养上几天，才能使用机械键盘。心中暗自猜测："或许沙天仇大师也曾遇到过双手近乎报废的窘境，要不然不会搞出这样一副键盘来。这东西手感很不错，还能对手指起到保护作用，堪称极限操控利器。"

触屏波动键看似柔和细腻，实则却是一丝丝激光，操控太过剧烈和频繁，很容易让手指出现细微损伤。而得到这样一副机械键盘便不同了，敏感度与触屏波动键相比，稍有不如，却胜在经折腾。尤其那几个指印，代表机甲大师走过的路，只有站在巨人肩膀上，才能看得更远。

"光脑，加装锉刀战靴，加装机甲手套，加装叠加箭囊。"李源看到外壳更换完毕，急忙为机甲加装顶配三件套。

虽然不能直接提升原甲型号，但是有这些外部装备，仍能起到不小作用。更何况，还有空间旋翼这种大杀器，让地面战霍然提升到跃空战的层面。

“咔嚓，咔嚓，咔嚓……”

独特金属撞击声在平台上回荡。

锉刀战靴如同两艘小船，甲叶层层打开之后，完美地附着到机甲小腿和双脚上，战靴两旁护翼般的摩擦拉杆能够让急速行进中的机甲瞬间站住。这东西还有另一桩好处，那就是用腿攻击敌人时，相当于腿部专用拳套，不必担心机体受到损伤，还可以抵消部分反冲力量。

别看锉刀战靴外形很凶悍，却还称不上凶器，真正厉害的装备，反而是看似单薄的机甲手套。

这副机甲手套没有金属倒刺，没有电流探头，没有内置绞盘，与主流机甲手套完全不同。

是的，完全不同。

起初看到相关数据，李源还以为后勤部借机清空积压装备。可是，当看到莎莎在数据上重点画出的一排小红圈，心中热切起来。

非主流机甲手套不假，却要比那些主流机甲手套和机甲拳套更加适合他李源。

速度，这副机甲手套的唯一作用，便是提升出拳速度。不但可以抵消空气阻力，还可以加快机械臂膀的游刃程度，只要操控得当，完全能达到空手入白刃的效果，再有湛蓝短剑改装出来的匕首，称得上绝配，可以把其他类型的机甲手套甩出好几条街去。

在这些奖励上面，李源真心感谢莎莎，为他考虑到每一个细小环节，并争取最大利益，对得起他送出的五千克冰妖王石，回报率相当之高。

还有机甲兵专用战术箭囊，叠加空间达到了五倍。

相同空间叠出来五份，意味着可以储存五倍箭矢，而且重量方面只是稍微增加，携带五百支箭矢等同携带一百五十支，不会给机甲带来太多负重，增强了战斗的持久性与远程打击的能力。

除了顶配三件套，猎豹劲弓也给了李源信心。

莎莎没有胡乱吹嘘，这张猎豹劲弓经过改装之后，相关数据确实逼近了蛟龙大弓。最让李源满意的地方，仍然是速度这一块。

对于机甲弓兵来说，速度便是活力。而受到原甲机型限定，当无法提升力量的时候，就只能在速度上面做文章。

另外，莎莎真的很够意思，还额外申请到一条任何机甲都可以使用的磁力旋钮腰带。

有了这条磁力腰带，猎豹劲弓可以挂到腰后，湛蓝短剑改装而成的匕首，也可以别在腰间。

就这样，通宵达旦，李源测试机甲各部分性能，调整外置装备兼容性，他的攻坚者三完全武装起来，天狼小队库房里还有一些屏蔽探测涂漆，也被沙星野带了来，为机身镀上一层银灰。

当晨光初透，洒在维修平台上，那挺拔机身仿佛从远古岁月走出来的战神，通体折射出静谧光泽，粗犷线条勾勒出一份美感，每块装甲都渗透着活力。

“成了，总算在规定时间内完成整装。”李源欣喜地擦拭着汗水，要知道驻地维修平台向来都很抢手，维修任务排得满满的，要不是大姐头沙星野出面，以母暴龙的强横姿态镇压其他小队队员，恐怕十天后才能轮得上攻坚者三整修。

不要小看这十几天时间，能够运用机甲做好多事情呢！李源赶紧给别人腾地方，他喜欢忙起来的感觉，可以让他少想些烦心事。

静下来肯定会想，萧萧究竟与那个看起来很牛的小白脸是什么关系，很想知道她进入沙家的高等学府结识了多少优秀男生，他们的能力如何，是不是每个人都能走向强大。

很多想法源自身份悬殊，源自自卑。而想要将自卑完全化作动力，那是不可能的，因为去想就会受到一些杂念影响。李源索性不想，让自己闲不下来，让自己调整好状态，时刻准备迎接新的挑战。

离开维修平台，李源回到小队所在区域。

驾驶机甲进入专用静室，顿时感觉好受不少。在维修平台上还好些，往回走的路上，不知道发生了什么事，居然感受到数道不友善的目光，还有来自暗处的监视。

沙家有一套完备的竞争机制，每年都会根据当年任务进行一次评比。天狼小队完成一项五银星级任务，早已在驻地掀起轩然大波，那些排名靠前的小队不会任由天狼做大的。

“回来了，那些目光能杀人，都是些彪悍之辈，难道这就是竞争的感觉？听说特战队竞争更加激烈。不过，沙旋风那个家伙貌似混得不错。”李源稍稍分神，从贴身腰带中取出连锁盒。

核心舱室空间本来就小，当取出将近一米高的连锁盒后，就没有多少空余空间了。李源只能像虾米一样，弓身靠到座椅上。

“很好，充足的能量块配额！还好莎莎想得周到，把能量块配额算入奖励，要不然我得花费多少心思才能搞到这些小可爱。好，现在就来看一看，能量池能吞掉多少能量。”李源的脸上泛起笑容，他微微一拍连锁盒，盒子上的深蓝色旋钮自动旋转起来，不多时开始拆分。

“咔嚓，咔嚓，咔嚓……”

随着细微响声，总数二百一十六个精致能量块散落在座位附近，几乎把李源埋进去。

冰妖王石已经交给莎莎前去切割，所以合成罐是空的。

打开合成罐闸口，抬手将能量块抛了进去。只见金色光芒一闪，连闸门都不用关闭，能量块便消失不见，化作能量洪流汇入能量池。

这些能量块十分安全，不像冰妖王石随时都会产生辐射，所以闸门关闭与否，并不重要。

李源双眼紧盯光屏，看到能量池关联数据，不由得皱起眉头。似乎，回来之后，机甲能量池发生了新的变化，有些地方数据呈现微妙的线性波动，显示有异种磁力，却又无法进行解读。

“奶奶的，邪门了，能量池的情况好诡异。”

李源挠了挠脑袋，抬手又抛过去几个能量块，看到那纹丝不动的能量刻度，叫道：“嘿，我就不信邪了，秘宝再逆天，还能把我这个一级机甲兵的能量池扩展成机甲士的能量池？总要有个限度吧？看你能吃进去多少。”

不信邪的后果，就是头脑冲动。而头脑冲动的后果，就是二百一十六个能量块，在几分钟内填入合成罐，化作一道道金光冲入能量池。

能量刻度确实在增长，却也极其有限，差点把李源的鼻子气歪。

“你个混蛋啊！这可是二百一十六个能量块，从进入初级机甲学院开始计算，我见过的能量块总数，都没有今天用掉的多。”李源哀号。

可是，能量池仍然没能填满，刻度仅仅上升到警戒线以上，让李源脸色苍白。

核心舱内，响起吼叫：“该死，这么庞大的能量究竟用来做什么了？我算是看出来了，不是填不满能量池，容量没有那么夸张，而是用作他途。可是，就算放屁，也能听到一声响啊！”

思考良久，李源抓狂：“不管了，大不了厚着脸皮让莎莎帮我再申请能量配额，奖励给我的能量块，全部拿来填坑。”

某位少年冲动了，又拿出能量块连锁盒，又是二百一十六个能量块，一股脑全部投放进去。

这股能量非常庞大，就算五级机甲士的能量池，也可以被填满五六次之多，对于小小的一级机甲兵来说，已经不能称之为奢侈，而是奢华，数个月配额眨眼之间，就成了孤注一掷之物。

李源并不是赌徒。不过，他很执着，他想找到原因。

就在最后一个能量块化为金光时，能量池轰隆一声巨响，化出一片氤氲能量光雾，无底洞冒出星星点点的蓝光，越来越强，越来越盛。

CHAPTER 34

晋升二级

不知道从什么时候开始，攻坚者三型向外释放出一丝丝蓝光。

这些蓝光呈针状，由于太过细密，结成蓝色光盘，不断向外绽放，不断向外扩展，直到机体发出嗡嗡颤音，才停止下来。

“天啊！八米范围，防御提升这么多？”

李源张大嘴巴，观察线性数据波动，摇了摇头：“不，还有光脑监测不到的数据，是因为我的层次太低吗？这种感觉有些熟悉，难道蓝光出自博盾宙极石，可是这又怎么可能？”

蓝色光针一闪即逝，数据恢复正常。

机甲能量池归于寂静，光屏上多出来一个防御指令，显示与磁能有关。

很可惜，这个防御指令处于浮动状态，需要经过一系列测试，才能最终稳定下来，从而化为机甲恒定能力。

李源查看过后，咧了咧嘴，抓耳挠腮，欲哭无泪。

“坑呀！付出如此庞大的能量，就得到一个不稳定防御指令。这也便罢了，千不该万不该继续害我！不说引发一次只有三秒钟，还要额外支付巨额能量，当我是那些少爷千金呢？”李源咂吧咂吧嘴，觉得冲动是魔鬼，能量池黑魔方把他坑得体无完肤，外加囊中羞涩。

光脑提示音忽然响起：“受到能量池带动，调制巢完成提升，请主人进入调制巢调制，以便日后接受更严酷的战火洗礼。”

“呼，总算听到一个好消息。”李源轻出一口气，他要来那么多调制营养液，为的便是增强体魄，而在这个过程中，有一定的几率增加机甲契合度。

昨晚进行整修时，就看到调制巢处于更新状态，没有想到仅仅一宿工夫，已经达到调制标准。

“光脑，开山甲兽需要维修，早已送入维修凹槽，你控制修复灵进行精雕细琢吧！不要打扰我调制，估计二十四个小时就能出来。”李源一边脱去衣物，一边向调制巢钻去。

核心舱内，地方十分狭小、拥挤。也只有成为机甲士，才能运用空间叠加技术对核心舱进行拓展。不过，听说机甲士需要兼顾的东西更多，大多数高级机甲士仍然会觉得地方不够大。

李源还想不到那么长远的事情，他心中惦记着调制，营养液早就灌入了调制巢，只需慢慢让身体融入即可。

调制巢内，注满绿色溶液，散发出微光，不时涌起几个气泡。外面是一层磁场薄膜，保证溶液不会泄漏出来半滴。

称不上健壮的身躯逐渐融合进去，起初感到钻心寒冷，接着是火辣辣的灼痛，再之后感到一阵清凉，反复多次，才平静下来，睡意狂涌。

“睡一觉吧！最近好累，那么多变化，我都快承受不住了。”李源迷迷糊糊，觉得整个世界正在离自己远去，仿佛回到母体，有一种无法形容的温暖。

就在李源陷入深度睡眠状态时，机甲能量池陡然泛起淡淡涟漪，几缕火红能量出现，快速注入调制巢，很淡、很轻，不注意根本察觉不到。

如果莎莎在场，感受到这种波动，一定会大吃一惊，因为那分明是火蜥蜴磷粉的力量，只有成为五级机甲兵，且宣誓效忠沙家，才有机会得到相应配额。

安得赛特家族银将星莫斯看似奢侈无度，运用火蜥蜴磷粉稀释液来制造火蜥蜴炸裂箭，实则此人有机会接触到的火蜥蜴磷粉都是提炼过后留下来的火毒物质废液，并不为人体接受。

既然是废液，拿来造箭，自然划算。

不过，这些火蜥蜴磷粉废液挥发出来的能量，被黑魔方引入能量池后，呈现出一种别样状态。

能量池以黑魔方为中心，搭建出层层叠叠的复杂脉络。它从火蜥蜴炸裂箭悍然威能中，硬生生提取出几朵细微火花，又经过一番压缩，使之延展开来，化为明亮光雾。

正是这些光雾，演变出难以想象的作用。

在矿洞时，光雾从博盾宙极石上分解出超然磁性，机甲这才多出一项特殊防御指令。而最后留下来的几缕光丝，此刻拂过李源身体，消耗殆尽。

黑色魔方归于沉寂，将自己隐藏得更深。

而这一切，润物细无声，李源并不知晓，对他是好是坏还属于未知数。总之，提升过程出现了一些微妙变化，就目前而言，仅此而已。

不知道过去多久，李源的呼吸频率加快，他好像正在经历噩梦，全身肌肉骤然紧缩，快速捏紧拳头。等到好不容易放松下来，心脏再次剧烈跳动，如陷入泥潭，苦于挣扎。

蒙蒙眬眬，听到声音。

“是谁在与我说话？我又是谁？”李源觉得自己足足沉睡了半个世纪，有种想要起身的冲动。

“主人，您已经睡了三天三夜。”光脑自顾自说着，“请注意，您与机甲契合度正在提升，由原始数值百分之五达到百分之六，百分之七，百分之八，百分之九，百分之十，系数恒定。”

“恭喜主人，已经达到晋升二级机甲兵要求，能量池能量充足，动力炉开始预热，进行核心升华。合成罐内壁压缩，进行核心加固。调制巢与修复灵自动刻画细微回路，以便适应加载更强能量。”光脑尽忠职守，在李源浑浑噩噩的时候，把所有事情大包大揽过去，开始晋升。

“轰隆隆，轰隆隆，轰隆隆……”

主副动力炉升温，让机甲内变得火热。

李源被这股火热烤醒，当他睁开双眼，隐约感觉到某种联系正在加固。

甩了甩头极力让自己清醒过来，覆盖住身体的浅绿色营养液已经变为草灰色,溶液随着脉动泄漏给合成罐,自动进行分解,化为一点点残渣,消失无踪。

忽然，强风降临，吹袭身体，淬炼肌肤，这是调制巢的自带功能。

直到身上再无半点污浊，变得干干净净，李源双臂用力，一个强力支撑，从狭小调制巢探身而出，当他看向一闪一闪的指示灯，发现情况有些不对头。

“光脑，怎么回事？”李源问了一句。

“状态良好，没有任何问题，预计两个小时内可完成晋升。”光脑提示道。

“晋升，什么晋升？”李源一阵错愕，不及光脑回答，他就拍手调出数据，光屏展现在面前。

“恭喜主人成为二级机甲兵，机甲性能得到一定加持。不过，还需要加倍努力，二级机甲兵只是前奏，仍然未达到点燃光心标准。”沙家的光脑总是这个样子，好话一句，再转折一句。

“这么说我已经是二级机甲兵了？对了，机甲契合度！”李源急忙调出相应数据，当看到机甲契合度清晰标示出百分之十，他深深地吸了一口气，木然站在原地，禁不住流下热泪。

此时，几年来的努力，几年来的辛酸，全部化作号啕大哭，爆发出来。

哭了，李源哭了，他毕竟还是个孩子，仅仅十五岁。由于两个哥哥牺牲，为了尽早进入机甲学院,报考的时候多报了一岁。所以,都拿他当十六岁少年，实则差了一岁，很少有人知道。

“大哥，二哥，老爸，看到了吗？你们的小源，终于做到了，我并不是废物，也不是同学们眼中的万年偏科生。我能够做到的，我已经做到了。我可以提升契合度，没人理解我，护符是你们留给我的唯一东西，那是信念，那是坚持。今日，我证明了自己。”李源大哭大叫。

机甲外面，攻坚者三型依然静谧。不过，胸甲正在微微抖动，好似它也在哭泣，也在诉说。

哭累了，叫累了，李源靠到驾驶座位上，就那样坐着，沉沉睡去。

这是他几年当中睡得最安稳的一觉。他正在与童年和少年告别，等到从核心舱走出去，他将成为顶天立地的男人，只能流血，不能流泪，纵横战场，哪怕把血流干，也不会再流一滴眼泪。

李源知道，在这个世界生存，他要将自己的意志化作钢铁，要想方设法变强，凌压所有敌人。

通常来讲，机甲兵每次提升，都要进入调制巢调制三次。可是，也有特殊情况，就好像李源数次进行超负荷作战，每次极限战斗之后，他都乖乖地做保健操，舒缓身体损伤，更帮助莎莎和沙星野按摩，不知不觉便起到极佳滋润调和的作用，所以节省了时间，一举突破两道关口。

至于契合度突然从百分之五提升到百分之十，这种情况再正常不过。

有谁能把契合度从百分之五提升到百分之六，来来回回进行二十五次之多？那么他也会呈现井喷提升。要知道契合度达到百分之三十，已经进入五级机甲兵到机甲士的瓶颈期，属于五级机甲兵的最巅峰状态。李源究竟做到了怎样的境地，连他自己都不清楚，有待时间来证明。

指示灯闪烁频率越来越慢，核心舱内涌起一层光幕。这层光幕有着些许保护功能，代表李源正式踏入二级机甲兵行列。

就在这时，天狼小队接到几道命令，既在意料之中，也有意料之外，整个驻地沸腾起来。

“去，给我查清楚，这个李源究竟何许人也？”排行第三的罗睺小队队长拍桌子叫道。

“李源？他凭什么？妈的，又是一个二世祖？来我们驻地镀金吗？灭了他。”排行第二的雷鹰小队暴力男发出怒吼。

“有意思！李源？好陌生的名字，人家倒要看看，这个小家伙有几分本领。”妖娆美女站在机甲上，转过身来，机甲下方尽是女队员，或彪悍，或阴冷，或妩媚，她们是排在驻地积分第一位的念奴娇小队。

CHAPTER 35

捧杀

“啊！心情不错，出去转转。”李源将机甲收了起来，走出静室，只觉得一身轻松。

在这短短的四五天当中，他的心境再次发生蜕变，整个人焕发出无穷活力，更涌现出强大自信，概括为两个字，便是成熟。

少年人总归会走向成熟，可是不经历世事，不经历风雨，也许遥遥无期。强大从来都是由内而外，极尽升华，没有相应强者心态，那他绝对不是强者。

觉得肚子饿，想去小队厨房看一看，不等迈出去三步，脑袋就挨了一记重拳。

“砰！”

眼冒金星，脖子被人卡住，只听母暴龙在耳边嘶吼：“臭小子，你在静室待了那么久，都快把大家急疯了，赶快和我去见队长，你小子这回麻烦大了。”

“呃，星野姐，到底发生了什么事？”李源能够感受到沙星野的焦虑，自从母暴龙给他借来维修平台，并且为他拉来一小车屏蔽涂漆后，李源心中十分感动，遂不再叫母暴龙，而叫星野姐。

“大条了，事情真的大条了，快和姐姐走。”沙星野抓住李源，扯风筝一样带着他向前跑去。

母暴龙奔跑起来，那就是一阵风，一溜烟。不等李源反应过来，二人已经来到议事厅，队长沙擎宇端坐主位，天狼小队队员除了莎莎以外，居然都在。看他们一个个愁眉不展，好像真的有大事发生。

“队长，人带来了，看起来这小子睡得很香，还不知道上面下达的任命。”沙星野把李源甩到座位上，自己随便找张椅子也坐了下来。

“李源，看看这份人事调动命令吧！我刚刚听说，你与沙鹏飞有些小别扭。”沙擎宇耸了耸肩，苦笑，“本来嘛！年轻人谁没有风花雪月的时候？可是，你有些倒霉，赶巧我在这个时候晋升成为三级机甲士，伤势也随着晋升复原。而星野早就有一份任命，叫她去特战队任职。”

话音顿了顿，沙擎宇摇了摇头，叹道：“唉！多事之秋呀！莎莎还没有正式毕业，她要回学院完成试炼，这个也是不能拖的，好在莎莎还在编制内，等到三个月后，可以回来帮你几天。”

“帮我？”李源接过人事调动命令，快速翻阅起来。

“不错，就是帮你。”沙擎宇已经不知道怎么解释下去，指了指沙枫桦说，“枫桦，你是李源的侍女，你来说明。”

“哼，臭队长，侍女怎么啦！我愿意。”沙枫桦小声嘀咕了一句。不过，她知道这次事件正向不好的方向发展，大家已经议论了一个上午，都对李源的处境表示同情，却又无可奈何。

深吸一口气，沙枫桦支支吾吾地说：“这个……那个……李源，你要挺住。队长和副队长，还有我，秃头大叔都要离开天狼小队。其他人，也各有任命下达。看上去是好事，因为我们全部高升，得到更大的发展前景。可是天狼小队就剩下你和莎莎两个人。我真的不敢保证，莎莎完成试炼后还能回到天狼小队，因为这里只是她的实习地。所以，天狼就你一个人了，你也获得了极大提升，本来只有五级机甲兵和初级机甲士才能出任队长，现在落到你的身上啦！”

“什么？让我来做队长？家族上面难道疯了吗？”李源觉得一阵晕眩，这种匪夷所思的事情都能让他摊上，不晕才怪呢！

“别不相信，这是真的。”沙枫桦略微措辞，继续解释说，“你也知道，现在坎桑帝国与我们金鼎帝国不和，表现到边疆，就成了我们沙家与安得赛特家族之间的死斗。根据队长目前掌握的情报来看，这次帝国要动真格。很快，以沙家为主体，会有很多帝国少年前来服兵役，而所有沙家战斗小队，都会像天狼小队一样，进行稀释。”

“那与我有什么关系？我做队长，还是太扯了。”李源直摇头。

“是啊！可是谁叫咱们小队完成了一项五银星级任务呢？驻地其他小队听说咱们队长晋升三级机甲士，大显神威搞到了很多任务积分，都叫嚣不公平。所以，上面还是老一套玩平衡，赶紧把队长调走。另外，沙鹏飞在这件事上，起了一些作用，他在背后推波助澜，说你是他最要好的同学，希望家族给予关照。”沙枫桦充满悲哀地看向李源。

“沙鹏飞帮我说话？太阳打西边出来了。”李源并未反应过来。

“蠢货，在这种时候，为你说话就是害你，不知道捧杀吗？说你行，夸你能，精微操控超级厉害，能担当大任。”沙星野握了握拳头，“把你捧得越高，摔下来就越狠。枫桦，你来解释。”

“啊？怎么又是我？”沙枫桦惨兮兮地笑了笑，“李源，还有一道命令在路上，队长通过关系先行打探到，是让你去监狱里挑选队员。家族没有多余机甲兵填入小队编制，就只好打监狱的鬼主意。那里面确实关押着一些机甲兵，甚至是机甲士。不过，他们的机甲早已被清除。”

“不是吧？让我去监狱挑人？他们还没有机甲，难道要从一级机甲兵重新开始？”李源意识到问题的严重性，他把诸多消息串联起来，发现无形当中形成一个局，一个异常艰难的局面。

“不错，就是这样，从一级机甲兵重新炼起。”沙枫桦的脸色垮了下来，加重语气，“这不是最坏的状况，真正困难的还在后边。知道钧天堡监狱吗？那里关押的犯人虽说不是重犯，却声名狼藉，都不是省油的灯。”

李源点了点头说：“这个我略有耳闻，听说钧天堡关押之人，是像我这样的外姓族亲，他们侵蚀了主家利益，才被流放。”

“咳，侵蚀个屁的主家利益，那是受打压的结果。”秃头沙破浪冷冷一笑，看来他对主家怨念很大，要不然不会冷不丁来上这么一句。

“确实，那些人火气很大，你要小心。”队长沙擎宇不愿意多提钧天堡，岔开话头说，“家族上面多多少少有点拿你做实验的意思，沙鹏飞在这件事上，起到的作用并不大。你带回来的博盾宙极石，将融入沙天仇大师的机甲。所以，额外奖励不是别的，而是大师昔年之物。”

“沙天仇大师？原来如此。”李源心头不由得一暖，心说，“偌大沙家还是有好人的，沙大师何许人也？那是站在云端的人物。对于那些大人物来说，献上宝物理所应当。可是这位大师却有回赠，且对我最为适合，可见费了一番心思，不能因为沙鹏飞的原因，就否定所有人。”

不管怎么说，李源是半个沙家人，他在这片星空长大，母亲也是沙家人，就算有一天到外面去闯荡，身上也已经刻上沙家的标记，心中自然存有一份憧憬，不愿意把沙家人想得很坏。

“好，天狼小队现在就交由你来统领，李队长。”沙擎宇从桌子上拿起一枚队长徽章，缓缓说道，“每位斥候队长的权限都记录在这样的徽章中，它曾经陪伴我多年，现在转交给你。”

李源起身，皱了皱眉，低声道：“队长。”

“记住，服从命令是军人的天职。其实，这话很操蛋，对我们不公。”沙擎宇起身，神情肃穆地拿起徽章，迈开大步来到李源身前，郑重地说，“孩子，我把天狼小队交给你，希望你能让它变得更加光辉。那些给你压力，给你磨难的人，最好的回击方式，是让他们看到你的能力。什么叫捧杀？那是把普通马说成千里马，让普通马去狂奔千里，超出承受范围。而你不一样，真的不一样，能把博盾宙极石带到我面前，说明具备一些特质。我会在离开前的最后时间，帮你完成几项提升，尽量去学。”

沙擎宇拍了拍李源的肩膀，鼓励道：“我从你的眉心看出来，空间痕波动升为二级，也就是说你已经正式踏入二级机甲兵的行列。这是大好事，说明你的机甲契合度，提升起来还是蛮快的。想让马儿跑，总要把马儿喂饱。家族上面给了你一定权限，还有一些特殊帮助。”

“特殊帮助？”李源还没有消化完所有信息，诧异地问道。

“嗯，上面决定稀释家族军团，让你出任队长，就是想试一试降低基层小队等级。新天狼斥候小队编制只有十人，而且包括你在内。”

沙擎宇作为队长，移交权力时，总要做一番详细说明，他不想让继任者稀里糊涂地去送死。

“别认为十个人少，它短小精悍，反而方便你调控。原斥候小队队长享受的福利待遇，你都具备。除此之外，小队任务积分奖励将翻四倍，你在驻地享有的资源配额也是四倍，有一批新机甲提供给你的小队成员。总之，优惠与照顾还是相当多的。”

沙擎宇略微迟疑，最后提醒道：“小心其他斥候小队队长，我们这次完成五银星任务，驻地自动记录的年度积分提升不少，已经晋升到第四名，他们不想你有任何进步。毕竟从钧天堡拉人，你的队员会与沙家签订协议，他们就算桀骜不驯，也会变着法完成任务的，你唯一需要顾虑的事情是保住小命，那将成就最大胜利。”

CHAPTER 36

走一趟后勤部

李源回到卧室，只觉得脑子如同糨糊，他还没有从过度信息中回过神来。

“我，我就这样成了天狼小队队长？每个月享受家族津贴，每年还有一次带薪假期？”李源掰着手指头计算自己的福利待遇，小市民心性暴露无遗。

实际上，沙家乃至金鼎帝国，正在遭逢千年以来最大的变局。在金鼎帝国疆域内，征兵针对所有机甲学院展开，已经由自愿转为强制，内阁甚至提请草案，准备在战事陷入困境时，征集所有低级学院生，让少年走上战场。

国将不国，谁还顾及法定年限？只要能发挥力量，饮鸩止渴也要上。

沙家需要做一项测试，看看低级机甲兵小队能做到何种程度，而李源就是那只小白鼠。

“对了，队长说要帮我提升，真的很期待呀！”李源看向天狼小队队长徽章，上面的权限他已经通读，虽然斥候小队与特战队相比，差着十万八千里，但是对他来说，已经很了不起了。

“还有哦！每支小队都有战备库房，里面积存着家族历年来发放的物品。平常还好说，如果赶上技术更新换代，很多老式装备没来得及使用，便尘封起来。哈哈哈，上面把我的权限调到了最高，我可以随意调配这些库存，好爽！”

“咦？等一等，有些不对头，这上面怎么尽是莎莎的签名？”李源调出库房清单，看到莎莎曾经做过细致梳理，用得上的东西已经没有几件。

“我靠，抠门莎！哪里都有你的身影，我的库存呢！也就这几座机组太笨重，大概还没有来得及处理掉。”李源郁闷啊！到手的好处也能缩水一大半，找个机会一定要和莎莎好好谈谈。

由于沙家管理严格，即便身为队长，也不能随便前往战备库房，想要用什么，必须由机械人搬运出来，且需要提交合理性报告，基本上杜绝了倒买倒卖装备的可能。可是莎莎呢？情报系高才生，把本领发挥得淋漓尽致，只要有些耐心，逐月申请，库房那点限制对她来说，形同虚设。

莎莎之所以能撑起一间杂货店，就是因为小队库房的存在，她把那些尘封的老式装备添加到报废栏目中，每个月勾销掉一些，久而久之，积少成多。拿去改装、翻新，挂在柜台贩售。

“好，好，我不气，我不气。”李源顺了半天气。

“库房倒在其次，关键是任务积分奖励翻四倍，在驻地享有的资源配额也翻了四倍。”李源摇头苦笑，心说，“好一个诱之以利，家族上面财大气粗。就算让我做小白鼠，有这么高的利益，谁也说不出什么来。而且，让我心生侥幸，始终有种想铤而走险的念头，再完成一次五银星任务，一次抵四次！绝对够吃大半年了，甚至可以存满积分，离开沙家，去外面闯荡。”

李源还算清醒，他将这里面的利与弊看得比较透彻。高回报意味着高风险，以他一个新出炉的二级机甲兵计算，能够达到的程度极其有限。上面再大方，也是相对而言，换作沙擎宇来执掌小队，肯定不敢做出四倍奖励这种疯狂的承诺。

这件事的关键，在于钧天堡之行，如果能挖到几个强人，那么就算李源自己能力不高，也可以借他人之势起家。另外，做什么事，沙鹏飞总是插一脚，这小子就像臭虫一样，恨不得拿起鞋子，把他拍死。话又说回来，当务之急还是提升实力，想要找混蛋算账，也要打得过。

“嗯，未必不是一次机遇，起码我能使用队长权限，把所有能够动用的资金聚拢起来，还能向家族索要三个月津贴，给老妈送回去。”

李源握紧拳头，他还有一个心思，那就是如果战死，抚恤金要以队长规格发放给亲属，应该够母亲日常用度了，甚至还有不少结余。

在这种时刻，二级小机甲兵只能这样想。如果他的眼界足够宽广，就要担心一旦金鼎帝国与坎桑帝国展开全力火拼，沙家还能否在战火纷飞的年代，继续保证那些福利待遇。

由于接到上面的任命，天狼小队队员们忙碌起来。不考虑小倒霉蛋李源的遭遇，队里这些人还是很高兴的，每个人都得到提升，得到更好待遇，获得更强职务。

沙星野去特战队任职，仍然是副队长，看似平级调动，实则底蕴惊人。相信用不了多久，她就能执掌特战队队长权位，如果机甲再争气些，那么前途不可限量。

除了沙星野，有几个人要跟随老队长一同离开，将是嫡系班底。

只要沙擎宇不断高升，他们同样位高权重。再考虑到沙家军团将迎来帝国的兵役大潮，一个斥候小队队长已经没有任何吸引力了。

很不幸，李源还是排在最末位，而且他没有任何背景，没有一点人脉。所以，队里的人只要稍加运转，即便没有沙鹏飞在后面推波助澜，最终留下来的，也只能是他。

说起来，李源仍然游离在体系之外，是一枚崭新的大头兵。未来，他可以加入机甲师沙天仇这一系，或者走通老队长沙擎宇的门路。只是，那么多弯弯绕绕，他现在还不清楚。

不过，在天狼小队经历一次任务，不白做。沙星野为人义气，对李源颇为照顾，日后有来有往，便是一条宽阔人脉。

而沙擎宇走出阴霾，重新进入机甲士高速上升期。李源作为继任者，等若一脉相承，无论将来走到哪里，二人的关系都摆在明处，同样有着连带。还有莎莎和沙枫桦，一个是并肩作战的老搭档，一个是被救出敌人魔爪的学姐，谁敢说她们与李源没有深厚情谊，那简直是找死。

至于交集不太多的秃头大叔沙破浪，自然要跟在沙擎宇身边，忠心耿耿，铁血丹心，找不到沙擎宇的话，找他也是一样。

所以，在不知不觉间，李源已经积累起一笔丰厚的人脉财富，只是他没有往深处想，而是把心思放在如何搞到更多装备，如何提高小队战斗力上面。

不得不说，他进入队长角色，倒是很快。

在大家打点行装准备离开之际，李源拿着队长徽章，去了一趟后勤部。

正是下午，人很少，后勤部接待处电子门忽然打了开来。

“喂，干什么的？这里不是新兵接待处，出门向右拐，出去。”接待处的年轻人眼高于顶，看到一个小屁孩走进来，不给好脸色看。

“呃，这里是后勤部，没错呀？”李源看了看头顶光屏，确认之后，嘿嘿笑道，“我来申请小队长权限内所能额外支取的全部津贴信用点。还有小队剩余配额，也一并领走。”

别看对方态度恶劣，可是李源要做的事情，肯定要让眼前这个家伙抓狂，甚至让整个后勤部损失一笔钱财。所以，他压制着挥拳的冲动，仍然一副笑脸，慢声细语说话，绝对不伤和气。

“哪个小队的？怎么派一个小屁孩过来？我不记得有什么剩余配额。还要额外支取津贴？你们队长既然想额外支取，就应该自己来。”年轻人冷冷教训，丝毫也没有收敛之意。

“不好意思，我就是天狼小队队长，李源。”李源把队长徽章递了过去。

沙擎宇已经搞定相关认证，无论谁来识别，李源都是斥候小队队长一枚。

接待处年轻人的面色陡然变了，心中“咯噔”一声响，要知道这么年轻的小队长，那背景得有多雄厚？他得罪得起吗？

“小队长这种事情，可不好拿来开玩笑。”尽管信了大半，毕竟在沙家的地盘上，没有人敢拿职务开玩笑，那是要受军法制裁的。可是，年轻人还是拿起队长徽章，凑到灯光下鉴别。

“还真是队长徽章。”识别码差点把年轻人的眼睛晃花。

“哦，对了，我刚刚查过档案，发现后勤部每次都欠我们小队一些用品，比如烟酒，又比如机甲专用保养油，还有捆绑能量块的连锁盒，机甲液压油，便携零件箱，军用帆布……”

李源说了一大堆，看到对面年轻人的脸色由红润变成猪肝色，再变成酱紫色，笑道：“我还要申请额外配额，能量块有多少要多少，家族分配的机甲快要到了，我不希望看到有任何磨损。好歹是上面刚刚设立的试点小队，家底实在单薄了一些，所以还请后勤部多多关照。”

“你，你，你……”

年轻人指向李源，张了半天嘴想要说什么，却又不知道从何处说起。

“呵呵，如果兄弟你不能做主，就找一个能做主的人来。”李源气死人不偿命地说，“我这里有份清单，天狼小队成立十三年，后勤部每个月都欠一些，加上逢年过节，积累起来的家当还真不少。”

李源是善者不来，声音逐渐变冷：“谢谢，全部发放给我吧！告诉你，沙鹏飞沙少爷那可是我的老同学，保举我进入试点小队做队长，飞黄腾达指日可待。妈的，你不会连沙鹏飞是谁都不知道吧？回去补补脑，别出来丢人现眼了。”

“沙鹏飞沙少爷？”年轻人站了起来，满脑袋黑线，暗道，“这小东西来头果然很大！”

CHAPTER 37

胖总管老潘

后勤部克扣好处已经成为惯例，每次发放给养，差不多都要吃去百分之十，甚至更多。

如果换作沙擎宇来做队长，他是一名机甲士，根本不会在意那些零零碎碎的东西，就算后勤部扣得再多，也只会一笑而过，全然不放在心上。

可是，现在天狼小队由李源执掌，情况那就完全不一样了。

对于一个二级机甲兵来说，正处于发展初期，哪怕一丁点好处，都是十分重要的。也许这些东西到了手中，能让实力有所提升，而实力关系到生死。

李源知道自己所要走的道路异常艰辛。所以，能得到的东西，要竭力争取，就算后勤部是庞然大物，是铁板一块，他也要从庞然大物身上啃下几块肉来，也要从铁板上抠下几片铁皮来。

在这种心理驱使下，便有了后勤部接待处这一幕。

“呃，沙鹏飞少爷？知道，怎么能不知道？可是，可是我只是一个小小的接待员，实在没有权力给您下放那么多物资呀！”年轻人哭丧着脸，好像死了娘一样痛苦，鬓角眉梢全是热汗。

“很好，有一个积极办事的态度，那就好。”李源敲了敲桌子，说，“赶紧行动起来，把你职权范围内所能办理的业务，都给我搞定。之后把你们总管请过来，就没有你的事了。”

“是，这就好。”接待员如蒙大赦，他是真的有些怕眼前这个少年，开口闭口能与上面和沙鹏飞挂上关系，难道是家主一系重点培养对象？反正得罪不起，估计总管来，也不敢怠慢。

李源心里乐坏了，暗道：“我可没有说谎哦！确实与沙鹏飞是同学，而且正是得到这位老同学举荐，才能担当小白鼠。不管什么捧杀不捧杀，先拿这小子做挡箭牌，给后勤部出些难题。”

接待员动作麻利，赶快拿队长徽章进行常态申请，又动用全部智慧，编写了一些理由，反正后勤部自有一套流程，自己人办事方便。

不多一会儿，李源笑呵呵地接过队长徽章，总共两万八千信用点到账，这比他预计的数字还要多出来不少。此外，还有天狼小队的一些月度配额，同样提前支取出来三个月，令他非常满意。

“不错，搞得我都不好意思向你们后勤部出手了。”李源摇了摇头，把心一横，“去，把总管找来！我没有开玩笑，后勤部欠下我们天狼小队的东西，今天都要带走。”

但凡处境宽松些，李源都不会与后勤部闹僵，这等于断绝日后门路。除非，他能及早从沙家跳出去。否则，等上面对天狼小队的关注度下降，便会束手束脚，承受来自后勤部的压力。

对于李源，不啻于背水一战，上面向天狼下达的任务指令，绝对不会太轻松。所以，他决定紧着自己的小命来。

接待员早就发出通知了，可是总管迟迟未到。

“还没有来？”李源转过身去，心想，“难道沙鹏飞的名头不好使？也对，沙家太大，每次角逐新一代家主，好像最后登上大位的，都不是至亲。毕竟时代不同了，这些大少爷不可能做什么事都无所顾忌，人心一旦散了，没有相应实力做支撑，权势和地位便会在顷刻间化作乌有。”

最近，李源思考的事情越来越多，他在快速适应环境。而作为学院的万年偏科生，未来成长希望渺茫，所以不受重视。在学院时，各派系同学说话的时候，偶尔露出一两句底细，看到是他，都觉得无所谓。久而久之，就算不想知道的事情，听得多了，也会有一些心得和体会。

等了大约半个小时，后勤部总管才姗姗进门。别听他的名头是总管，貌似很强大，实则就是处理杂务的书记员，位不高，权不重，上面有一大堆人要孝敬，只是这个位置油水多一些。

“呵呵！李源是吗？年轻有为呀！你是我们驻地的骄傲。”上来就是客套话，接下来这位胖胖的总管把双手一摊，开始诉苦，“哎呀！队长，你刚刚到这个位置上，是不知道咱们后勤部门有多痛苦，每年迎来送往花销太大。所以，这明面上是一套，背后还有一套行事原则。”

“我明白，克扣是惯例。”李源一看就知道，这位总管是老油条，要是跟着对方绕，肯定要把自己绕进去，倒不如打开天窗说亮话。

“好，看来李队长是个明白人。不过，沙鹏飞少爷的面子总是要给的，您说，有什么需要帮忙的地方？尽管说。”总管双手攥得很紧，只想把小瘟神赶快打发走。

“把库房清单给我一份，我自己挑东西。放心，不会让你为难，我只看你给我的清单，那些你们用不上的东西，没准对我有用。”李源微微一笑，在决定破釜沉舟前，他可是准备了好几套方案，硬来不是不可以，也能达到效果。可是，有的时候曲线运作，得到的效果会更好。

“呃，只有这样？”胖总管微微一愣，有心继续周旋，可是转念一想，不能把事情做得太绝。

关于李源的一切，资料干净得叫人吃惊，没有任何背景和身世，这就是一个小人物，小得不能再小了。胖总管来之前，甚至觉得这孩子大大咧咧找上门，有些可笑。

可是，年纪越轻，意味着越容易冲动。

胖总管能坐到今天的位置上，什么人没见过？莫欺少年穷的道理，他还是懂得的。即便不考虑沙鹏飞这层因素，天狼小队确实接到了上面的命令，任命李源为队长。而且，任务积分居然调动到原来的四倍。这背后肯定有什么不同寻常的事情发生，只是自己的消息渠道还未把相关消息递过来。

将所有信息消化一个遍，胖总管妥协了。

他没有办法不妥协，与上面的大战略相比，他也是一个小人物，小得不能再小，一时的贪婪也许会后悔一辈子。拎不清这里面的事，就只能先观望一段时间。

短短几个瞬间，李源不知道眼前的胖总管，脑子转了多少圈。终究，压下所有心思，没有把事情闹大。

“好吧！小兄弟，后勤部的库房不能随意向外人开启。可是，既然有上面和沙少爷的关系在里面，老哥哥就算吐血，也要帮小兄弟把天狼小队的大旗撑起来。”胖总管这张嘴同样不白给，而且他还是一名演技帝，真好像在做痛苦决定，让人不忍。

李源点了点头，其实他的要求并不过分。要后勤部交清历年来拖欠的杂七杂八的东西，不如自己按清单勾选一番。东西一定要适合，才会最有效。

时间不长，胖总管先进行设定，然后把他认为没有太大用处的东西展示给李源看。他细细打量对方，禁不住暗道:“还是个小鬼！居然这么拼命。果然，每个人的境界不一样。像我能在驻地后勤部捞些油水，就已经觉得很不错了。要不要真心帮一把，毕竟大家都不容易。”

真是难得，胖总管看李源年纪小，竟然动了一丝恻隐之心。

“这个，这个，还有这个，请送到天狼小队，我都用得上。”李源雷厉风行，既然此行达到目的，他不想再浪费时间，快速勾选一番，敲定具体物资，之后便想离去，不料被对方叫住。

“等一等，小兄弟，我老潘再送你一件装备，结个善缘。”胖总管信手一挥，李源手中的光屏迅速变化，呈现出道道光彩。

“便携式空间门？”李源惊呼，他实在没有想到，对方会如此大方。

“不错，正是便携式空间门。不过，这座空间门并不稳定，是十几年前的实验序列，你使用的时候，千万要小心。”胖总管捎带着提了一句。

“多谢，我记下潘叔这个人情了。”李源抬起头来，认真地看向胖总管，他能够感受到对方在最后一刻释放出来的善意，所以要把对方的样子记住，只要有机会，他一定会加倍偿还。

确实是人情，而且还不小。

李源非常清楚，便携式空间门这种东西从来没有量产过。如果战前设置得当，它有一定几率能在危险任务中挽回小队大部分人的性命。

就像前次在矿洞，左将星雷蒙被逼入险境，启动机甲佩戴的头盔，化作一道亮光离去。而那名与沙擎宇对决的机甲士，之所以能从容离去，都与空间门技术有关。

这等于为行动加上一道强力保险，所以李源真心感谢。

等到李源走后，年轻的接待员小声问:“潘叔，主家要重点提拔这小子吗?这种年纪，恐怕快创下驻地小队长纪录了吧？”

“蠢货，你懂个屁！”老潘目光阴沉，“沙鹏飞把这小子往试点小队塞，还摆到这么明显的位置上，那是不怀好意。我也是刚刚反应过来，所以才给李源一些帮助。哼,连毛都没有长齐的二世主,能有多大能量？真正狠辣之人，也许，也许是沙鹏飞的老子。”

老潘连忙收住话音，其实他有句话没有说出来，按照主家惯例，又到了教育下一代狠辣无情的时候，而李源有可能就是沙鹏飞的试剑石……

CHAPTER 38

沙擎宇炫技

简单的送别仪式，简单的晚餐。

沙枫桦和沙星野很热情，很奔放，她们拿李源当弟弟看待，又搂又抱又唱又哭又笑，最后把自己灌醉，被队员们抬上担架，准备送上星门专列。

因为上面催促，所以大家提前各奔东西，而沙擎宇也只能多留一晚。

偌大的天狼小队营区，最后只剩下两道身影，沙擎宇把大家全部送走，这才回身说:“准备好了吗？调整好身心，接受我的最后馈赠。”

“是的，队长，我准备好了。”李源迈步上前。

“好，去地下训练场。”沙擎宇点了点头，边走边说，“你一定要记住，身为一名队长，必须拥有大局观。莎莎如果离开，你会更难一些，要时刻关注时事。如果大战爆发，物价会在很短的时间内上扬，而财力永远是一支小队的润滑剂。我很懒，因为有沙星野，而你要靠自己。”

“物价上涨？”李源微微一愣，万万没有想到，沙擎宇私下里交代的第一件事，是物价。

“你还太年轻，没有经历过大规模的战乱岁月。我曾经到其他小国执行任务，知道战乱对物价的影响，那是灭绝人性的摧残。所以，趁着眼下，沙家还算稳定，赶紧为自己谋划一番吧！”

“我记下了，这确实很重要。”李源认真地点了点头，他并未轻视沙擎宇的提醒，能够走出沙家的人物，总要比他这个二级机甲兵见多识广。而且父亲当年走过很多地方，从他老人家的叙述中，字里行间有对残酷战区的描述，那是人间炼狱，仔细想一想，禁不住打了个冷战。

“我在房间留下一袋蓝田矿石和一袋盖亚源石。以我的程度，蓝田石已经起不到任何作用，尽快用掉，增强体质。至于盖亚源石，要保存好，就收在沙天仇大师给你的贴身腰带中，不能轻易用掉。”

沙擎宇嘱咐道：“作为一名合格的机甲兵，永远都不要让机甲停下来，机甲的能量刻度便是你的生命线。盖亚源石比能量盒要方便得多，而且对机甲进化有好处。所以，你能找到大量盖亚源石的话，尽量不要使用家族下发的能量块。也许，只有龙国大夏的金印，才是机甲兵的最佳选择，比盖亚源石强上不少。可是，谁又能那般奢侈，从机甲兵开始，就使用金印呢？”

李源第一次听到这种说法，居然排斥使用能量块，而推崇使用盖亚源石，至于大夏金印倒是听父亲提起过，那同样是一种能量块，据说拥有很多神奇能力。

大夏金印距离李源太远，目前还不是他所能接触到的事物。

“多谢队长，蓝田矿石和盖亚源石对我来说，非常重要。”李源并未客气，他现在正如饥似渴吸收一切对自己有帮助的事物，要不然他凭什么走出困局？难道真以为侥幸完成一次五银星级任务，便天下无敌？真正无敌的是博盾宙极石，褪去这层保护，他只是个二级机甲兵。

“很好，你能认清形势，对接下来外出执行任务，很有帮助。”沙擎宇继续叮嘱道，“小心驻地其他小队，尤其是经常排在积分榜前三位的小队，念奴娇、雷鹰、罗睺。上面给你四倍积分，已经对他们的奖励构成危险。你想想，辛苦一年，若是让你博得头筹，他们能愿意？”

“呃，这个，他们不好做得太过分吧？”李源觉得自己非常被动，上面分配的任务，他能拒绝吗？在沙家军令如山，若是真的接手一项四银星级任务，再不小心完成了，积分可是会自动记录的，到时排名冲上去，关他什么事？因此而得罪一大群人，这也太无辜，太冤了。

“没有办法，家族竞争机制向来如此，用榜单吊住积极性，而背后是利益。”

沙擎宇并没有隐瞒什么，和盘托出，“在我没有负伤前，天狼小队长期霸占积分榜第一名的位置，我与雷鹰队长打过很多场，与罗睺队长对峙过。至于念奴娇，你更要小心，我承认沙家有些女人就是变态。你继承了天狼，他们多年攒下的怒火，难免不会发泄到你身上。所以，明天赶快去钧天堡监狱，把你的人领回来，多少能壮大声势。”

“环境有这么恶劣吗？呵呵，队长，你把我害得好惨。”李源面色苍白，想想自己在驻地还到处乱逛，没有遇到擦枪走火，或者背后挨闷棍之类的事情，只能用幸运来形容。

沙擎宇哈哈大笑：“不用再叫我队长，以后叫我擎宇大哥，是个爷们就挺起腰杆，男人要不断挑战自己，不断挑战极限，才能成长下去。其余一切东西，都是虚的。就像我要教给你的战技原理，好好发展下去，你能打出一片天。”

随着笑声，二人已经进入地下训练场，沙擎宇晃动身形，放出狼头机甲，猛地用力踏动地面。

李源知道接下来要动真格的了，遂将攻坚者三放出来，坐入核心舱室观看。只见狼头机甲快速动了起来，双臂挂着呼啸，如陨星砸落，如大山压顶，势大力沉，浑厚无边，场地震动。

“看好，这些年来，尤其在受伤之后，我的心境走向沉寂，走向崩溃，最终平和，每一天都在思考，都在领悟机甲之道，总结出十二个字。我只演练三遍，以你的级别，还无法接受后面的技法。我想，有前面五个字，也便足够了。”沙擎宇操控机甲，边说边施展出漫天拳影。

“你的意，你的念，要凌驾在机甲之上，要与机甲融合在一处。”沙擎宇突然大吼，“第一重御之道，机甲便是天，机甲便是地，我自成方圆，抵御万重劫。”

狼头机甲幻化出不同身姿，时而原地旋转，时而双脚错开，时而身若游龙，令李源目瞪口呆。

不光这些，沙擎宇技法精湛，狼头机甲在他的操控下，四肢陡然向内塌陷，机体在原地快速旋转起来，好似化作深山古刹的铜钟，再配合层层磁光渲染，厚重如山。

“我的天！防御数值超出探知范畴。”李源一直盯着光屏，狼头机甲并未屏蔽数据，可是现在就连开放式数据，也无法探知到了，说明已经强到一个极限。

“第二重，力之道。”狼头机甲踏出一步，只听声音说道，“发力缓，运力沉，出力疾，如山亦如潮，如雷亦如电，身似穹庐，拳压八方。”

李源痴迷地看向画面，到处都是拳光，所有变化最后合为一拳，如狂龙向前方暴走。训练场地面何其坚硬？居然在拳光一路碾轧下，硬生生犁出壕沟，这是怎样的一拳？竟似霸绝天下。

“第三重，速之道，刹那芳华，飞花逐月。”狼头机甲一改前面大开大合的状态，双臂轻灵地舞动起来，双掌化为手刀，快到只有一道银白。不远处用来做训练的合金金属柱，轰然断裂。

李源根本没有看清楚，就见金属柱成了一块块整齐的菜板，滚落到地面。

“第四重，震之道，发乎一瞬，溃之于前。”铁掌轻轻向前拍去，带着一种独特嗡鸣，用来测试机甲攀附能力的金属墙，轰然向内凹陷进去，形成立起来的圆坑，金属碎块向两旁飞射。

气势看似不强，破坏力却惊人。

这时，李源通过监测到的数据，多多少少看出来，这一击应该与双臂超负荷震颤有关，也许他的机甲还承受不起。

“第五重，绞之道，臂如环，身如弓，步成空。”狼头机甲向前方踏出三步，脚下陡然一个巧妙滑移，来到一根金属立柱后面。双臂抬高，微微一错，竟然把金属柱上端绞成麻花状。

“我靠，好生猛。这还仅仅是前面五个字的领悟，那么后面的七个字呢，得爆发出多么强横的战斗力？不可思议。”李源心潮澎湃，意识到沙擎宇正在将他引向一座辉煌殿堂，也许只有进入高等学府，才能学习相应的机甲对战技法，虽然极限操控在现阶段很强，但是太过初级。

“这些不算什么，只是我的个人领悟。”沙擎宇说，“如果你能进入帝国高等机甲学院，那里有少量战技可供研修和借鉴。”

“少量战技？应该很多才对吧？”李源皱了皱眉头，这与他的想法不同。

“对，你没有听错，是少量。”沙擎宇讲解起来，“每个人的习惯不同，机甲类型不同，发展路数不同，适合自己的招数自然不同。那些能够流传下来的技法，通常具有很大共性，适合后来者拿来研究。我知道你的精微操控很不错，所以抛砖引玉，给你打开一扇门，让你学习。”

“下面，再来一次，尽量用你的机甲测算各重数据。”话音滚滚，李源认真听着，“我所领悟的前面五个字，非常实在。后面的七个字涉及能量运用，你日后如果有独到见解，可以自行推衍下去，不必走我的老路，那样会束缚你的手脚，不会有多大发展的。看好，第二遍……”

李源操控机甲，跟着踏出步伐。

他就像雏鸟展翅，婴儿咿呀学语，逼迫自己尽快适应对方的频率，用心去体会，从里面榨取提升契机，让攻坚者三的身形越来越矫健，越来越挺拔。

CHAPTER 39

未雨绸缪

最终，沙擎宇也带着行李箱走了。

整个天狼小队营区，只剩下李源一个人，孤独、寂寞。

就在李源有些茫然的时候，光脑提示音响起来：“队长，后勤部已经将所有物资送到，请到库房区查收。”

“啊，东西到了吗？这就来。”

当来到库房区，李源微微一愣。

“队长呀，你这库房区太小，家族把你的配额调到了四倍，四倍！够爽！而你又申请三个月配额一起发放，这就相当于整整一年的配额，如此多的东西根本摆放不下。”昨天在后勤部遇到的年轻人，正坐在庞大运输车上，居高临下探出头来，大声喊道。

李源看向运输车后面，浩浩荡荡排成长龙，都是运输车辆，看得他直眼晕。

“没关系，把多余的东西塞入营区，再不行就营区内的大院子。”李源可不在乎东西多，东西越多，对他越有帮助。

“好吧！只能这样，后面还有潘叔叫我运来的空间门。老实说，那玩意个头真不小，居然也能称作便携式，哈哈哈。”年轻人直笑，启动工程机械人卸载货物。

看到货物清单，李源才知道，上面下放的九尊机甲已经到位，难怪有那么多个头非常庞大的集装箱。

“我去，清一色攻坚者三啊！这是要闹哪样？怕老子更换原甲，还是尽量缩减成本？”李源瞪大眼睛，觉得上面表面大方，实则已经抠门抠到一定境界了。

要武装九尊攻坚者三，东西自然不会少。

不多一会儿，所有空余地方都被塞满，还好机械人做事比较有条理，它们将货物分门别类堆放。

“这就要开始了吗？二级机甲兵才哪里到哪里？我的目标可是尽快提升到三级。”李源不由得捏紧拳头，有着如此多的物资，足以让他大展拳脚。

“啊！李队长，我回去交差了，有什么事，尽管去接待处找我。”年轻人挥了挥手，总管老潘既然愿意在这个少年身上押宝，他也没有必要交恶。

“不好意思，还不知道大哥你叫什么。”李源几步跃上货车，这玩意就是巨无霸，突突冒着黑烟，速度倒是不快。

“呵呵，我姓娄，你叫我娄哥好啦！”接待员小娄微微一笑，看到李源跃身跳到车窗前，就知道有事找他。

“娄哥，这块蓝田石不成敬意，向您打听个事。”李源本不愿多费心思，可是沙擎宇的提醒和叮嘱让他不得不分心他顾。

“哎呦，老弟你太客气了，有吗事，尽管说。”小娄脸上乐开了花，蓝田矿石可是提升体质的好东西，就算他不是机甲兵，用不上，也可以留给亲人用。

“是这样，能量块携带不方便，这次提前支取配额，送过来好多，能不能拜托娄哥，给我兑换成盖亚源石？”李源攀附到车窗前，脚下是一处类似小平台的金属挖斗，离地能有十米高。

“哦？盖亚源石？”小娄摇了摇头，“兄弟，那可是抢手货，虽说鉴定能量刻度后，与能量块一比一兑换，但是市场上从来没有出现过这个价。据我所知，能量块和盖亚源石能以五兑四就已经很不错了。即便这样，也得托关系，不是想要多少就有多少。”

“五兑四吗？”

李源快速思考起来：“擎宇大哥既然说能用盖亚源石的地方，就不要用能量块，还重点提到不要去用家族自行生产的能量块，估计这能量块在制造环节上面存在问题，也许会留下后患。反正这次申请的配额足够用了，能量块也绰绰有余，倒不如全部兑换成盖亚源石，省得日后再费力矫正。”

想到这里，李源咬了咬牙，毅然说：“娄哥，上面那帮大人物随便一个念头，落实到我们身上，就要拿命去拼。昨天，我厚着脸皮去后勤部要好处，也是被逼无奈。”

“知道，潘叔不是第一次遇到这种事，后来和我打招呼，要我多多关照你。”别看小娄为人傲气，却很有正义感，看李源年纪小，家族竟然要一个少年去拼命，心生同情。

“谢谢潘叔，还真就需要娄哥照顾一二。”李源面带感激，“盖亚源石携带方便，尤其当小队陷入持久战，帮助非常大。要知道机甲能量刻度，就是我们机甲兵的生命线，哪怕有一点点优势在里面，我都不想放过。就五兑四，事成之后，小弟必有重谢。”

“好，不用说了，不就是这件事吗？包在哥哥身上，肯定尽全力，帮你把能量块全部兑换成盖亚源石。”小娄按动光屏，命令机械人折返天狼库房，将能量块取走。

“呵呵，还有一件事。”

李源不好意思地说：“听说最近帝国比较动荡，不知道什么时候就会爆发大规模战争，上面拿天狼小队做试点，也是想先看看补充低级机甲兵后，斥候小队能做到何种程度。所以，我想拜托娄哥，用信用点在后勤部买一批日常用品和军品，直接送到我家里，交到我母亲手上。”

“什么？动荡？战乱？你说的是真的？”小娄在后勤部做事，对这种信息最敏感。

“娄哥不知道吗？难道是家族特意封锁了消息？”李源微微一愣，觉得并非没有这种可能。

“嗯，还不知道。”小娄若有所思，想了想说，“不过，这种消息隐瞒不了多久，既然把天狼定为试点小队，就说明消息正在公开中。这个时候，就看谁出手快，估计潘叔今天就能得到消息，并采取一些对策。”

“那我这些信用点？”李源拿出信用卡。

“放心，还有一点时间，你存了多少信用点？如果相信哥哥，就全部交给我来操作。”小娄露出自信的笑容，若说他在战斗上面没有天赋，靠着老爹留下的关系挤入后勤部，可是在财务和金融方面，绝对是个人尖子。曾经随老潘在汇市上厮杀，赚的钱给弟弟买了一尊上等原甲。

“相信。”李源赶紧拿出队长徽章，将所有剩余信用点刷到给母亲办理的信用卡中。

只要有密码和四十八小时紧急授权，别人就可以启动信用卡。倒是不怕小娄耍滑，从钧天堡监狱回来，自然要向母亲确认，大不了驾驭机甲，去后勤部打杀一番，一穷二白还怕什么？

小娄点了点头，看向信用卡上面不断攀升的数字，吹了声口哨：“不错呀！当队长就是比做队员爽，薪水多好几倍呢！很多人赚多少就花多少，你这笔钱全部用来购物，足够支撑很久了。”

“全部用来购物吧！”李源点了点头，“我母亲人好，真若局势紧张，物价太高的话，她肯定会拿出一部分救急物资帮助左邻右舍。这些老邻居对我们家很照顾，如果熬不下去，母亲她肯定不会坐视不理的。”

“哈，你们家邻居好福气。”小娄急着回去做准备，几句话之后，全速杀回后勤部。

看到车队远去，李源松了口气，他终于去掉后顾之忧，可以前往钧天堡监狱了，就是不知道上面给自己多少权限，那些犯人是否心甘情愿加入进来。

李源临行前，有些小遗憾，莎莎神出鬼没，一直没有露面。按照沙枫桦的话，当死要钱丫头完成学院试炼，应该有好去处，现在保留小队编制，也是暂时的。

“走吧！都走了，我一个人留在这里，也无用。”带上行囊，用驻地警戒系统死死封住营区，保证连只苍蝇都飞不进去，他这才踏上悬浮滑板向车站飘去，路程不算远。

由于普及空间技术，一座座恢宏星门将数百颗据点行星连接起来，构成一条防线，跨越五大星域，这便是沙家为金鼎帝国镇守的边疆。

天狼小队所在驻地，就在这数百颗据点行星之中，别看排在末位，却因为沙家最近几年不断向外扩展，不断追加预算和投入，以至于重要性大增。

沙家之所以强盛，是因为近年出现几个了不起的人物，都是机甲师。可是，一家的强盛，并不代表整个金鼎帝国的兴盛，相反帝国局面大不如前，令许多顶层人物叹息。而李源这种处于边疆的小人物，还未意识到风暴即将来袭。

“呜呜，呜呜呜，呜呜呜呜……”

远方传来汽笛声，矗立在地面上的巨大三角门那千米来高的身躯微微晃动，门前陡然冲出一组铁罐式列车，出现之后便减速，由云层之间快速滑落。

星门通常坐落在星球制高点或者一块大陆的制高点，经过十数代人努力，山间气候已经得到很大改观，虽然在沙家疆域内，这只是一座小车站，却让李源觉得宏伟，需要抬起头来仰望。

没有高楼大厦，只有酷似钟楼的站点。真正吸引人目光的是那一具具报废机甲，好似一座座丰碑，矗立在站点旁，向往来旅客诉说着边疆历史。

“砰”的一声响。

正全神贯注观看一尊信天翁原甲的李源，只觉得身体一荡，被人撞飞出去，他在落到地面上的刹那，禁不住暗骂：“妈的，故意的，绝对是故意的，车站根本没几个人，这么宽的路也能撞上老子，难道说那几个小队要展开攻击了？”

“呵呵，小帅哥，也不看清路，专门挡住人家。”入眼一双高跟皮靴，那火爆的身材，未及多看几眼，便感觉被人搀扶起来，胳膊上传来一阵柔软感觉，脸色瞬间石化，变红，再变红。

“小哥也在这趟专列？我们同路呢！”说话女子好像完全没有注意到，自己的胸部正在挤压小男生，是因为对方年纪小，全然不当男人看，还是抱着特别目的而来，便不得而知了……

CHAPTER 40

惊天之袭

偌大的车厢内，暂时就李源和女子两个人。

这女人的穿着只能用两个字来形容，那就是“暴露”。穿着一袭风衣，为了展示傲人胸围和平坦小腹，该露的地方全露出来了，包括修长大腿，不该露的地方，也几乎露出来一半。

反正某个纯情小男生从来没有见过这种阵势，胯下小兄弟很骄傲地抬起头来，谁叫现在还没有到中午，通常早上有个习惯，那就是一柱擎天。

“呃，姐姐哪里人？”李源故作深沉，把行囊抱到身前掩饰尴尬。

“死相，大家都是沙家人，最多出生地不一样，还分什么哪里人！”女子打开列车配备的个人光屏，快速上网阅览信息。

李源看到女子将注意力转移到网页上，心里不由得嘀咕：“难道是我想错了？这个女人并不是念奴娇小队成员。也对，她们不会做得如此明目张胆，沙家可是有军事法庭的，既然把天狼小队设为试点，不会让我在前往钧天堡的路上出意外吧？”

想着想着，李源沉沉睡去。

昨天跟着狼头机甲学习，他可是一直演练到早上，连沙擎宇什么时候离去都不知道，只在训练场留影信息上看到一道背影。

“哼，小麻瓜，这就睡了。作为军人，警惕性无限接近于零，还真是让人头疼呀！”女子目光落到对面车座上，不由得摇了摇头，随后继续浏览网页。

沙家专列有固定线路，由一地前往另一地，负有特殊使命。就好比这趟列车，目的地定为钧天堡监狱，并非每个人都能上来，登车时会自动进行身份识别。而李源真的累了，所以他没有想太多，抓紧时间打个盹。

不过，这份安全只是相对而言，在专业人士面前，登车限制形同虚设。

转眼间，几个小时过去，专列停泊到一颗大星上加载能量，车上的人渐渐多了起来，杂乱声音将李源吵醒。

“怎么回事？到站了吗？”李源迷迷糊糊起身。

对面女子揉了揉太阳穴，说：“没到呢！二十八个人进入我们所在车厢，他们要去钧天堡监狱探监，人数似乎比平时多了些。”

“多了些？”

李源的目光游移开来，暗道：“糟糕，不会在这些人当中，混入了其他小队的杀手吧？还有没有王法，真的要把我这个小队长整死才安心？必须提高警惕啦！来之前特意查看过历年奖励，确实丰厚得不像话，上面居心叵测呀！就是为了树立典型拉仇恨。”

有了这种想法后，看车上每个人都觉得可疑。

车厢很宽敞，大家坐得比较开，唯独两撮人聚在一起。

最前方有七个人，个个肌肉发达，脖颈上绘有骷髅匕首刺青，看起来像是来自同一战队。他们大吵大嚷，自己带了啤酒和食物，边唱边喝边叫，旁若无人，被吵醒就是拜这些人所赐。

左前方有四名黑发女子，目光阴沉，不时向窗外扫上一眼，也不知道万年不变的星空有什么看头，似乎心情不大好，很焦虑，好像想要早些赶到钧天堡，又好像希望这条路长些，表情复杂。

除了这两撮人，其他人都各自坐着。当然，还有李源这一桌，有个不请自来的女子，给别人的感觉，像是两人认识。

当看向对面座位女子，李源有一个惊人发现。那呼之欲出的胸部，那极致美好的身材，居然全部收入风衣中。他禁不住有些后悔，心说：“我睡觉干什么？真的有那么累吗？现在可好，想看没机会了。”

思及此处，李源觉得不对："哎？有问题！为什么这女人见到别人，就开始藏肉了呢？难道放不开？就对我放得开？好古怪！我也有些古怪，对这个女人兴不起半点敌对心理。好像在她身上有某种气息，令人异常心安。"

琢磨来，琢磨去，李源找不到答案。

"不再睡一会儿吗？看你睡得好香。"女子伸了个懒腰，懒洋洋地靠到座位上，半眯起双眼。

"哦，你睡吧！我来为你放哨。"听语气像是执行任务时搭档之间的对话。

李源无心一句话，让对面女子身躯微微一颤，暗自赞叹着："果然，这个懒家伙并没有丧失警惕性，而是属于那种天生直觉很强的人，对于敌人，对于朋友，有着无法理解的嗅觉！"

女子生出许多感触，却又不愿意深想，只把头埋入衣领间，安心睡去。

"娘的，如果有敌人在车上，会是谁呢？又或者只是我多心？"李源心里直叫，"这帮大汉好大的嗓门，吼得我都不能用心思考了。也好，听他们说些什么，从侧面了解一下钧天堡。"

"五爷，够义气，每次放假都去钧天堡探望老大。"

粗豪汉子为旁边一名大汉倒满酒杯，不由得抱怨起来："老大也真是的，当年居然跳出来和主家老鬼争风吃醋，结果耽误了行程，如果能早些布置，队里何至于损失惨重？"

"唉！小八，别怪老大，他和花大姐可是青梅竹马，老鬼手段下作，趁人之危，要是我也会冲过去，杀他个天翻地覆。"大汉拿起酒杯一饮而尽，痛苦地说，"转眼已经三年，你当老大没有自责过？他每次见我，都是傻傻的。花大姐为他自刎，有这样一个女子生死相依，足矣！"

"是啊！足矣！"

"来，干掉这些酒，男人没有酒，就不能活。"

几个大汉把金属酒杯撞得山响，然后仰头"咕嘟咕嘟"灌酒，车厢里始终飘荡着一股酒气。

李源耳朵一动，听到不远处四名少女当中的一个担忧地说："申姐怎么那么傻？为了保护我们，甘愿自己受罪。还好判去钧天堡，听说那里相对宽松些。"

“哼，在沙家的监狱，哪有宽松？”最为冰冷的少女转过头来，压抑地说，“就算那里没有关押多少穷凶极恶之徒，可是你当进去后，还能像队里一样？申姐她爱护我们，在那种情况下，只能站出来替我们受过。这次真的错了，我们任性，亲手种下了苦果。”

“还说呢！都是你们两个冲动任性。”另一名少女插言进来，情绪激动地说，“就是你们俩正义感过剩，偏要去惩治那个二世主，还在他胯下狠狠踢了几脚，要不然他的保镖能在人群密集的地方启动机甲吗？这也便罢了，你们两个居然披甲上阵，与他们对轰，误伤了九个人。”

“不是的，申姐看到那个被二世主欺负的女孩，一怒之下，把那个家伙打得更惨，连带着把他的保镖废掉，我觉得我们出头没有错。”最开始说话的女孩用力摇头，仿佛想证明什么。

“好了，就要见到申姐了，咱们好好想一想，该怎样面对她！”年纪最大的女孩出来打圆场。

李源聚精会神地听着，谁说男人胸中没有八卦神火？至少他了解到，钧天堡关押的犯人，大抵都有些冤情，并非大奸大恶之徒，距离重刑犯很远，却又无法削减罪责。

“嘿嘿，不知道有一天，我会不会进去，毕竟有种想要干掉沙鹏飞的冲动。”李源自然而然露出一丝邪笑，可是当他的目光扫过窗外时，顿时吓得魂不附体。

万年不变的星空出现剧变，远方爆发出一团亮光，起初只有针鼻大小，瞬间放大到极限，明亮冲击波肆无忌惮地扩散，李源脑海闪过一个念头：“这他妈的是怎么回事？”

列车跟着震颤起来，警报声大作。

“怎么回事？”风衣女子睁开双眼，当她看到外面的情景，倒吸一口冷气骂道，“哪个该死的混蛋，居然敢动用伽马射线暴，这他妈的是想毁掉整条列车！老娘非把他脑袋砍下来不可。”

“冲击波来了，大姐小心。”李源反应速度超快，在车厢崩溃的同时，眉心一闪，抓住行囊就坐入核心舱，攻坚者三那生硬造型屹立于星空下。

呼啸从耳边擦过，列车被狂猛力量拦腰截断，李源所在车厢，受到冲击最为强烈，似乎那爆炸就是冲着这节车厢来的。

机甲厚重身形挡在风衣女子身前，不知道什么时候，这名女子跃到攻坚者三的肩膀上，安然坐下，眺望远方。

“喂，大姐，外面很危险，你的机甲呢？”李源早就发现这名女子是机甲兵。

“姐姐我不适合战斗，在这里看会儿热闹就好。你想啊，列车有警备队，沙家机甲兵也不是吃素的，如果敌人来犯，要他们有来无回。”虽然嘴上这么说着，但是女子神情并未轻松多少。

“呃，看热闹是不错。”李源很直白，“可是大姐你坐在这儿，我要分出一份能量挡住太空超低温和制造有氧环境！这个，小弟最近手头不大宽裕。”

“这个时候还想这些，脑袋秀逗的家伙。”女子气得直咬牙，胸前一起一伏，她赶紧揉了揉胸口，极力平复情绪，说，“放心，等安全了，给你一袋盖亚源石，就当姐姐雇用你做保镖。”

“啊哈哈哈，盖亚源石吗？不好意思啦！”李源挠了挠脑袋，“保镖，没问题，保护像姐姐这样的美女，是我的荣幸。”

“荣你个大头鬼。注意，有东西过来。”女子有着常人无法企及的警觉，要知道李源的攻坚者三也才刚刚锁定可疑物体，那是鬼魅般的黑影，瞬息跨越数公里地界，降临在车厢残骸所在。

CHAPTER 41

强大的攻坚者三

“嗞嗞，嗞嗞，嗞嗞……”

机甲频道传来异响，李源面色不大好看，大声骂道：“娘的，为了对付我，居然在附近架设大型干扰屏蔽塔，奢侈无度有木有？再加上刚才的伽马射线暴，这得需要投入多少本钱？看来是下狠心要置我于死地。话说如此大手笔，就为了对付一个二级小兵兵，你们真下得去手！”

伽马射线暴引发的冲击浪潮已经过去，列车各节车厢弹射出紧急屏障，很多机甲兵已经启动机甲，车厢残骸中，尽是一圈圈光晕，气氛凝重。

“嗞嗞，嗞嗞，嗞嗞……”

又是一阵异响，一道魅影冲杀到近前。

“咦，这是什么鬼东西？”李源明明看到一团暗影，却无法进行锁定。光脑不停提示，并未发现攻击目标。距离远些反而能锁定，靠得近了，机甲光脑反复进行甄别，视暗影于无物。

“糟糕，有人在附近设置谜之干扰阵列吗？”风衣女子发出惊呼，显然她比李源更识货。

这时候，机甲对战频道传来一阵刺耳轰鸣，一魅影向李源展开进攻，非常迅猛，非常凌厉。李源急忙操控机甲向后退去，堪堪避开一道凌厉攻击，不知道从什么时候开始，周围竟然多出来数十道魅影，见到机甲便攻击。

它们把躯体隐藏在迷雾间，大概有七米高，出手狠辣，令人心悸。就在列车车厢残骸处，展开一场场死斗。

表面上看，来者并非针对某个人，这让李源略微心安，要不然他一个人，可斗不过这么多魅影。

“喂，听好，如果我没有猜错，这些魅影是暗傀，家族暗部特有的作战工具。”风衣女子微微皱眉，说，“是暗傀不错，可是层次差得很远，像是古老的实验品，这种东西在交易所偶有出现，很容易抹掉记录，无法查找源头。”

“暗傀，鬼的暗傀？”李源大叫，“哇呀呀，冲着我来了，又冲着我来了。臭莎莎，把我的冰妖王石拿走，还没有归还，好在我先合成了两百支急速冰冻箭。”

“说什么呢？懒鬼，赶快还击！”女子突然吼道。

“让我看一看这些鬼东西的真面目。”李源说着，已经抽弓搭箭，攻坚者三背后展开青蒙蒙翅翼，两片翅翼快速旋转起来，拖着机体向后飘退。

弓如弯月，劲力暗吐，射出一道微光。

这并非普通的机械弓，而是经过改装的猎豹劲弓，出箭速度堪称顶尖，以攻坚者三的臂力，将弓弦拉到如此程度，刚刚好。

冰霜在蔓延，寒冷在扩散。

吃了一箭，前方魅影突然炸裂开来，在原地烧成灰烬，完全不似刚才那般威猛。

李源吃惊地叫了起来：“不是吧？这么脆弱？而且，烧得太快了，还没等我看清模样，就身化灰灰了，害得我担心大半天。”

就在这时，冷不防一把机甲专用匕首显现。

太快了，匕首突破淡淡能量护罩，尖端滑过攻坚者三的外壳，摩擦出一丝红亮火花。

若非李源直觉惊人，在紧要关头变不可能为可能，控制机甲扭腰挪移出去半米，否则将会遭到重创。即便如此，也惊出一身冷汗，他再也不敢大意了。

“难道说，刚才我干掉的，是替身？”

李源反应过来，强迫自己冷静，心道：“确实，按照敌人七米高体积来计算，很少有东西能够在太空环境下，燃烧得那么快。哼，眨眼工夫便化作灰烬，真见鬼。所以，在不知不觉间，不仅光脑受到迷惑，就连我亲眼所见也不能相信。”

魅影滑行上前，展开缠斗，再也不给李源机会借空间旋翼拉开距离。

时而匕首，时而拳头，机体传来反震力，暗傀实力超过二级机甲兵，甚至比三级略高一线。

李源战斗本能强大，心中默默估算着：“如果把神出鬼没的能力计算进去，这些魅影有能力战四级机甲兵。而拿出如此多暗傀来，投入好大。也许鬼东西并不是冲我来的，而是另有目标。”

“即便我不是主要目标，对方也没有手下留情。哼，力量从来都不是我的首选。速度，唯有速度才是胜利的保障。”心念及此，粗犷的攻坚者三机体隆隆作响，双拳划出玄奥轨迹，迎着机甲专用匕首杀了进去，竟然要空手入白刃。

暗傀身前迷雾晃动，核心处亮起两团红光，像是死神狰狞地看过来一样。

“极限操控，穿甲拳。”李源大吼一声，拿起沙天仇大师送给他的机械键盘，双手一个超炫颤动，好像无数音阶绽放，机甲手臂旋转起来，向前方穿射。

快，快到了二级机甲兵的极致。

魅影使用匕首，速度已经很快，可是李源这一拳快过匕首四倍有余。

机械手臂形成残影，好像要从双肩消失，只有身前不停迸发出来的细碎火花才能证明双臂正在攻击，并且超出想象。

几拳下去，李源便找准了脉络，开始压着暗傀打。

风衣女子坐在机甲肩膀上，丝毫不受影响，心中却在赞叹：“臭小子，你这种战斗直觉都快逆天了，居然只凭暗傀挥舞匕首的角度，便判断出对方的手臂和身体所在，并没有受外层骗人迷雾的影响。如果由你来执掌天狼，说不定能走出去很远。而我的担心，是不是有些多余了？”

就在女子若有所思之际，李源双手在机械键盘上画出一个巧妙的“Z”形线路，他的眼神变得兴奋和激动，吼道：“绞拳，暴击。”

攻坚者三所爆发出来的拳势，突然间诡异一变，连周遭空间都受其影响，仿佛要向这一拳的陨落点塌陷。

“咔嚓！”

拳头绞碎了迷雾，绞碎了能量护罩，攻入机体。

李源操控攻坚者三，顺势收回手臂，居然抓出了一条光缆线路，还有不少零件，神出鬼没的暗傀就这样倒了下去，显露出一具冰冷机体。

“啊哈，我成功了，擎宇大哥的绞杀技，被我模拟出一些皮毛。”核心舱内回荡着狂叫。

只用了一夜工夫，便达到如此程度，虽说距离自行开创战斗技法还很遥远，但是总归向前踏出了坚实一步。而点滴进步才能汇聚成大海，放在少年人身上，怎能不开怀大笑？怎能不欣喜若狂？

女子再度无语，对于这种逆天行为，好像已经习以为常。

在如此短的时间内，居然有一具暗傀报废，而且毁在一名二级机甲兵手中，让敌人无法接受。

“混蛋，哪里跳出来的小丑，阻碍大爷办事？几个小丫头，只要分分钟就能搞定，调去几尊暗傀，给我封住他。”不知道从何方射来一道视线，盯住攻坚者三看了看，怒火凶猛燃烧。

李源扫视战场，看到旁边战场打得正热闹，他只是借助刚才一拳的冲力，略微冲近一些，结果便遇到疯狂打压，四道魅影出现，隐隐构成包围圈。

“呵呵，感谢天，感谢地，感谢老爹和老哥，这是看我训练太寂寞，送来几个对手！”李源抓起机械键盘，抱在怀中，右手手指轻轻一触，顿时溅射出几点芒光，飞入光屏引发指令。

“来吧！锉刀战靴，等会儿让敌人知道你的厉害。”李源把头一晃，手指游走开来，没有一丁点的滞顿和生涩，行云流水，畅快淋漓。

“轰。”

核心舱一震，攻坚者三先将脚下沉浮的暗傀机体残骸踢了出去。李源很会利用资源，他打倒暗傀后，便用战靴勾住残骸，为的便是发生意外时用作挡箭牌。

暗傀身体呈倒三角状，实际高度只有五米，双臂运用超密度合金打造而成，难怪会产生那么强悍的攻击震力。看双臂和双腿模样，应该可以像行李卷那样，向内收缩，融入机体。说明这些鬼东西携带方便，是杀人越货的绝佳工具。

暗傀残骸如炮弹般轰射，挡住了稍远处两尊暗傀的进攻路线。

借助这个机会，李源操控机甲，全力向前凶猛一撞。多亏了空间旋翼，让攻坚者三在太空环境下移动，也能极为流畅。

“再熟悉一次，绞拳，暴击。”凌人意志与机甲融为一体，勇往直前。

火花四射，前面仅攻陷一具暗傀，李源便抓住了这种单兵机械的死穴，它们的双臂很强，它们的速度很快。可是，它们的身体某些部位太脆弱了，只要足够劲爆，就能形成绝对压制。

他本该是一名机甲弓兵，却把猎豹大弓背到身后，展开威猛近身格斗。在这个过程中，机甲手套发挥了关键性作用，为攻击增速。

不过，李源更希望看到锉刀战靴的威力。所以，几记绞拳过后，干掉前面两尊暗傀。在他的超强控制下，机体横空飞了起来，双腿顺势踢去。

换作锉刀战靴攻击，势大力沉。

接下来的攻击夹带着沙擎宇领悟的力之道：“发力缓，运力沉，出力疾，如山亦如潮，如雷亦如电，身似穹庐，拳压八方。”

李源知道，攻坚者三型机无法与天狼机甲相提并论，所以他只能退而求其次，把力之道融入到腿部攻击当中，再配合锉刀战靴，方能展现出绝技。

大量火光爆发，如果说暗傀是魅影，那么攻坚者三便是魔鬼，他正踏着一支战舞，大开大合向前杀去，挡者皆寂。

CHAPTER 42

李源的豪情

实在是越打越顺手，通过这些暗傀，反复印证沙擎宇传授的技术，李源受益匪浅。

他这边是受益匪浅了，可是有人却在咆哮："混蛋，无耻，为什么要打我的暗傀？我的进攻目标又不是你。傻叉，蠢货，难道看不出来吗？既然目标不是你，你出来耍什么威风，没见到五级机甲兵都在应付了事吗？事不关己高高挂起，连潜规则都不懂，不是混蛋是什么？"

很可惜，这咆哮只在狭小空间内回荡，李源根本听不到。

电光四溢，又一尊暗傀倒了下去，已经记不清是第十七尊，还是第十八尊，李源暗想："我得自我检讨，先前有些高估这些鬼东西了，最多在三级机甲兵应对范畴。敌方所仰仗的，无非是干扰屏蔽力量，限制了机甲的锁定功能。"

不知道从什么时候开始，攻坚者三杀到对面四尊机甲近前，看着它们伤痕累累，就知道是此战主要攻击目标。李源这才反应过来，自己冲得太嗨皮，破坏了人家好事。

"呃，你们继续打，我只是路过。"不得不说某人神经大条，如此时刻还能说出这种话。

"扑哧！"

风衣女子捂着嘴笑了起来。

李源已经控制住局面，本来列车警备队到场，但他们受到这样或者那样的事情阻挠，意识到问题比较严重，所以深谙某些规则的他们，选择旁观。不过，半路杀出一尊暴强的攻坚者三，再旁观下去，他们无法交代，所以只好硬着头皮前来收场。

忽然，有声音在机甲通用频道传递："小子，你行，破坏了你家大爷好事。下次，下次我会把你送入地狱，让你尝一尝直面死神的滋味。"

残留暗傀火速离场，有李源在，就算发动玉石俱焚的冲锋，也已经没有时间。

"麻烦，好像无形当中，又多出一个厉害敌人。"李源挠了挠头，就在风衣女子笑得前仰后合之际，机甲伸出手来，"大姐，做你的保镖真难，我得罪了大敌，能不能提高酬金？"

"去，谁叫你冲锋陷阵的？把我置于危险之中，还没有找你算账，竟然蹬鼻子上脸。会给你盖亚源石的，不过，只有三块，给我好好反省。"女子说话很不客气，让李源觉得有些熟悉。

等警备队赶到近前，他们唯一能做的，便是清理残骸。

很快，战场屏蔽干扰消失，公共频道恢复正常，只听一把清脆女声感谢道："谢谢尊驾及时出手相救，否则……"

话音略微停顿，四尊机甲这时才注意到，对方竟然是与她们同等层次的二级机甲兵，再看向那些被攻破的暗傀，神情禁不住一阵恍惚，觉得不可思议。

"呵呵，不用谢，虱子多了不痒，债多了不愁。老实讲，我还以为对方是冲着我来的，结果让人大失所望。"李源很臭屁地吹嘘，在车厢内防备他人的时候，他可是紧张了大半天，不料登上战场后，发挥得越来越好。

打顺手能怪谁？印证沙擎宇的技术能怪谁？只能怪敌人不开眼，放了一尊暗傀攻击李源。

"你要小心，听说那四个妹子把沙鹏飞的弟弟沙鹏举的蛋蛋打爆了，就算能恢复过来，也要静养五六年之久，沙鹏举不报复才怪呢！只是，没有料到，报复来得如此猛烈，而且为了掩盖事实。"风衣女子说到这里，摇头叹道，"唉！也不能说掩盖，最多撑起一块遮羞布，把别人牵扯进来，搞得像是一场恐怖袭击。要是没有你，又没有其他人制衡，说不定他会成功。”

“哈哈，想不到，这四个妹子还是悍妞。”李源摸了摸下巴，“沙鹏举吗？他们一家子怎么总是惹是生非？沙鹏飞被我用精微操控打败过几次，还在叫嚣。”

“主家嘛！必须表现得很强势，即便有错，也要威压四方。”风衣女子再次摇头，“只是他们画虎不成反类犬，真正值得注意的，从来不是沙鹏飞或者沙鹏举，而是一个叫沙鹏宣的妖孽。”

“沙鹏宣？从来没有听说过。”李源总有一种感觉，这名女子对他极为熟悉，正在有意无意警告他。

“呵，你当然没有听说过，那是一个无比骄傲之人，沙鹏飞一直都在效仿他，十八岁的时候便登上机甲士行列，今年二十二岁，正在幻天堡苦修。”女子的声音变得格外悠远，以一种独特方式传入核心舱，外人窥探不到半个字。

“幻天堡？家族关押重刑犯的地方，而且毗邻奥美人领地，非常危险。”李源对于十八岁的机甲士没有太多概念，对于幻天堡却如雷贯耳，从小便听说坏蛋都关在幻天堡，乃家族禁区。

“我是想告诉你，主家真正强势之人，可以轻易碾轧你。而沙鹏飞和沙鹏举二人，正在接受调教。他们的一举一动，都在主家严密监控下，包括这次袭击事件。你，千万不要把每件事想得那样简单。哼，堂堂沙鹏举，好歹也是家主嫡孙，居然连几个小丫头都挡不住吗？真若让这种事发生，随便出来一个人，就能刺杀家族重要人物，沙家何以屹立到今天？”女子声音变冷。

“对呀！作为家主一系顺位继承人，沙鹏飞也好，沙鹏举也罢，都给人一种外强中干或者虚弱之感。见鬼了，我以前怎么没想到？”李源拍了拍额头，他越想越混乱，只觉绕了进去。

“咳，你这种家伙是单细胞动物，直来直去的，稍稍用点脑筋就会犯迷糊。”

女子连声哀叹，加重语气说：“记住，这是家族每一代的教育方式，不管嫡系男子看起来有多么精明，也不管他们看起来有多么愚蠢，到了一定年纪，都会遇到敌人，有趣吧？在他们还没有相互残杀之前，主要精力皆在外部。而且，会逐渐学会妥协，学会同盟，学会合作。”

“听起来好像很厉害的样子。”李源的没心没肺，让风衣女子败退。

“混蛋，我和你说这些做什么？果然是单细胞动物！点了这么多，就是点不透。”某女抓狂地咆哮起来，“老娘索性把话挑明，就是你所面对的挑战，是整个沙家嫡系男丁，有些人巴不得你变强，好去打击沙鹏飞，再让沙鹏飞去寻求兄弟帮助，他们会越打越团结，而你所面对的挑战将越来越残酷。”

“别生气，听明白了，我听得很认真，神秘大姐。”

李源眉宇之间，忽然染上一层英气，坚定地说：“难道我还要感谢主家，给我这样一个参与奢华竞争的机会？奶奶的，不管是谁，我的信念就是一路打过去。或者，大姐你是想劝我做缩头乌龟？忍一时风平浪静？你搞错了一件很重要的事，沙家也是我的家园，为了守护这片沃土，死了多少人？我的两个哥哥，永远躺在那里。无论是谁，如果没有资格带领家族走向强盛，就算进入地狱，我也会重返人间把他拉下来。”

女子张了张嘴，却不知道该说什么好。她发现自己还是看轻了李源，先前确实存了规劝和提供一些规避死斗的办法。可是，在这名少年身上，有着豪情壮志，他勇于搏击，勇于迎接挑战，不管身处何地，很难摧垮那宛如城墙般的意志，这种人似乎天生就应该驾驭钢铁洪流。

不知道为什么，向这名女子吐露心声后，李源觉得好受许多，那是一种心境上的突破，仿佛拥有攻坚者三，他就能逆天而战。

“注意，契合度提升，百分之十一，百分之十二。”光脑发出音讯。

“我靠，牛啊！发一番感慨，就提升两个百分点。两个点呀！竟然如此轻易就达到了？难道是对学院生涯的补偿？不管了，反正达到百分之十五，就能晋升三级机甲兵。”李源匆忙打开光屏，当看到契合度确实标示出百分之十二，心里别提有多美妙，抱着光屏亲了又亲。

“这是什么声音？难道你在亲光屏？呃，好恶心。”女子一句话，打破了短暂的宁静。

“哈哈哈，没，没有，光屏灰尘太多，我擦一擦。”李源嘴里说着没谱的话，光屏从来都是虚拟的，由微弱激光交汇构成，哪里会有尘土？

“好了，继续旅程吧！既然你执意向前，那就去做你想做的事情。是时候离开了，等一会儿肯定有讨厌的人过来排查。”女子坐在机甲肩膀上伸了一个懒腰，那慵懒表情，好像刚刚睡醒。

不多一会儿，大家收起机甲，来到没有损坏的车厢，李源被四个小美女围在当中，而风衣女子忽然消失不见，好像人间蒸发了一样。

“人到哪里去了？还欠着我盖亚源石呢！”四位小美女环绕，二级机甲兵一根筋地嘀咕着。

“原来是位小哥，自我介绍一下，我叫田心扉。这个冷冰冰的家伙叫唐傲雪，还有我们最漂亮的卷发姐叫温语琴，以及最喜欢斗嘴的小妹妹朱倩倩。”先前在车厢看到的女孩自我介绍道。

“谁，谁喜欢斗嘴，是你，是你不好。”朱倩倩并不是斗嘴，而是嘴笨。

“啊，你们的名字都很女性化呀！我所接触的女生，名字男性化居多，尤其是某个死要钱的老妖婆，叫什么不好，偏偏叫杀，杀，杀。”李源肆无忌惮地调侃，只觉得背后突然冷飕飕的。

CHAPTER 43

连番推荐

大约五个小时后，换了一趟星际列车。

当然，列车还是前往钧天堡，对于发生的意外，家族给出的回答是敌人最近活动很猖獗，希望大家出行警醒一些，当危险靠近时，应及时启动机甲。如果并非机甲作战人员，应尽力托庇于机甲兵或机甲士身下，避免白白牺牲。

好吧！李源对那位神秘女子所说的话，表示信服，很多事情不能光看表面，内在因素很复杂。

四名小美女握紧拳头，她们知道无法申诉，敌人出手非常干净，根本不会留下线索，心中对家族宣扬的公平公正信念，瞬间崩溃。

“李哥哥，多亏了你，要不然我们会死得很惨。”朱倩倩本能地向李源靠近一些，她想到自己还是花季少女，很有可能变成一具冷冰冰的死尸，就害怕得浑身发抖。

“呵呵，没什么，赶上了，搭把手而已。”李源轻描淡写地回答，他压根就没有把这件事放在心上，此时正在琢磨战斗技法呢。

沙擎宇昨晚告诉李源，当机甲兵提升到机甲士阶层，除了需要费心费力合成专属武器，还要开发出属于自己的招数，那并非极限操控打出来的招数，而是要运用机甲契合度，让身心和意志凝聚，让自己成为钢铁巨人。虽然还差了好多阶层，但是早早做准备，会有很多妙处。

琢磨来，琢磨去，李源怎么也想不出那会是怎样一种状态。

“小哥，你去钧天堡做什么？也是探监吗？”温语琴是一个让人如沐春风的女子，说起话来软言细语，非常好听。

“啊哈！上面给我一份调令，让我过去选人。”李源双手一摊，叹道，“没办法，小队就我自己一个人，光杆司令，总要拉些人才像话。九个人，从犯人当中选，减免他们的刑罚。”

“什么？小哥有这种职权？”田心扉惊讶得捂住嘴巴。

“不算什么职权啦！上面拿我们小队做试点，我是个倒霉蛋来着。”李源是诚实孩子，他觉得在这件事上，没有必要隐瞒，如果真的需要保密，家族早已下达封口令。

“你能帮我们一个忙吗？”冷冰冰的唐傲雪一反常态，戒备地看向四方，然后压低声音说。

“要我把你们去探望的人捞出来？”李源可不傻，他知道自己手中的调令，对于一些人来说是脱出牢笼的好机会。可是，做任务并非摆家家，有时候要豁出命去拼杀，人选非常重要。

“我们出钱，你想要什么，我们都给你。”唐傲雪激动之下，与李源都快要脸贴脸了。

“这样啊，把你们要救之人的资料给我看看。至于钱嘛，那玩意快贬值了，我要能源，必须是盖亚源石。”李源尽量让自己变得无情些，他在小队人选上面，不会向任何人放水。自家性命最重要，另外也不想让别人枉死，没有那个能力胡乱选出来，还不如放在监狱里安全些。

“盖亚源石？太好了，我有好多。”朱倩倩忽然将腰带解下来，笑眯眯地说，“李哥哥，我家有座小矿场，每年都有出产，产量十分稳定，虽然不是很多，但是肯定够你用了。”

“矿场？你家开矿的？”李源瞪大眼睛，直咋舌，“了不得，居然是位千金大小姐。”

“什么呀，可千万不要这么说，我爸他很风流的，有好几个老婆呢！每个老婆都铆足劲给他生孩子，我只是他三十几个子女当中的一个。”朱倩倩越说越小声，“这些盖亚源石，是人家多年积攒下来的家当。不过，为了晴儿姐，无所谓的。”

“这样啊。要是我拿走这些盖亚源石，会有一种罪恶感的。”李源大摇其头，看向另外三女，狡黠一笑，“所以，我拿走这些盖亚源石后，你们三个欠朱倩倩一份人情，日后一定要还上。”

“切，说到底，还不是死要钱？”唐傲雪恢复了冷冰冰的样子，低声说。

“喂，搞清楚，现在是你们有求于人。”李源无比强势地看向四女，佯怒道，“出来混，不能由着自己性子来，公就是公，私就是私。你们也学学人家沙不举，就算想要干掉你们，也把屁股擦得干干净净，遮羞布这种东西一定要有。要不然，怎么在沙家混？而且还是嫡系一脉。”

四女听到“沙不举”三个字，轻声笑了起来，都觉得这个实力暴强的小哥，有那么一点点无赖。

“好了，看你们严肃，活跃一下气氛。还是那句话，拿资料定夺，不行别怪我。”李源做出挥刀下砍的动作，以证明自己的决心。

“我们大姐申晴儿很厉害的，已经是四级机甲兵了，就她一个人，把那个沙不举的保镖全部打趴下，要不然我们会吃大亏的。”朱倩倩开口闭口，也开始称呼沙不举了。

“申晴儿？听名字还不错。”李源摇了摇头，伸出手去，“别光说，把你们大姐的资料详细列举出来，包括机甲性能，曾经做过的任务。”

“哼，就会摆出一副你最行的嘴脸，我倒要问问，你最高做过几级任务？别看我们是专门负责收集商业情报的小队，却也曾经深入过险地做调查。”唐傲雪挺起胸脯，骄傲得像只孔雀。

“呵呵，丫头，咱们还是比点别的吧！叫我们斥候小队和你们商战小队比，我的天，有一种天就要塌下来的感觉。看来，你们这位晴儿姐，即便厉害也厉害不到哪去。”李源兴趣缺缺。

“别闹了，傲雪，李源小哥救了我们，是救命恩人，你还要任性到几时。”温语琴突然开腔。

“我，我不是任性，只是觉得要把事情搞清楚。”唐傲雪低下头去，眼含泪水，

“你们难道就没有想过吗？我们既然把晴儿姐相托，必须找一个强有力之人。要不然即便将晴儿姐救出来，反而是将她送入了更大的火坑，那就不是关入监狱的事情了，而是在要晴儿姐的命。上面凭什么下放这种超乎寻常的调令？这里面肯定渗透着危险，所以我们不能把晴儿姐稀里糊涂交出去，必须小心谨慎。”

听到此话，另外三女点了点头，都觉得有道理，她们转过头来，看向李源。

李源微微皱眉，这才发现自己有些想当然了，心道：“是啊！这条路异常危险，而且听擎宇大哥讲，有些机甲兵和机甲士为了尽快突破瓶颈，会走一种极端方式，那就是从成熟机体内部拆分有益能量和金属元素。

“而关押机甲兵的监狱目的便在于此，犯人的机甲可以帮助家族选定之人突破瓶颈，之后便会废掉，所以要从一级重新炼起。既然如此，有几个人还能保持热情，随我拼搏？我在选定他们的同时，他们也要看我。先前，自我感觉似乎太过良好，这个唐傲雪倒是给我提了一个醒。”

思及此处，李源认真起来：“我经验很少，刚刚接手天狼小队，还没有理清头绪。唯一能让你们心安的，也许是曾经完成过一次五银星级任务，却全赖搭档和队长撑到最后，个人能力如何，目前不好说。唐傲雪说得对，她担心得非常有道理。我想找到强力队员，而队员也需要一个强力队长。这样，暂时把此事放在一旁，等我们赶到钧天堡，我会找到申晴儿，和她好好谈一谈。”

老实讲，听到李源说完成过一次五银星级任务，四女陷入深深震撼，那是她们绝对无法企及的高度。不要说五银星级，就算三银星级，小队通力合作都很勉强。

通常二级机甲兵能够独立完成一银星级任务，而三级机甲兵能够独立完成二银星级任务，再往下排的话，四级机甲兵无法独立完成三银星级任务，需要小队通力合作。如果运气不好，遇到较难的四银星级任务，最好有三名五级机甲兵压阵，或者一名机甲士出面，才有绝对保障。

至于五银星级任务，完全不在机甲兵的考量范围内，必须由厉害的机甲士来主控队伍，否则很容易全队覆灭。再往上还有一金星任务直到五金星，全都只限于传说，距离机甲兵无限遥远。

想到李源在战场上的威猛表现，尽情轰杀暗傀，四女心生佩服。都是同龄人，或者自己的年纪还要比对方大一些，她们做不到，而对方做到了。再想想调令，上面难道会随随便便把调令交给一个普通机甲兵？如此年轻的斥候小队队长，整个沙家有几位？也许，她们多心了。

就在唐傲雪想要赔礼道歉之际，毕竟刚才她的语气不善，旁边挤来一名大汉，点头说："我先自我介绍一下，在下罪血特战小队队长边五。"

李源站了起来，沙家的特战队总是叫人肃然起敬，因为那是打出来的风采，打出来的信誉。

"小兄弟，你手中有一份不错的调令！向你推荐个人，我的老大，曾经的三级机甲士，应龙星吴大奎。"大汉龇牙一笑，提到应龙星三个字时，身体顿时站得笔直，并涌现出无边霸气。

CHAPTER 44

降临钧天

所谓原甲，就是指那些初始机甲，取“原始”之意。而在金鼎帝国，有一些特殊原甲。它们出自制甲大匠师之手，各方面数据与制式原甲差不多，甚至还稍有不如。但是，在牺牲普通数据基础上，必然有一方面或者多方面数据超拔，大大领先于其他原甲。

单项数据超拔之原甲称为“星甲”，例如沙擎宇的狼头机甲，就是爆发力超常，而操控星甲的有成之士，大多喜欢以“星”为代号。

据说，星甲就是根据九型机造出来的成品，而帝国每年分给沙家的星甲极为有限，再分配到机甲学院，就更加稀少了。尤其外姓之人，想要拥有一具星甲，必须幸运与自身能力双双爆棚，在同届之中，无人超越。

“应龙星吴大奎？”

李源只觉得热血沸腾，听到应龙星这个绰号就知道，对方是一名曾经掌握星甲的机甲士，光是战斗经验就够他这个后辈学上好几年了。

进一步想，如果有这种人加盟天狼，小队实力必然暴涨，再加上他这个斥候队长的极限操控技术，肯定稳拿三银星级任务。

“你确定，应龙星前辈会加入我的小队？”李源总算没有被机甲士的名头冲昏头脑，他快速稳定情绪，急忙问道。

“我确定。”边五坐了下来，叹了口气说，“我们老大他很苦，心里苦。多少兄弟，因为他的延误，牺牲在战场上。其实，遇到那种事，真的不怪他，眼睁睁看着心爱之人自刎，还能像正常人一样，那才怪呢！老大他活到现在，不为自己活，是为了给花姐报仇，给兄弟们报仇。”

“所以，他有必须出来的理由，而我手中刚好掌握着这样一份调令。”李源面色一怔，瞬间找到方向，只有那些身负血海深仇，想要出来干掉对头之人，才是最佳选择对象，而像四女推荐的申晴儿，反而没有强烈意愿。毕竟进入天狼小队，从一级机甲兵做起，会异常艰辛。

“嗯，看来你想明白了这份调令的关键。估计，家族也很想看一看，放一批人出来，会有哪些影响。”边五微笑着点了点头。

李源恍然，心想：“好家伙，没有一个省油的灯。这位边五爷边队长看起来五大三粗，给人的第一印象粗鄙不已。实则，能够熬到今天的位置，绝非普通人，外边粗犷，内心精细。”

“放心，我会把吴前辈作为第二个考量对象的。”李源正在走向成熟，他还没有一名小队长该有的气度与气魄。不过，不积跬步无以至千里，他正一步步向前探索，心性显然沉稳许多。

“好的，有你这句话，便足够了。”边五摸了摸下巴，略微思考，又道，“事成之后，我会送给小兄弟一批盖亚源石，绝对的高纯度货色，且数量庞大。条件是，百分之八十的盖亚源石要转交给我们老大。别的忙帮不上，也只能在这方面想办法。可是老大想报仇，谈何容易？”

列车继续向前，每跨越一段距离，便会出现一座星门。

人类正是凭借着高超的空间技术，缩短了星系与星系之间的距离，列车提示音响起：“旅客朋友们请注意，下一站即将抵达钧天堡，请您带好随身物品，准备登站。”

车窗外面闪过淡淡光芒，星光快速淡化，突然之间远去。

身体略微一轻，大家知道列车已经穿出星门。车窗外面，满眼都是厚重云层，远方电龙狂舞，好像正在酝酿一场滔天风暴，让人觉得有些压抑。

“快看，是咱们沙家的云端电厂。”朱倩倩指向窗外。

云层当中悬浮着密密麻麻的堡垒，仔细看就会发现，它们多到超乎想象。

这些堡垒正利用厚重云层制造风暴，产生一道道粗大闪电，甚至还有黑色球形闪电，借此来收集能源。

说起来，钧天堡所在行星，便是一颗巨大电池，时时刻刻提供着庞大能源。

已经记不清究竟是何年何月发现这颗大气层行星，阳光甚至无法照射到地面，地表成了菌类植株的乐园。

沙家进驻此地后，就地取材建造了云端电厂，也便是那些悬浮在高空的堡垒，时至今日，规模空前，算是一处重要的能源产地。

列车停稳之后，李源带上行李向外走去。他要四女和边五先去探视，看一看申晴儿与吴大奎的反应。如果他们都没有心思，便把名额空出来，九个人不算多，却也不算少。

想从监狱把人带出来，手续必然烦琐。至于具体操作环节，暂时还不清楚。

李源下车后，直接赶往就在车站旁边的警戒塔。

所谓的钧天堡监狱，是指整颗行星。那些悬浮在高空的堡垒阵列，不但能从雷霆风暴中吸收闪电，汇聚能源，更建立起层层叠叠的封锁线，行星除了列车能进入星门，完全处于封闭状态。

“斥候小队队长李源，奉命前来钧天堡监狱借调人员。”李源把队长徽章递了过去，空间波动微微一闪，徽章消失不见。

从立身平台望过去，警戒塔就矗立在前方不远处，可是一道又一道空间波动来回环绕，肉眼所看到的情景未必为真，也许真正的警戒塔距离很远，空间技术总能出人意料，监狱的防御措施，向来列为军中最高等级。

“上面的调令？终于走到这一步了吗？金鼎帝国，坎桑帝国。”话音就在耳边响起。

李源微微一愣，全身毛孔放大，他吃惊地发现，背后多出一道身影。

“嗯，反应能力还不错，可惜实力低微。上面那帮蠢货，还真是无聊透顶啊！居然又要搞什么试点，难道嫌死的人还不够多？”身影由模糊到清晰只是一瞬，走出一名白眉毛小老头。

“你，紧跟本座，行将踏错一步，就不用回去了，直接埋骨钧天。”小老头气场十足，背手向前走去，边走边问，“小子，有人选吗？钧天堡大得很，没有具体人名，就算给你几个月时间，也白搭。”

“呃，监狱应该有犯人的相关资料吧？我想先行筛选一番，再单独找人约谈。”李源快步跟到老人身后，从平台下来之后，眼前情景忽然一晃，二人进入一条悠长通道。

这条通道不简单，双脚好像踩入棉花团，一脚深，一脚浅，前面小老头走起来，却如履平地。

“哈哈哈，小家伙，你太可爱了。”老头子在笑，非常大声地笑，“听好，我们监狱总共关押五十九万八千多名犯人，他们在这厚厚云层下，建立了村镇，甚至建立了小城，新人口更多。”

“啊？关押着将近六十万犯人。”李源挠了挠头。

“那是！除了村镇，散布到野外的强手也有不少。每个人脑袋里装了微型定位器，如果他们死亡，警戒塔会接到提示。不过，我们是不会给他们收尸的。曾经有犯人杀犯人，引诱狱警过去，即便使用机械人，他们也能得手，用机械残骸造出越狱方舟。”

老头子突然站住，回身看向李源：“你知道，监狱向来是个出人才的地方，他们所能做到的程度，完全超乎你的想象。如果有外人前来探视，会通过定位器来通知他们，至于他们是否回警戒塔接受探视，那便不得而知了。”

李源踩着老头的足迹，来到近前：“有办法通知他们就好，总有人愿意走出钧天堡的。”

“蠢货，即便能通知他们，你只有九个名额。对出去不感兴趣也便罢了，有些人，已经决定在里面终老，已经淡忘过去，你这么一宣扬，他们重燃希望，还不群魔乱舞？所以，你甭想惊动钧天堡上下，那会引发动乱和持续性流血事件的。”小老头干巴巴一团精气神，双眼陡然爆发出森然之气，吓得李源肌肉骤然绷紧，好像看到尸山血海，好像看到无尽杀戮。

“不是吓你，做某些事情前，你要了解情况，你要好好思考，不能只凭一股子冲劲，就去拼去杀，那样会死得很快。”小老头心情急转直下，甩头向前方走去，懒得再搭理李源。

“等等，前辈，我自己去地表找人，警戒塔代为通知申晴儿和吴大奎二人，总行吧？”李源看着小老头身影快要消失在通道尽头，而他的双脚被空间波动缠住，不由得大声叫道。

“总归不算太笨，犯人资料烦琐，有些涉及机密，不看也罢。”小老头话音远远传来，“在把你送下去之前，只说一句，千万不要动用机甲，否则你会死得很惨。三天，你只有三天时间赶到指定地点，我会将你传送回来。”

话音未落，李源就见一道光束扫来，将他轰出通道，身形急速下落，等到反应过来，已经站在一座冰冷石台上，地面布满裂痕。

“我靠，这就把我轰下来啦！办事效率用不用这么高？”李源郁闷地看向四方，远处是一片蘑菇林，明明是蘑菇，却生长到树那么高。

“小家伙，传送地点就设在这里，你说的两个人，如果他们同意，也会一并送到。你的生死全凭自己，与钧天堡无关。”小老头的话音隔空传来，气得李源直咬牙，对着天空竖起中指。

CHAPTER 45

困龙奎爷

抬头，只见漫天乌云，天地尽头电闪雷鸣。

李源看了看手中的行李箱，还好传送过来，随身物品都在，而贴身腰带中，存放着救急物品。

“等吧！那个应龙星吴大奎应该对出去感兴趣，申晴儿就不敢保证了。人生地不熟，最需要的便是向导。老头子只给三天时间，不知道是钧天堡的三天，还是沙家首都星的三天。按照常规时间计算方法，是参考家族主星。”正想着心事，淡淡蓝光从天而降。

待到蓝光消散，空间结构稳定，走出一道倩影。

“你是申姐？”李源看向不远处女子，年纪十八九岁，身上穿着灰色囚服，没有母暴龙沙星野的英气，也没有女仆学姐的矫健，更没有莎莎的神秘，给人的感觉很平静，就是平静。

初次见面，能够感受到，这个女孩心性平和，她就好像宁静港湾，让人一阵心安。而且，面容极美，都快及得上有着学院蔷薇之称的萧萧了。莎莎好像也很漂亮，却喜欢把半张面孔隐藏在黄金面具下，还总是神神道道的，所以拿来与女孩子做比较的时候，总把她自动屏蔽掉。

“我是申晴儿，你好，李源队长。”女子习惯性地点了点头，眼中茫然快速消退，取而代之的是坚定，她小心翼翼看向四周，戒备心很重。

李源注意到，申晴儿面色苍白，身上的囚服并不完整，有割裂性伤痕，还有简单包扎，看来四个小悍妞所说的厉害晴儿姐，在钧天堡这个地方混得并不怎么样。

“啊！队长见笑了，刚刚脱离那个地方，有些不适应。”申晴儿的反应能力不错，看到李源的目光，用手绾了绾发梢，温和地回应。

“什么地方？能不能跟我说说？小子初来乍到，还满头雾水呢！”李源打开行李箱，从中取出军用饼干和行军水壶，递了过去。

“喔，有吃的。”申晴儿快速夺走军用饼干，东西到了手中，这才反应过来，有些不好意思。

“别着急，既然我在这里，就不会让你饿肚皮。”李源报以微笑，他能想象得到。这样一个美女进入钧天堡，会有多少人惦记。

自古以来，雄性激素引发罪孽，惹是生非成了男人的专利。

所以，女性犯人的数量，永远少于男性犯人，更何况是漂亮的女犯人？而一座监狱处于松散的管理状态，必然有着压迫，必然有着罪恶，大环境绝对不乐观。

“谢谢，当我接到通知，说傲雪她们几个来探望，别提有多开心了。”申晴儿一边狼吞虎咽吃掉饼干，一边含糊不清地说，“太痛苦了，在宣读判决书时，当听到被判到钧天堡，我还暗自庆幸，觉得只要忍耐几年，就可以挺起胸膛出去。你知道，想法距离现实，总是差很远。”

申晴儿仰头把整整一壶水喝干，抹了抹嘴巴，再度看向李源时，不由得脸色发红。她接受过贵族式教育，母亲甚至想把她训练成贵族少女，即便心中一直都很抵触，却不得不承认那些教育时时刻刻影响着自己。她在别人面前，从来没有这么窘迫过，按照贵族的说法便是失礼。

“失礼”两个字，瞬间划过脑海，便再也找不到了。

“咳，不瞒队长说，钧天堡这个地方，斗争极其残酷，虽然有许多菌类植株能吃，但是吃了会生病的，甚至会让身体产生各种毒瘤。”申晴儿把衣袖撩开，只见一串绿色疱疹，边缘处有些疱疹已经化脓，非常恶心。

她接着说下去：“安全的菌类植株就那几种，被强者霸占着。而作为一个女人，如果不想用出卖身体的方式换取食物，就只能战斗。”

“这样吗？看来你吃了不少苦头。”李源猛然抓住申晴儿的手臂，不等对方反应，寒光一闪。

“啊，你想干什么？”申晴儿发出怒吼，犹如一头母狮子，完全不似刚才那般平静，当她看向自己手臂时，愕然发现鲜血淋漓。不错，就是鲜血。

此前，申晴儿曾经想过不少办法，希望去掉恶心的绿色疱疹，可是这玩意如蛆附骨，忍着痛割下去一茬，很快又会长出一茬。

就在这种反复抗争中，她的伤口开始恶化，血液变成黑色。

李源看向地面上的发绿血肉，很肯定地说：“这是小衍真菌，在星际间出现过，最要命的处理方式就是像你这样，反复清理。下手必须要快，不能有任何勾连，否则无法切断循环传染。”

“不是钧天堡菌类植株造成的病变吗？”申晴儿若有所思。

“很遗憾，这种真菌来自外界，也许在金鼎帝国都少见。不过，四级机甲兵的身体素质本已经很强，拥有不可思议的抗性。但此类真菌搭配上菌类植株环境，会摧毁你的免疫系统，让你加速毒发，死得很难看。”李源神情恍惚，他想起了父亲。

小时候有一次发现新奇之处，就追问，父亲的大腿为什么与别人不同，布满可怕伤疤，而且膝盖两侧还向内凹陷进去一块。

那之后，被父亲逼着死记硬背了好多毒物性状，父亲说做男人需要自己找到答案。

也许，正是受到残留在体内毒素的影响，父亲才那么早离去。李源在学院时，除了废寝忘食修炼极限操控，唯一的一点爱好就放在辨识物种上面。

其实，也谈不上爱好，而是母亲在父亲入葬前说过一句话。

说父亲年轻时，身上并没有那么多伤，可是为了让他们三兄弟快快乐乐过日子，甚至想抵销沙家兵役，每次外出探险归来，都会添上一身新伤疤。

李源能够感受到父爱如山，这些年他总想知道，父亲经历过多少危险，而父亲身上每一道伤疤都已经刻入脑海……

“是沙鹏举，想不到他能把手伸入钧天堡。”申晴儿说着，又摇了摇头，“不，如果我没有猜错，早在进入钧天堡之前，我便中毒了。”

想明白前因后果，申晴儿忽然大笑：“哈哈哈，真不知道应该感谢沙鹏举，还是恨他，难怪别人看到我的手臂，都很奇怪，说以四级机甲兵的身体素质，这么快便遭遇毒变，说明无意间吃掉的东西很毒，即便打赢了我，也没敢碰我的身体。”

申晴儿笑出了泪花，她只进来半个月，却经历了很多。

就在这时，又一道蓝光陨落，显露出身影，来者眼神空洞，不冷不热地看向李源和申晴儿。

“吴前辈？是吴大奎前辈吗？”李源试探着问。

此人看起来不对劲，完全没有即将走出牢笼的热切劲头，也没有身负血海深仇的愤怒，更像按照指令办事的机械人，感受不到任何情绪波动。

听名字似乎是一个五大三粗之人，可是当真正见面才发现应龙星吴大奎并不魁梧，年纪在二十四五岁。不过，机甲兵提升到机甲士，身体强度提升的同时，增进了身体活性，考虑到边五的年纪，对方未必只有二十四五岁，也许要年长不少。

“前辈是否已经决定加盟我天狼小队？”李源开门见山地问道，作为军人，说话通常如此。

“天狼星的小队解散了吗？只剩下你一个小鬼？上面那些人很喜欢玩游戏，又或者是变天的前奏？”吴大奎总算表现出正常一面，令李源心安不少。可是，情形急转直下，这位奎爷话音打住，又呆板地站在原地，再不多说半个字。

“我靠，怎么回事？”李源意识到这人恐怕真有问题。

“我知道，是间歇性自闭症，他把自己的心锁住，很少与外界沟通。应龙星吴大奎在钧天堡很有名，不是因为他很厉害，是因为他很傻，经常被人利用，去试吃钧天堡发现的新型菌类植株。”申晴儿惋惜地看向呆滞男子，今天的应龙星是一条困龙，更是一条伤痕累累的死龙。

李源走上前去，撩开应龙星吴大奎的破烂衣衫，看向一个个令人作呕的毒瘤，又反复观察各种伤势，最后神情肃穆地说：“厉害，不愧三级机甲士，就算成为困龙，有些东西已经完全碾碎化作本能。很少与人沟通，也就是说，没有完全断绝对外界感应，把他带上，我们上路。”

三道身影向前行去，吴大奎不需要人夹带，他始终跟在李源身后，步子看似不紧不慢，其实相当紧凑。也许在他的潜意识中，已经认可了加入天狼。

钓天堡的地面非常宽广，六十万犯人听起来有些恐怖，实则分散开来，也许整整一天都未必见得到一个人。

“想找人很简单，哪里有干净水源，哪里有可食用菌株，肯定有人。不过，村镇之人都很排外，不会让人随便进入。而野外的一些小型据点，都由强人把持，你千万小心，不要把调令随意公开，消息一旦传播出去，什么样的牛鬼蛇神都会引来。”申晴儿再三提醒，她是死心塌地跟住李源，唐傲雪所说的逆向看天狼队长能力，在钓天堡这种残酷现实下，根本不存在。

“牛鬼蛇神？”李源看向刚才切过申晴儿绿色疱疹的军用匕首，微微一笑，“不怕，我发现这里是我的天堂，可以印证好多学问，既能解毒，就能用毒。你的手臂已经排净毒血，赶快包扎一下，我差不多知道该怎样找人了。”

CHAPTER 46

水源地布局

时间真的无多，李源寻到一处水源地。

“什么人？这里是我熊刚强的地盘，不想骨折筋断，速速离去。”从对面传来话音，隐约还听到泉涌声，只是很细微，很孱弱。

“就是这里，我听别人提到过的水源地，干净的水源。不过，听说守护水源地的人，不大好打交道。”申晴儿指向对面。

“好,有个地方就好,可以作为根据地。”李源几步跨越到岩石上,大声喊话，“干净的食物换干净清水，我们不想冒犯。”

“食物？哼，我并不缺少，再不离去，休怪老子手下无情。”这位熊刚强很霸道，他不允许任何人以任何借口，接近他的领地。

“熊大哥，当你看过这些食物，恐怕会改变主意。”李源不等对方发怒，用力将一盒罐头抛向对面，钓鱼总需要鱼饵。

“哇呀呀，叫你们知道我的厉害。”熊刚强刚想爆发，却突然沉寂下去，好长时间没有下文。

天色越发低沉，不远处荧光菌株开始散发出淡淡光芒。

李源突然来了兴致，挥手放出一块悬浮滑板，迎风而上，来到高处，居高临下欣赏附近风景。

翩翩少年，背手而立，显示出强大自信。

申晴儿心神一阵恍惚，要知道几个小时前，她为了与人争夺两颗只能勉强入口，混有微量毒素的大菇孢子，还处于水深火热之中。而转眼间，人生再次发生逆转，她成了天狼小队队员。

“小子，你居然有办法弄到外面的东西。”霍然之间，从下方冲出一道雄壮身影，晃晃悠悠飘到空中，与李源隔空对视。

对于钧天堡的情况，李源从申晴儿口中了解到一些。

这里的犯人居然能飞，只要找到一种暗绿色巨蘑，采集到绿色孢子，就能实现简单的反重力低空飞行。

让孢子摩擦，便可向前，让孢子分开，便可降落，唯一的难点在于控制熟练度。所以，别看地界庞大，想要传递消息，并不会等太久。

“呵呵，军用罐头而已，最粗制滥造的人工牛肉。”李源人畜无害地一笑，“出门在外，食物倒是带了不少，最重要的清水却只带了那么一点点。刚刚找到伙伴，发现二人身上有伤，清洗伤口就把清水全部用掉了。还好这里有一处水源地，相信熊大哥一定积攒了不少清洁用水。”

“什么？用饮用水清理伤口？真他妈奢侈，撒泡尿不就能洗吗？”熊刚强是个粗豪汉子，听到对方这么说，不由得瞪圆眼睛，好像要把这个败家子看得更清楚些。

“尿液清洗？”李源又好气又好笑。

“等等，你是狱警，对不对？”

熊刚强把眼睛瞪得更大，吃惊地叫道：“不是说狱警不会下来吗？难道那些传闻是真的？有狱警与犯人勾结，从犯人家里捞好处？对，一定是这样，你带着军用罐头，还有悬浮滑板。”

粗豪汉子大哭起来：“呜呜，多少年了，我有多少年没有吃过人工牛肉了，那味道，那味道好怀念。小兄弟，可怜可怜我吧！老熊我需要给养，你让我做什么，我就做什么。只是家人都死了，没有钱财给你搜刮。”

“这都什么呀？有那个臭老头坐镇，会让狱警下来吗？除非他自己想中饱私囊。”李源总觉得警戒塔那个小老头不凡，如果小老头处于机甲师行列，那么这些犯人家里再有钱，也不会放在眼里的。而钧天堡可没有关押机甲师，最高也就是机甲士，要勒索也需处在同一层次。

“那是怎么回事？”熊刚强被绕迷糊了，他这个人很直，多少年死守泉眼，吃泉眼附近生长的菌藻活着，别的水源地强者都懂得换些口味，甚至是换些日常用品，他却从来不曾变通过。

如此死板，也有一桩好处，那就是从来不曾被人算计到。要知道，钧天堡这个地方生长着海量菌类植株，在一些特定环境下，甚至会滋生出剧毒物质。所以，想要害人，只需钻研植株毒性，配制出无色无味、令人不会起疑的毒药，那样就可以毒杀水源地强者，从而获得水源。

李源看到这种环境，为什么有些小兴奋，是因为他很擅长辨别毒性，而手中匕首上，刚好就有金鼎帝国都很少见的小衍真菌。

沙鹏举想要申晴儿的命，没想到，却给李源增添了不小助力。

“嗯，你困了，好好睡觉，等你醒来，我们再聊。”李源踏着滑板来到熊刚强近前，满意地点了点头。只听鼾声如雷，那么雄壮的一条汉子，居然抵抗不住药力，在空中便昏睡过去。

当李源抓着熊刚强缓缓落到地面，申晴儿跑到近前，赞道：“队长，你这招高明，吃了几年的毒蘑菇，没有人能抗拒牛肉罐头的滋味。”

“高明个屁，这家伙就是个熊瞎子。若是换作别人，像是人工罐头这种可疑东西，肯定不会随便往嘴里送。他可好，全吃了。”李源把熊刚强放好，龇牙咧嘴甩了甩手，手指差点勒断。

实现反重力需要不停摩擦孢子，这都鼾声如雷了，还怎么搓动？为了不让熊瞎子摔死，李源只好用力吊住对方，而这位大哥的吨位实在超标。

“既然如此，队长为什么还要抛出牛肉罐头做诱饵？”申晴儿想不明白。

“我之所以飞到空中，装模作样欣赏风景，其实是跑到上风口去撒毒蘑粉尘，配合小衍真菌发挥作用。所以，我敢保证，只要这家伙闻一闻牛肉味，哪怕碰一碰罐头盒，就能在神不知鬼不觉的情况下中招。”李源活动了一下僵硬的手指，笑道，“结果，白把环节设计得那么复杂了。”

“呵呵。”申晴儿笑着看向熊刚强，又不免有些担心地问，“他不会有什么不妥吧？这毒把我害得好惨，每天都不能正常入睡，怎么他睡得这么实在？”

“你不懂，小衍真菌是一种毒素原剂，主要就在后面的变化上。”李源很专业地讲道，“它有时会作用于人体神经系统，发生病变时，无法入睡很正常。我只是稍微改动一下，把某些过程调转过来，降低了毒性，让这东西成了一种催眠剂。看看，连最顶级的机甲兵都扛不住的。”

熊刚强确实是最顶级的机甲兵，已经达到五级机甲兵到机甲士的瓶颈期。这种体质即便没有机甲保护，也能抵抗大部分毒素，却栽在一盒人工牛肉罐头上。

辨认机甲兵级别，要看眉心空间痕，只要对方不刻意隐藏，又处于同一阶级，就能生出感应。

“那我们接下来怎么做？”申晴儿已经接受新身份，她现在是天狼队员，而李源是天狼队长。

“放出消息，就说熊刚强有渠道勾结狱警，并拿到外面的补给。”李源邪邪一笑，“等会儿你把熊刚强吃的罐头带上，让感兴趣的人都闻一闻那浓郁的牛肉味才好。嘿嘿，我觉得自己怎么那么坏呢？只要他们染上小衍真菌，过来就只能任我挑选。”

“队长确实好坏。”申晴儿摇头苦笑。

“也没什么，这里地方太大，而且人生地不熟，我不愿意到处乱跑，有你身上刮下来的小衍真菌，想来够用了。如果有人能破解，那更好。”李源在熊刚强身上翻找，从衣服夹层到腋窝下、粗糙大手中，找到了八个婴儿拳头大小的绿色孢子，这玩意就是最原始的反重力材料。

“你辛苦些，等会儿用这些东西赶路。”李源把绿色孢子递过来，想了想，按动腰带旋钮，面前空间一晃，出现一个黑铁金属柜。

打开金属柜，只见里面排满了装备，电磁匕首、激光手雷、激光枪、钨钢臂弩，统统都是李源从后勤部抠来的好东西，款式不是最新，却胜在耐用。

“小心，如果出现熊刚强这种高手，很容易给你造成重创，就连激光手雷都未必可靠，除非使用超镭射枪，那玩意才够劲爆。可惜，我这里没有。”李源起身，让申晴儿自行挑选装备。

“不，这些东西太扎眼，我所要扮演的角色，是一个意外发现秘密的流窜女犯人，想要烧些热水，喝点牛肉味热汤，仅此而已。”申晴儿毅然拒绝，好歹她是一名四级机甲兵，有着很强的专业素质，她把李源的要求当作入队考验来完成。

“也好，成败在此一举。”

李源点了点头，嘱咐道：“必须将消息扩散到一定范围，让这处水源地尽可能多地吸引一些强者到来，我会与老熊好好谈谈，让他帮我撑撑场面。”

说话间，李源已经收回金属柜，并向熊刚强的老窝走去。未等靠近，他便停了下来，仔细观看凶险布置，不由得赞叹：“好厉害，大傻熊就地取材，搞出如此阵势，难怪会占据一处水源地。真是一把做陷阱的好手。幸好他被罐头吸引了注意力，自己走出来，要不然我们不但拿他没办法，还会面临很大的凶险。”

申晴儿小心翼翼避开斜向外排列的锯齿长矛，不远处便是绞盘，只要降下拉杆，就能向周遭展开无差别轰杀。看看这些锯齿长矛的数量，轻轻松松就能杀死百八十人。

“哼，这种布置算得了什么？”跟在李源身边的吴大奎忽然说话了，身形一晃向前方走去。

CHAPTER 47

熊刚强入队

牛人自有牛人的道理，别看吴大奎身材不高，速度、力量、反应，却都超人一等，熊刚强精心布置的巢穴，在应龙星面前，那就是一个笑话。

李源上气不接下气地跟了进来，叫道:“太好了，吴前辈，你总算回神了，咱们好好聊一聊。”

等了半天，没有回应。

敢情吴大奎木然站在泉眼旁，眼神恢复空洞，又成了一个呆子，气得李源直跺脚，大恨怎么就不给他机会，说上几句话呢?

“罐头盒在这里，队长你布置吧！我这就去散布消息。”申晴儿做事干脆利落，他从石桌上拿起空罐头盒，又从泉眼旁拿起一只专门用来保存水源的木棉蘑菇，转身向黑暗中行去。

李源目送身影离去，暗道:“身为四级机甲兵，自有其刚毅的一面，值得引入小队。而且申晴儿很会自我定位，知道我派她出去执行任务，有着考验的意思在里面。”

接下来，小心探查熊刚强的布置，李源满意地点了点头。要不是吴大奎意外觉醒，带领二人向内突破，恐怕到天亮都未必进得来。

对于李源来说，他的任务更加繁重，要在泉眼附近，做好布置。

夜深了，荧光菇的光色暗淡下去，熊刚强做了一个美梦，梦里好多罐头插上翅膀，向他飞来。

“啊！小子，你到底是谁？”多年警惕性爆发，熊刚强一个鲤鱼打挺，从地面站起来，全身肌肉隆起，汗水顺着下巴滴淌，几秒钟之前，他还在酣睡，几秒钟之后已化身为一头猛兽。

“我叫李源，天狼斥候小队队长。”李源忙完前期准备工作，正坐在对面休息，熊刚强炸雷般的怒吼震得他心头一颤，而始终站在背后的吴大奎，连眼皮都没眨半下。

“吹牛，天狼小队向来由天狼星掌管，除非家族上面疯了，否则不会把一支小队所有队员的性命交到一个乳臭未干的小鬼手中。”熊刚强戒备地扫视左右，他战斗经验丰富，居然在不知不觉间中招，这是前所未有的事情，自然不会再掉以轻心。

“哈哈哈，你说得对。”李源大笑，“先不说上面，在我来之前，手下确实无人。天狼小队原队员全部高升，而老队长天狼星，已经成功晋升为三级机甲士，小队编制自动解除。”

“什么？三级机甲士？我进来前，天狼星刚刚受伤，他倒是生命不息，奋斗不止。”熊刚强看向李源，态度缓和不少，天狼星的名头不是作假的，在斥候小队中，非常有名望。

“所以，我来了，到钧天堡挑选队员。”李源深吸一口气，他嗅到某种味道，问道，“这附近有外来菌类植株吗？灰色，低矮，菌帽呈齿轮形态。”

“咦，你怎么知道？”熊刚强很吃惊，要知道那种齿轮蘑菇是他意外发现的，好不容易培育起来，嚼起来嘎嘣脆，那是他在此地除了菌藻外，唯一的一种零食。

“估计是犯人粪便带进来的东西，很不错，很有用，也够恶毒。”李源耸了耸肩，露出坏笑。

“你说什么？那些小齿轮出自粪便？”熊刚强捂住喉咙，只觉得一阵恶心。

“呵呵，这有什么？人到了饥饿状态，什么东西都吃得下去。只不过，这玩意吃多了，会摧残神经末梢，难怪你手脚肥大，脑袋也比别人大一圈，症结找到了。”李源很笃定地点头说。

“天杀的，原来是这些东西在作祟，让英俊潇洒的大熊变成这副鬼样子。”熊刚强用力一跺地面，裂痕蔓延出去，不远处地面轰然下陷，他毁去了培育菌株的地窖。

李源那个气啊！指向大块头：“干你娘，你冲动个什么劲，那些菌株对咱们有帮助，可以制造大范围麻醉雾气。这回可好，被你毁掉了，老子去哪里找这么好的防线？”

熊刚强不怒反笑：“吼吼吼，你说咱们，那就是同意我入伙，可不准反悔哦！我踩碎的只是最小的地窖，还有一处大地窖，就在泉眼背后的岩石下面。”

“你……敢情你不傻呀！傻的那个人是我。”李源又好气又好笑，他被熊瞎子摆了一道，看来熊刚强是粗中有细类型，并不会一味蛮干。

“兄弟，你做队长，是不是太勉强了，二级小机甲兵。嘿，从来就没有听说过，有二级小兵能做队长。出去是很有吸引力，可是也不能让我白白送命啊！”熊刚强对于上面的调令并未吃惊，不得不说他在某些方面很粗线条。而李源用毒把他放倒，虽说手段不光彩，但是总归胜过一局，所以得到了他的尊敬。

“笨蛋，二级机甲兵怎么了？你不也是从二级升上去的吗？难道我总是原地踏步，就不能有进步，向上攀升？”李源凑过来，拍了拍熊刚强的肩膀说，“熊哥，你这顶级机甲兵，那都是过去的事了，如果跟我出去，还得从一级小机甲兵做起。所以，你连二级机甲兵都不如。”

“奶奶个熊，我把这件事给忘了。”熊刚强怒火冲涌，大声吼道，“家族压根就不会为老子保留机甲，那帮操蛋的孙子，都指望拆卸高级机体突破瓶颈呢！坐享其成的混蛋，要是叫熊爷知道哪个家伙动了我的机甲，非把他的卵蛋敲碎不可。”

愤怒过后，熊刚强问：“兄弟，跟着你混，给我配备什么类型的原甲？没有九型机，来个八型也对付。游侠系列出到几了？那外置机靴看着带劲。”

“咳，你猜。”李源轻声咳道。

“不是吧？连八型机都没有？也是，我进来时，游侠系列才开发不久，不会这么快。”熊刚强搓了搓双手，嘿嘿一笑，“不会是信天翁吧！太扯了，老熊可不喜欢那娘炮造型，软绵绵的。”

“嗯，你再猜。”李源面色不大好。

“哈哈哈，这个，咱们沙家就那几种制式机型。星甲嘛，哥哥不敢指望。”熊瞎子看到李源那越来越可怕的面色，冷不防叫道，“我干他上面大爷，难道给老子配备的是盾先锋六型？”

听到盾先锋六型，李源变成苦瓜脸。

熊刚强一阵晕眩，艰难地说：“难道，难道说比盾先锋六型还要垃圾？不，不会是最垃圾的攻坚者系列吧！五型，攻坚者五型，不能再差了。”

李源悟了，彻彻底底悟了，总算理解上面的抠门境界，嘴角一阵抽搐，说：“熊哥，作为队长的我，都在使用攻坚者三型原甲，你觉得作为队员的你，有希望超过这个界限吗？”

熊刚强面色呆滞，看向吴大奎，点了点头说：“我明白了，这位兄弟之所以变成这样，那是被打击的。我干他老母，上面让人卖命，就只给攻坚者三型。老子伤心了，老子不出去。”

“滚蛋，干奎爷什么事，攻坚者三型怎么了？我照样拿它杀得敌人望风而逃，你不要小看大攻坚者系列，尤其三型，最为稳定，比什么乌七八糟的四型五型不知道强多少倍。别把你那双熊眼瞪得那么大，多少人想要攻坚者三型，还得不到呢！嘿，我就不信了！不是说基础数据都差不多吗？老子就是要用攻坚者三打出一片天来。”李源倔劲上来，十头牛都拉不回来。

“队长别生气，我，我都是气话。”熊刚强缩了缩脖子，他这么大的块头，刚才感受到一股彪悍气势，居然颤了几下。不知道怎么搞的，他有些惧怕眼前这个二级机甲兵，心里禁不住嘀咕，“怪啊！难道老子在钧天堡待久了，连胆气都直线下降？看来，还真得出去，要不然会废掉的，生锈都得锈死。更何况，外面有牛肉罐头吃。”

好嘛，这家伙念念不忘牛肉罐头。

接下来，熊刚强起誓发愿，绝对不挑肥拣瘦，决定在李源队长的英明领导下，攻坚者三就攻坚者三！死也要死在外面，不想在钧天堡沤到发霉。

李源又摆平一个，掰着手指头算：“申晴儿，吴大奎，熊刚强，这就是三个人，再找六名队员加盟就可以回去了。只是本来寄托莫大希望的吴大奎精神状态不佳，最好能找到机甲士，他们的战斗经验和晋升经验能够让天狼小队少走许多弯路。可是小老头说，六十万犯人遍布钧天堡星，范围实在太大了，筛选几个月恐怕都筛选不过来，何况只给三天时间？”

李源转念一想：“也好，就在这里开局，买定离手，看能不能押中大小。最不济，也能矬子里拔大个，把相对厉害的家伙选出来。”

熊刚强确定加入小队，踢都踢不走。李源带来的罐头，被他吃了个精光。不过，这吃货干起活来，那就是卡车中的重卡，任劳任怨，精准完成每项指标，对于做陷阱，更是苛刻到极限。

忙到第二天中午，李源踏上岩石，看向远方天空。

由于云层厚重，只能简单视物，无法看得真切。不过，天边滚滚烟尘十分明显，想不让人注意都难。非是一个方向如此，而是三个方向，全都烟尘滚滚。

“这是？好强的阵势，申晴儿确实完成了任务，把消息放了出去。只是，她理应先一步回来报信，难道被抓了？”李源面色凝重，毕竟要打交道的也许是积年老鬼，申晴儿处境堪忧。

“来了，队长。”熊刚强摩拳擦掌，他已经记不清自己有多久没有见过这种大场面……

CHAPTER 48

目标机甲士

数百辆嵌有绿色孢子的飞空车快速向前方推进。

熊刚强把持的水源地位于一片低矮石林中，周围一马平川，除了一些低矮菌株，看不到其他东西，很不利于防守。

三方大军齐头并进，来到水源地外围。

正对石林车队，有人高声断喝："姓熊的，给老子滚出来，我们知道你有渠道，可以从狱警那里得到好处。不管付出多大代价，我何远征需要一批高浓缩解毒剂，你可不要自掘坟墓。"

接着，从左边车队传来话音："熊大哥，少安毋躁，本人带着善意而来，想与您面谈，价格好商量，只希望走通那位狱警的门路，能够向家里捎些重要口信。"

而石林右侧车队较松散，看样子是几家联盟，想要提出要求却尚未达成一致，所以暂时观望。

"你们都他娘的活腻歪了吗？居然敢在老子门前叫嚣，速速离去，把老子惹毛了，你们谁都跑不掉。"熊刚强大喝，声音在石林间震荡，产生一种增幅效果，轰然扩散出去，如狮子吼。

"哈哈哈，从来没有人敢在我何远征面前嚣张。"何远征暴跳如雷，"兄弟们冲过去，给我把这个混蛋抓出来。我倒要看看，这姓熊的何许人也。"

这些人刚刚到来，就火药味十足。

李源躲在暗处观望，不由得摇了摇头，心说："都是些没脑子的蠢货，就算真有渠道，能够通过狱警私下里做事，哪里架得住如此宣扬？低调些，能死啊？"

数十辆飞空车缓缓压到阵前，向石林靠近。

熊刚强怒气冲冲，回过头来，压低声音问："队长，打不打？这帮家伙嘴上说得好听，其实都想绕过我，与狱警接触。哼，上来就强攻，当我老熊是面团吗？想搓就搓，想捏就捏。"

"你要是心里有气，随便骂。"李源继续观望。

听到队长这么说，熊刚强露出憨笑，敞开嗓门大骂："干你娘，何远征是谁？老子从来就没有听过这个名字，也不知道是哪个地头冒出来的臭鱼烂虾。从你娘胎里钻出来，没有吃够奶水是不是？就会嗷嗷乱叫，喊你娘喂奶呢？听好，老子不是你娘，滚回家找你娘吃奶去。"

"粗坯，我他娘的不把你给打成肉饼，就不叫何远征。"车队里跃出来一道身影，轰然向前方奔驰，手中一把金属大剑，在地面拖曳出剑痕。

"我靠，机甲士？什么时候有个叫何远征的机甲士，我怎么没听说过？"熊刚强看得直傻眼。

"你自然没有听说过，何远征三年前很出名，据说他晋升一级机甲士以后，能越级挑战二级机甲士，在我们学院有段时间，听他的事迹耳朵都快磨出茧子来了。这两年消失不见，没想到进了钧天堡监狱，我也是刚刚才想起来。"李源抱起肩膀，胸有成竹，他今天的目标就是机甲士。

"三年前出名？正好我在这里做宅男啊！如果有这个时间，老子也成机甲士了。"熊刚强酸溜溜地说，没能成为机甲士，是他的一大遗憾。

"好，开始吧。"李源点了点头，做出一个劈砍动作，示意熊刚强可以开动了，先把第一批锯齿长矛投射出去。

"嘿嘿，诸位，小心啦！别怪我下手狠！"老熊这人就是厚道，发动攻势前，还带提醒的。

"砰，砰，砰……"

机括震响，一根根粗糙锯齿长矛投射出去。

这些长矛并未经过多少加工，是熊刚强当年寻找水源地途中发现的一种独特植株，齐根拔出来就是最犀利的武器，在钧天堡星比较少见。

呼啸声成为水源地的主旋律，那些飞空车受到沉重打击，有几辆甚至拦腰截断，而何远征也被迎面射来的长矛击退数步，要不是他反应快速，手中又有一把金属大剑，后果会很惨。

“老熊啊！你当年真应该多弄些长矛，如果它们再坚硬些，并掺入金属元素培植，甚至能当机甲兵常规用箭。”李源看向第二阵列长矛，正在想是不是搞些种子回去，进行突变培植。

“没了，我把那个地方的锯齿长矛都采光了，这玩意生长极其缓慢，就算我们把种子带回去，估计等到完成培植，连孙子都穿开裆裤了。”熊刚强透过岩石缝隙，边说边看向外面。

“也对，这么致密的结构，生长起来肯定异常耗时。不过，有机会我还是想试试。”李源突然猛跺地面，以他为中心，扩散出去一圈粉尘。

这些粉尘闪着淡淡绿光，飘到空中，快速消散，分解不见。

“队长，你配制的麻醉剂有效吗？光靠这玩意，就能放倒身体素质超强的机甲士？”尽管熊刚强被弄睡着一次，却仍然觉得不靠谱。

“没关系，反正还有你和奎爷。你一个顶级机甲兵，还怕没有机甲的机甲士？”李源看向外面，他们三个人躲在黑色岩石构建的掩体中，只要对方不动用太过蛮横的手段，他们便暂时无忧。

“也对，不就是一级机甲士吗？理论上来说，也就比我敏捷些，身体柔韧性比我好些，力量未必能超过我老熊。”熊刚强拍了拍胸脯，表现得相当有气势。男人嘛，就不能说自己不行。

何远征看也不看陨落向四周的飞空车，当他发现石林没有第二波长矛射出，擎起大剑戒备地向前走去。

在钧天堡，人命不值钱，为了达到目的，可以不择手段。所以，他何远征并不在乎手下死多少人，他只在乎以最快速度得到熊刚强的渠道。

曾经听人说，有狱警与犯人狼狈为奸。只是那是十几年前的事情了，自打钧天堡发生过一次暴动，从上面调来某个资深老家伙镇压，这种事情就再也没有发生过。

可是，没有狱警的日子是多么难熬，很多贱骨头怀念过去，甚至感恩受盘剥的时代，他们不缺钱财，他们不怕盘剥，只要能提供便利，一切好说。

水至清则无鱼。钧天堡这十多年来，就是因为太清了，暴力事件反而增加不少，如果受到狱警盘剥，满足一些强者需求，未必会这样。

何远征所要做的，便是紧紧抓住这条线，日后必然崛起于钧天堡。即便不能出去，也能潇洒过日子，甚至传宗接代，建立独立小王国都不成问题。

希望就在前方，也许只有百步。

大剑在手，信心倍增。何远征知道，必须在其他强者赶到前，带着熊刚强远离，回到自己的老巢，那里才是易守难攻的好地方。然而，就当他觉得即将触及梦想时，却突然感到天旋地转。

“扑通”一声，身体接受将近二十次微调的机甲士倒了下去，就这么莫名其妙地倒在石林前。

“欧耶，够味，感谢沙不举送来的小衍真菌，这玩意真好用。”李源看到目标倒下，高兴得直咧嘴，当即比了一个胜利手势。

“奶奶的，我就是这么睡着的，是不是？”熊刚强直晃脑袋，觉得自己败得不亏，没见到强如机甲士，都一头栽倒了吗？他一个机甲兵，无论多么顶尖，身体素质也无法和机甲士相比。

“不，比给你用的东西强好多，有齿轮蘑菇与小衍真菌来回作用，越是向后衍化，麻醉作用越凶悍，甚至会产生强烈的迷幻作用，让中招者做很多美梦而无法自拔。”李源得意地说。

“难怪啊！我会梦到好多牛肉罐头向我飞来。那一直衍化下去，岂不无敌了？”熊刚强顿时觉得底气噌噌往上冲，就算顶级机甲士来，他也不在乎。

“呵，没有那种便宜事，先不说小衍真菌难得，我也是一个偶然机会，才学会使用，就我所知道的情况，无论演变到何种地步，对奎爷这种三级机甲士，都没什么用。而且，作用时间也就几个小时，我并不想制造杀戮。”李源道出了缺点。

“三级机甲士？那么说遇到三级机甲士，我们没有自保之力？”熊刚强紧张起来，他有一种坐过山车的感觉，忽悠一下向上，忽悠一下向下，心脏很不争气地跳快半拍，虐心呀！

何远征居然倒了下去，这种突发状况在三方车队引起轩然大波。

“怎么回事？何老大不像受伤的样子，那些长矛攻击，明明被他封挡住。开玩笑，机甲士体质强悍到何种程度，怎么就这样不明不白地倒了下去？”太多人觉得不可思议，太多人生出畏惧之心，觉得前方石林是魔林，充满异样，充满不祥。

“是毒素吗？能够毒倒机甲士的毒素？”有人猜到了实情。

毕竟钧天堡人常年与各种病变打交道，每天接触的菌类植株不计其数，对于毒素再敏感不过。

然而，知道是一回事，想要破解，又是另外一回事。连最厉害的何远征都倒了下去，谁还敢随便靠近？而钧天堡的远程攻击手段，实在拿不出手。

就这样，双方陷入僵持。

不多一会儿，熊刚强在外面所有人注视下，把何远征拖了进去。那把大剑他喜欢，能在钧天堡搞冶炼不容易。若是换作先前，没有遇到李源，得到这把大剑，够他笑一个月的。

李源放倒何远征，完美立威。

那些人眼睁睁看着石林，就是不敢向前冲。对于找熊刚强索取渠道，也从强硬变为温言细语。

然而，就在两个小时之后，空中射来一道身影，快得不可思议，隆隆话音冲入石林：“三级机甲士冷不凡，前来拜访。”

CHAPTER 49

强手速至

声到，人到。

不等李源和熊刚强反应，对方已经落到石林边沿，迈步向前方走来。

“奶奶的，这家伙叫冷不凡，我看应该叫冷不防，专搞突然袭击。”熊刚强小声吐槽，不知道是去启动机关好，还是信赖李源的麻醉药好。

“让他进来，别怕。”李源给熊刚强打气，自己却一个劲后退，直到靠到吴大奎身侧，这才松了口气。三级机甲士造成的压力太强大了，也只有另一名三级机甲士，才能与之抗衡。

熊刚强可怜巴巴地看向李源，他是顶级机甲兵确实不假，身体素质也很强悍，可是叫他直接去面对三级机甲士，同样吃力。

“凶险呀！队长借过，老熊来也。”熊瞎子晃动手中大剑，一溜烟躲到吴大奎身后，就这种节操，李源恨不得一脚踹过去。

“哦？应龙星也在此地。”冷不凡走入石林掩体，扫了吴大奎一眼，对李源和熊刚强，根本没有放在眼里。

这位冷不凡身穿灰色衣袍，身体周围有三十六颗绿色孢子环绕，使他行动间身轻如燕，甚至能做到足不沾地。挺俊俏的男子，偏偏生有鹰钩鼻，还有黑眼袋，给人一种冷飕飕的感觉。

吴大奎仍然处于神游状态，管他冷不凡是谁，奎爷从来都是牛人代名词，酷酷地站在那里。

“冷不凡前辈，请坐。”李源只能硬着头皮出面，他没有想到放出消息后，钧天堡高手反应如此之快，而且看冷不凡使用反重力孢子的方式，真是别出心裁。不知道超出熊刚强多少倍，那简直就是来去纵横，势如惊雷，快若闪电，也许大大低估了钧天堡人的创造能力。

这时候，回想起警戒塔小老头的告诫，李源才意识到自己做事草率了，一个小机甲兵就敢瞄准机甲士。正应了那句话，嘴上没毛办事不牢，只能说自己太年轻，经历太少，不够稳重。

李源每经历一件事，都会从中吸取经验教训，审视自己的不足之处，这对不断成长很有好处。

冷不凡望过来，冷冷一笑：“就凭你？小小的二级机甲兵，也配邀请我坐下？你难道不懂得阶层尊卑？在这里，只有吴兄，有资格邀请我。”

这话很伤人。然而，在沙家，乃至整个金鼎帝国，这就是事实。地位有尊卑，阶层有上下，钱势有强弱，三级机甲士对于二级机甲兵来说，那就是天。

但李源年纪小，却是典型的硬骨头，吃软不吃硬。听到对方如此说，他也在冷笑：“你是强大的机甲士，就算机甲被废，底蕴仍在。有人说大丈夫要能屈能伸，可是我说，放屁，狗臭屁。大丈夫就应该屹立不倒，谁规定机甲兵在机甲士面前，必须装孙子？所以，给我坐下。”

话音未落，李源狠狠跺脚，绿色烟尘四起。

“哼，雕虫小技，想用区区毒素对付三级机甲士？”冷不凡颇为自傲，只是下一刻，他的脸色变白，头晕了一下。

正是这么一下轻轻的头晕，让堂堂三级机甲士倒退几步，坐到了身后的石墩上。

李源承认自己搞出来的东西，对三级机甲士效用大减，却并不等于没有效用，能够让冷不凡稍稍晕眩，这便足够了。只有把这个家伙压制住，才能平等对话。

“你……岂有此理。”冷不凡勃然大怒，爆发出杀机。

就在这时，应龙星吴大奎感受到杀机，他猛然向前踏出一步，形成一圈气场，“昂”的一声扩散开来，好像狂龙张牙舞爪般游走，层层叠叠的劲力通过空气传递，威压如山。

“轰！”

冷不凡再次坐了下去，身下石墩出现一道道裂痕，他惊骇莫名地看向吴大奎，嘴角渗出鲜血。

“不可能，怎么可能？”冷不凡差点吐血，被他强行咽了回去，真是狼狈不堪，再也没有刚才的高傲与冷静，他抬起手来，指向对方，歇斯底里地问，“应龙星，这不是三级机甲士所具备的能力。难道说，你在没有机甲的情况下，仍能完成提升？你，你是怎样做到的？”

李源多少看出来，同是三级机甲士，层次和境界似乎差很远。冷不凡对上吴大奎，完败。

突然，石林当中响起怪笑：“嘎嘎嘎，有趣，鼎鼎大名的应龙星和自视甚高的冷不凡，居然全在这里。呵呵，你们跑得真快，让我这老胳膊老腿情何以堪？哦，气氛好像很紧张，你们刚才拼了一记吗？晚点露面好啦！说不定能坐收渔翁之利。”

随着话音，黑影一闪，走出一名白发少年。细看才发现，这名少年脖子上布满皱纹，应该是使用某种药剂固化了面容，表情有些僵硬。

“莫藏老鬼，你住得如此遥远，不也赶过来了？”冷不凡目光一动，有几分恍然地说，“听说你降服了一种大型飞天蚁，不知道累死了多少只，才赶到此地。只是一个消息而已，就让你我这样的机甲士不淡定，在进入钧天堡虚耗年华之前，谁能想到，有生之年会如此窘迫？”

“去，去，去，要淡定，你淡定，好不容易有了松动，又有狱警敢下界私通，对于我们这些老家伙，那是大喜事。”莫藏老鬼找了一个石墩，一屁股坐下，伸展四肢说，“可把咱累惨喽。”

“两位前辈，钧天堡总共关押了多少名机甲士？”李源虚心请教。

不待莫藏回答，不知道出于何种心理，冷不凡答道：“具体数字没人知道，很多老牌机甲士更是消失多年，按理说不会这么快完结生命，却不知道去向。我所知道的数字，在五百到六百之间。”

“五六百？将近六十万犯人，只有五百到六百名机甲士吗？这个比率好低。”李源若有所思。

“笨小子，你以为机甲士是街边卖的大白菜，随便就能劈一棵？每名机甲士都很珍贵，即便犯下错误，家族能容忍的，肯定也会争取回去。当然，这里大部分是倒霉蛋，因为在残酷的权力斗争中，站错了队伍，受到打压理所应当。”莫藏的声音有些难听，倒是有什么说什么。

“对了，看你这身衣装，熊刚强联系到的狱警，不会就是你吧？”冷不凡看向李源，机甲士眼里不揉沙子，自然能察觉到异样。

“我不是狱警，却有些关系，二位先在这里坐一坐，等凑够了人数，答案自会揭晓。”李源卖个关子，天狼小队需要凑够十个人，多一个，少一个，都不算完美。

“嘿，小家伙，你是不是皮痒了？敢在我面前拿大。”莫藏面色不善，目光如毒蛇噬人。

“时间不到，二位还是等一等。”李源拿出两盒行军饼干和速食方便面，来招待两名机甲士。

堂堂机甲士，看到行军饼干和速食面条，比熊刚强好不到哪里去，探手抓过来，大嚼大吃。

莫藏边吃边说：“小子真狡猾，知道我作为高手，拿人手短，吃人嘴软。多少年了，我还就是吃软不吃硬，改不掉这个坏毛病。对了，有没有罐头？就拿速食面招待我们，寒酸不寒酸？”

“好，我就大出血一次。”李源在腰间一抹，前方空间扭曲，放出来一个黑铁金属柜。

柜子里摆放的，自然不是什么装备，而是各种各样的食物。

冷不凡那冷冰冰的面容多了一丝喜气，在监狱里除了蘑菇就是蘑菇，能找到一点盐巴都是非常了不起的事情，有好些歹人甚至杀人，从死尸血液中萃取盐分。

看着两名机甲士狼吞虎咽，李源一阵无语，他搞不清楚外面为什么美化钧天堡监狱，把这里说成条件宽松的监狱，这个疑问很快得到莫藏解答。

“你啊！也不看看钧天堡关押之人，皆是沙家旁系或外姓，根本没有主家权贵，所以要竭力掩饰，以免激起外姓之人的反抗心理。而每次有人探视，将犯人传送回去，只要说那些不利于钧天堡的话，就会自动屏蔽掉。即便偶有犯人刑满释放，流言蜚语传出去，在这么多年的良好口碑下，也是枉然，没有人会相信。其实，最苦的不是我们这些犯人，而是在钧天堡出生的孩子们，他们一辈子不曾走出去，即便听父母形容，也无法想象外面的壮丽。”莫藏叹息。

“哦？被屏蔽掉了，难怪！”李源恍然大悟，旋即又问，“这些在钧天堡出生的孩子，接受过相关学科教育吗？我的意思是说，有没有人具备极高潜质，可以做机甲兵？”

“小子，你是什么意思？”莫藏和冷不凡同时站了起来。

“二位继续吃，你们那么敏感做什么？我就随便一问。”李源鬓角渗出汗水，他算是体会到与机甲士打交道的坏处，一定要格外小心，这些家伙都是人精，不说闻一知十，也差不多少。

“不对，你小子不是钧天堡之人，能够从上面下来，一定身负特殊使命。而说到吸收这里的孩子做机甲兵，除非已经具备相关权限。”莫藏笃定地说。

李源摇头苦笑，他只是想到莎莎那种神乎其技的指引能力，觉得如果钧天堡有这样的人在，若是吸收进天狼小队，加以培育，可要比这些桀骜不驯、不好说话的机甲士强得多。只是，对方的推算能力超级恐怖，可以从他的话音中，听出好多东西。看来，自己还是一只小菜鸟。

气氛变得越来越紧张，莫藏与冷不凡似有联手迹象，想要合力擒下李源。

然而，就在这个节骨眼上，忽然有一个好听的声音，怯生生地问：“那个，大哥哥，请问你真有办法把嫣儿带出去吗？我探知到这个姐姐一些心理活动，所以过来问一问。”

莫藏和冷不凡吓了一跳，居然有人在他们不知道的情况下来到近前。甩头看去，二人更是震惊，说话之人竟然是一名小女孩，而小女孩背后还背着一个女人，李源发现那正是申晴儿。

CHAPTER 50

食人者

石桌上站着一道身影，单薄、瘦弱。

这是一个皮肤异常白皙的小女孩，白得没有半点红润，而那双好奇的大眼睛，仿佛完美祖母绿，如稀世珍宝，让人看上一眼，就无法自拔。

“你是谁？”冷不凡充满戒备心理，今天他遇到的人和事，都不能用常理来解释，一个能让他晕眩的二级机甲兵，一个传闻呆傻的逆天机甲士，还有眼前这个神不知鬼不觉靠近自己的女孩。

“我说了呀！嫣儿，我叫嫣儿。”女孩很认真地回答。

“申晴儿？她怎么了？”李源看向女孩背后。

如此瘦小的身躯，利用几条绷带，把申晴儿绑在背后，没有半点累赘之感，别看这小丫头貌似瘦弱，身体素质却超出常人。

“哥哥是说这个姐姐吗？她很好，赶路速度慢，所以我把她弄晕了。”嫣儿嘟起小嘴，好像在说一件再正常不过的事情，可是申晴儿是四级机甲兵，有那么容易被弄晕吗？

李源微微皱眉，这个女孩看上去，只有七八岁的样子。按照正常程序，申晴儿应该在那些车队赶到前，提前回来报信，却被一个眉心没有空间痕的小女孩给截住，这件事透着古怪。

“等一等，小丫头，你刚才说什么？你能探知到别人的想法，这才赶过来询问？”莫藏总能抓住重点，他那僵硬面孔变得更加僵硬，如临大敌。

“啊，这位老伯，我是通过监狱植入你们大脑皮层的微型定位器来感应模糊想法的。如果没有微型定位器，至少也要有片金属什么的，否则嫣儿就没有办法啦！”小姑娘说话很诚实。

“老，老伯？”莫藏备受打击，叫道，“不准叫我老伯，我很老吗？叫哥哥，懂吗？像你这种天真无邪的小丫头，最适合叫我哥哥。”

听完莫藏的话李源差点栽倒，心说：“我勒个去啊！挺大个岁数，居然让人家萝莉叫你哥哥。不就是脸嫩点吗？再脸嫩也跟僵尸似的，恬不知耻！看来监狱就是监狱，关进来的人肯定有些不正常。”

“咯咯咯，老伯真好笑。”嫣儿捂住嘴巴轻笑。

“成心气人是不是？”莫藏顺手就把李源的东西拿起来，很弱智地笑了笑，“好丫头，叫声哥哥来听，我这里有军用饼干和牛肉罐头，叫一声，全给你。”

“怎么那么像大灰狼与小红帽呢？”李源直翻白眼，心想，“而且，这老吊死鬼用的还是我的东西，有没有良知？”

熊刚强眼泪汪汪地说：“我感觉不会再爱了，这尼玛从小萝莉开始，都被老家伙给勾搭了。”

“喂，你们这些家伙，能不能收敛些？真让人头疼，还是我来吧！”冷不凡话音未落，突然向嫣儿抓去，他要用最直接的方式，来试探这个诡异的小丫头。

令人惊奇的一幕出现了，小丫头先知先觉一般，微微向旁边侧了侧身，便轻松躲开来自三级机甲士的凌厉攻击。

“果然，有办法感应到我的想法。”冷不凡面色一寒，冷哼道，“那么，再来一次。”

蓦地，冷不凡身上出现一圈好看的白光，这是机甲士接受机甲微调产生的辐射护环，属于一种后天加持力量，如果失去机甲，会随着时间流逝，变得越来越淡薄。

机甲士的强大，不光体现在机甲上，还有他们的战斗直觉，体质基础，战术修养，等等。冷不凡很会抓住机会，他在白光照耀下，屏蔽了自身气机。

如此一来，嫣儿的反应速度确实没有那么神奇了。可是，小丫头的表现，再次令人震惊，只见她信手一挥，整条手臂迅速膨胀，撑破了袖筒。

“砰！”

地面震颤，嫣儿向后飘退，冷不凡也跟着退出去三步远，二人居然拼了个旗鼓相当。

“机甲士后代，万毒缠身的毒人？”冷不凡和莫藏同时惊骇，全身气场鼓荡，眼神充满忌惮。

“嫣儿不是毒人，嫣儿很干净的，只是把毒素逼入这条手臂。”小丫头有些失神，极力辩解。

与冷不凡和莫藏不同，李源走向嫣儿，仔细观察她那条正由绿色转为正常肤色的手臂，甚至凑近嗅了嗅，点了点头说：“基因变异，产生强大抗毒性，却只限于这条手臂，很奇妙的尝试，快赶上龙国大夏的生化人了。”

“咦，哥哥知道龙国大夏，也知道大夏生化人？”嫣儿眼神一闪，天真无邪地问。

“具体情况不清楚，只是听父亲描述过一些。”李源看向嫣儿，佩服地说，“你这条手臂毒发起来，一定非常痛苦。如果仍然留在钓天堡星，估计再有十个月，便会毒发，所以得跟我走。”

“是的，嫣儿的妈妈也这么说，说我在十岁生日那天，很有可能死去。”嫣儿忽然哭诉，“妈妈用尽办法，也不能把嫣儿的毒性压制下去，说监狱里没有医疗器械，让我想办法走出去。”

“你母亲很厉害，也很伟大，她用自己的鲜血制造血清，为你延命。”李源点了点头，虽然没有见到这位母亲，但是已经知道她的结局，多半会身体溃烂而亡，所幸为女儿争取到了一线生机。

“呜呜呜，妈妈。”嫣儿哭得很伤心。

“放心，你不会死的，跟哥哥出去。”李源将申晴儿从女孩背上解下来，放到一边，再把女孩轻轻抱起。长期在监狱环境中，缺乏日光照射，不呈现病态白皙才怪呢！这是一个顽强到极点的女孩，能够活到现在，堪称奇迹。

“二位前辈，你们听到了，我准备带这个女孩离开。如今外面局势风雨飘摇，家族上面授予我调令，在钧天堡选九个人出去，加入天狼小队，进行一次检验。”李源严肃地说，“帝国烽烟将席卷边疆，相信用不了多久，就会有很多少人走上疆场。而局势一旦恶化，相信钧天堡会列入上面考量范畴，毕竟这里有很多机甲士和机甲兵，可以作为一处重要兵源地。”

“原来如此，你不是狱警，却比狱警职权更大，手中攥着一纸调令。”莫藏快速思考起来。

冷不凡面色阴晴不定，声音发颤：“这么说，只要跟住你，就能从这个鬼地方出去，甚至重新得到机甲，而钧天堡所有犯人都会得到解放？”

“我不清楚，究竟结果如何，还要看局势发展。”李源正在学习分析局势，这是沙擎宇离开天狼前，特意叮嘱过的事情。

“太突然了，我过来，只是寻找对外渠道，不承想遇见通天路。”莫藏握紧拳头说，“在一个地方待太久，是会有很多不舍的。现在仔细想一想，我居然没有做好随时出去的准备。即便出去，也要安排个十天八天。真该死，太突然了。小子，你还要向我隐瞒实情，真是可恶。”

“二位前辈，咱们需约法三章。”李源面色肃然，无比正式地说，“如果跟我出去，你们必须听令行事，至少在完成五次四银星级任务之前，都必须听我的安排。当然，你们无论战斗经验还是人生阅历，都要比小子强许多。可以给我建议，可以对我进行斧正，却不是发号施令。”

“先不说这些，你还有多少时间？我要安排后手。”正如莫藏所说，在一个地方待太久，会有很多人和物割舍不下，加上住所偏远，若是时间太紧，可能不够往返，需要另外做出布置。

“还有大概两天时间。”

李源索性把话挑明：“我本打算吸收九个人，就在你们带领下，前往更安全的地点，大家还能在这个过程中，相互熟悉一下。看来，又是一厢情愿的想法。”

“臭小子，你的想法是不错，为了获得自由，为了出去，我们情愿抛弃这里的一切。”莫藏又急又快地说道，“可是，你还说局势发展到一定程度，钧天堡监狱有着全面开放的可能，这就很有必要好好谋划一番了。在沙家，个人力量始终有限，而换作群体性力量，那会大不同。”

“是的，我也要筹谋一番。如果有一天，战争全面爆发，连钓天堡都要开放，到那时，真正重要的，是人，是人才。”冷不凡快步向石林外走去，留声说，“小心那些牙齿很粗糙、面色很狰狞的家伙，他们靠吃人肉生存，心性极度扭曲，而且一来就是一群，应龙星也杀不过来。”

“不错，要小心食人者。”莫藏离开前，叮嘱道，“如果遇到危险情况，你们不要迟疑，立刻向东南方向走，我和冷不凡会追上去的。另外，给我留下一个小队名额，不会让你小子吃亏的。”

走了，两位机甲士来得快，去得更快。

李源算了算：“熊刚强，申晴儿，莫藏，冷不凡，吴大奎，嫣儿，这就是六个人，再加上莫藏要去的一个名额，就是七个人了。”

“嗯，还差两个人，要慎重，争取挑选出强手来。”李源正在思考，忽然传来号角声，那些围在石林外面的车队，听到号角声后，好像非常害怕，作鸟兽散。

“是食人者。”嫣儿情不自禁地往李源怀中靠了靠，身体直发抖。

“呜嗷嗷，呜嗷嗷……”

如狼嚎，如犬吠，地平线行来密密麻麻的小黑点，很快就到近前。

李源透过石缝向外望去，吓出一身冷汗。这是怎样一群人，如野兽，如僵尸，浑身上下冒出丝丝毒气，面目狰狞，脓疮冒水，正贪婪地看向小石林。

CHAPTER 51

激战中撤退

“静一静，让我说话。”阴冷话音扩散。

“猴崽子们，安静些，没听到老大要说话吗？”尖细声音十分刺耳，却也有效地阻止了一群野人乱叫。

数十名身材魁梧的壮汉拉着一辆玉石雕琢而成的石车向前方行来，车轱辘压入地面，留下深深印痕，只见一道身影端坐车上。

“石林中的人听着，我需要你的对外沟通渠道。钱，有的是。”来者中气十足，大声呼喊。

“老大，喊话这种小事让小弟做就行了。石林中的人何德何能，让老大您亲自喊话？”车旁毕恭毕敬地站着一道瘦小身影，身上干巴巴没有几两肉，说话声音尖细得要命，目光充满猥琐。

“滚，老子做事，不用你在旁边磨磨叽叽。”车上之人挥手，如同一位帝王，而干巴巴身影极为配合地向旁边滚去，嘻嘻笑道：“老大叫我滚，小的就滚，您是尊贵的王，不要动怒呀！”

李源看到这一幕，直挠后脑勺，他从来没有见过这么贱的人。

“怎么？本王大老远前来，就是这种待客之道吗？不要怕，我们这些人就是吃点人肉，如果有东西吃，谁还吃那玩意？”食人者老大高声说道。

玉石车距离石林有一段距离，无法探查这个老大是不是机甲士。这些外形恐怖的食人者似乎很有规矩，特意与石林拉开距离，不想刺激到石林主人。可是，李源嗅到一丝淡淡土腥味。

土腥味像极了菌类植株散发的气味，在钧天堡待得久了，常人绝对察觉不到。幸而，李源还没有适应这里的环境，而且他对挥发性气味比较敏感。

“敌人已经发起进攻，用的是一种少见的二元菌，也就是复合型菌毒。我没有办法破解，只能运用小衍真菌暂时抵挡一下。赶快把申晴儿叫醒，随时准备撤离。”李源开始进入队长角色。

“嘿，醒一醒。”熊刚强掐住申晴儿人中，给她脸上掸了些水。

“魔女，不要过来。”申晴儿忽然起身，膝盖一个暴击，正好踢到老熊胯下，把个魁梧大汉疼得满地直打滚，嗷嗷学熊叫。

“还好。”李源抹了把冷汗，这攻击搁谁身上，谁也受不了呀！还好受伤的不是他。

“呜呜，队长，我就说，你没有那么好心，给我机会接近美女……”熊刚强说话直漏气，估计有向太监转移的趋势。

“老熊是个好同志！脏活累活抢着干，继续保持良好作风，下次也要替本队长分忧。”李源用力点头，“你在我心目中的形象越来越光辉了。放心，回去给你开小灶，好东西尽着你用。”

“队长，这可是你说的。哈哈哈，没啥，老熊我铜筋铁骨，卵蛋也比别人厚实。”熊刚强要强地夹着双腿站起来，嘿嘿一笑，豪气干云，“男人嘛，就不能说自己不行。”

等申晴儿看明白情况，啐了一口。

这边李源刚刚做好准备，外边就传来话音：“怎么？我们诚意而来，这么不给面子？连句回话都没有？再这样下去，休怪我们不客气。”

“不用假惺惺了，你们这些人毒性攻心，必须不停吃人肉来缓解体内毒素，已经进入一个死循环。另外，空气中怎么有股土腥味？二元菌毒素，不知道你们培养了多少年，也不知道帮你们害死了多少人，有什么本事尽管使出来，大爷接着。”李源学着熊刚强的语气大声道。

“阮衣衫，滚过来，你不是说别人不可能察觉到你的手段吗？”那老大在玉石车上暴跳如雷。

“啊！老大息怒，许是咱们祸害的人太多，有高人察觉了毒素存在。”瘦小枯干的贱人阮衣衫屁颠屁颠跑到玉石车近前，跪在地上颤颤发抖。

“妈的，有这种可能吗？”这位食人者老大把手臂一挥，大叫，“不管了，冲过去，反正就没想过给这个姓熊的好处，我要取而代之，获得狱警渠道。”

“冲啊！都给我冲。”尖细嗓音在石林外回荡。

这些食人者一路狂奔，赶到此地已经饿极，正想进食，听到命令，双眼冒出绿光，发动冲锋。

“老熊，放。”李源大叫。

“咄，咄，咄……”

锯齿长矛发出呼啸，向外轰杀。

机括声不停释放出来，雨点般长矛穿射，让石林看起来像是一只大刺猬。

绿色的血，紫色的血，断臂残肢抛洒。这是极为血腥的一幕，李源捂住了嫣儿的双眼。

“呜嗷嗷！”

浓重血腥激怒了这些人不像人、鬼不像鬼的家伙，他们数量非常多，从四面八方冲来，有些爬上石林边沿的岩石上，身子一纵便是几米远。

“好多，杀不过来！”熊刚强很着急，锯齿长矛数量飞速减少，已经用掉大半。

“没关系，还有一大杀手锏。”李源呵呵一笑，走过去向何远征脑门一拍，这个最先到来的机甲士有了浓重鼻息，眼球不停在眼皮下面滚动，出现强烈苏醒意愿。

何远征为人狂妄，那是出了名的，而且不顾身边人死活，李源可不想带上这种货色上路。

“好主意，让老何帮助咱们抵挡一会儿。”还得说熊刚强厚道，把战利品大剑原物奉还，送回到何远征手中，跟着龇牙一笑。

“等一会儿，再等一会儿，听我命令行事。”李源看向外面。

熊刚强不断启动机关，有的食人者进入石林，刚跃起身形，便被巨石砸落，还有很多食人者陷入泥坑，短时间内无法自拔。

石林如同一头远古猛兽，正不断吞噬着生命。

“混蛋，这么多人上去，连大点的浪花都没激起来。去，阮衣衫，你带上几个角质战士给我攻打进去，如果没有成功，就不用回来了。”玉石车上响起怒吼。

“是，老大您等着，小的这就去。”干巴巴的阮衣衫狐假虎威，信手点指厉害战士，几尊铁塔食人者出列，他们身上毒瘤已经干瘪下去，取而代之的是一片又一片角质层，非常坚硬。

“嗷嗷，嗷嗷，嗷嗷！”

嚎叫声起，食人者展开第二波冲锋，投入大半兵力。

“老熊，别省着了，把所有长矛投放出去。”李源说着，从身上取下一个小袋子，猛地向外扬洒，形成一环绿色雾圈。

“好，让你们尝尝我的厉害。”熊刚强晃动厚重身躯，大巴掌冲着几块巨石拍了下去，石林陡然一颤，绽放出一簇乌光。

储备在石林的锯齿长矛，三秒之内，全部倾泻而出。

太快了，太多了，密密麻麻，犀利无比，满眼都是血光，到处都是残肢，李源看得直作呕。

机甲兵通常坐在机甲中战斗，遇到血腥杀戮的机会少之又少，今天算是见识到了，杀人杀到浑身瘫软，主要是造成的视觉冲击和精神冲击太过强烈。

李源还算好的，心理素质过硬，申晴儿面色一阵青一阵白，毕竟是女孩子，以为自己还陷在噩梦中，没有醒过来。

很多食人者被打压下去，可是也有食人者挺过攻击，更为迅猛地冲上来。那个阮衣衫不断向前驱赶高大的角质战士，如小型冲锋战车碾轧向前。

“走，跟我走。”李源带着嫣儿、吴大奎、熊刚强、申晴儿，顺着石林后方一条小路，快速突围而去。

“真想不到，几年前挖出来的通道，还能用上。”熊刚强很佩服自己的先见之明，他忍不住回头望向何远征，发现这位爷正手持大剑，迷迷糊糊地站在那里，心头叫道，“老何，兄弟我走了。虽然只今天一面之缘，却也得叫声兄弟，等会儿拜托杀得狠些，给我们尽量争取时间。”

熊刚强咧嘴一笑，噌噌向前冲，能够从钧天堡出去，谁愿意在这个鸟不拉屎的破地方当宅男？

很多食人者冲入石林，却一下子没了声息，小衍真菌配制而成的麻醉剂正在发挥作用，对于这些体内积累了大量毒素的家伙同样有效。

其实，效果不是很明显，至少那些角质战士，连晕眩都没有就直接冲了进来。可是，接下来的吼声响彻石林内外，何远征苏醒了，他是可以力战二级机甲士的强者，手中大剑划出火花。

“轰，轰，轰……”

战斗很激烈，尽管李源还有两个名额没有凑齐，却不准备把何远征纳入天狼。这个家伙太过危险，太过自以为是，受到一些刺激和挑衅，便独自一人冲入石林，这种人通常是定时炸弹。

告别石林，李源放出来两块悬浮滑板。只有两块，一块平时使用，一块留作备用。

熊刚强甩手撒出一张大网，是用韧性极强的菌丝编织而成，套在两块悬浮滑板上，再每人拿上两颗反重力孢子，挤入大网向前狂飙。

跑路就要有专业精神，不能光靠两条腿，那样肯定被追上。

“不好，我们被发现了，那些该死的飞空车，又过来找麻烦。”熊刚强像熊瞎子一样趴在大网中，就属他身量超标，申晴儿和嫣儿坐在他背后，真不知道如此体型，怎么能坐得进核心舱。

“大家闭上眼睛。”李源运足臂力，扔出去一串闪光弹。

要感谢钧天堡这种环境，即便在白天，也显得极为昏暗，而人们常年不接触阳光，双眼对于强光的抵抗力非常弱。所以，闪光弹成了最佳武器。

“啪，啪，啪……”

闪光弹相继爆开，在这片地域呈现耀眼流光，飞空车上很多人捂住眼睛哀号，陷入短暂失明。

借助这个机会，李源等人快速离去，穿越平原，滑落天边。

CHAPTER 52

猥琐之人

“轰”的一声，熊刚强脸先着地，大板牙差点磕掉，熊一样的身躯滚动起来。

“呸，呸，呸，他娘的，冲得太狠了。呃，好眼晕。”老熊晃晃悠悠站起来，吃了一嘴沙子。

李源、申晴儿、吴大奎、嫣儿好整以暇地走过来，他们在空中起跳，完美地落到地面，要不然熊刚强不至于如此惨，完全是给人做踏板的结果。

“嫣儿，认识这里吗？我对这里的地形不熟悉。”李源看向周围。

申晴儿深吸一口气，在她看来，这个小丫头就是魔女，不但能窃取别人的想法，身手还异常恐怖。在激烈交锋中，自己身为四级机甲兵，居然败下阵来，最后迎面只看到一只小拳头。

李源为什么要问嫣儿？这也是没有办法的事情，熊刚强做了好多年宅男，很少活动。申晴儿刚刚进入监狱不久，能把他带到一处水源地，已经颇为难得。而应龙星吴大奎，至今还未能说上半句话，牛人总是酷酷的，不关心队长疾苦。

“嗯，这里嫣儿来过，对面有一片很大很大的蘑菇林。”嫣儿很用力地点头。

“好，蘑菇林适合隐藏行踪。”李源来了信心。

低空飞行，所能瞭望的距离有限，身边有一位熟悉地形的向导，那就不同了，可以准确无误地找到想要的地形，如果能绘制出一张行军地图，那就更完美了。可惜，目前不具备那种条件。

行行复行行，走出去十几公里远，几人终于看到那片“很大”的蘑菇林。

“不是吧？这就是嫣儿你说的蘑菇林？”熊刚强踩了踩半米高的蘑菇苗，无论怎样看，眼前的蘑菇地，都不能与很大联系到一起。

“嫣儿，你几岁来过此地？”李源发现了问题的重点。

“两岁不到。”嫣儿看向大家，眼泪围着眼眶直打转，她知道自己没有把事情做好，两岁看到的世界与长大后不一样，那时认为很庞大的东西，也许在大人眼中，尺寸再正常不过。

“糟糕。”李源看向来处，滚滚烟尘汇聚，显然有车队移动。而且，看烟尘范围，比石林遇到的车队都要厉害。

“怎么办？”熊刚强看向李源。

队长就是每到关键时刻能拿出正确决策之人，担负小队队员的安危，肩膀上的担子可不轻。

“嫣儿，你想一想，这附近有没有比较复杂的地形。”李源手头掌握的资料实在太少，这也提醒他，在执行任务时，尤其是对某件事进行布局，如果有条件，一定要先把退路设计好。

吃一堑，长一智，人不可能生下来就全知全能。更何况，李源缺少很多引导，上面把他摆到队长的位置上，估计也是想借钧天堡强力犯人之手，让天狼小队运作起来,并未把希望放在他一个二级机甲兵身上。队里面谁有能力，谁就是老大，而小机甲兵，可以去做傀儡。

现实就是这般残酷，只有具备相应的能力，才能坐在那个位置上。

“我不太清楚，毕竟过去了好长时间，周围环境也许会改变。”嫣儿突然看向吴大奎，高兴地说，“我知道了，大奎叔叔曾经来过此地，我能窥探到他的一些想法。不过，大奎叔的心防好强，除了关于地形和吃喝拉撒睡，其他情景都是空白。”

“哎呀！别管吃喝拉撒了,快说说有没有适合容身之地。”熊刚强手搭凉棚，看到远处烟尘越来越近，着急地催促道。

“在这边，跟我走。”嫣儿轻轻一跳，蹿出去十几米远，这种速度，真是让人没话说。

“快，急行军。”李源把身上的东西规整一番，向前疯狂跑去。

他这是与时间赛跑，必须趁敌人赶到前，找到一处有利地点，或能隐遁行迹，或能据势坚守。

总之，不能坐以待毙，也许到危难时刻，得放出机甲应对。不过，警戒塔小老头提醒过，有机甲未必安全，甚至还会引来大凶险，不知道指的是什么。

五个人火速跑动起来，飞速跨越数公里地界，前方出现一条汹涌大河。嫣儿没有迟疑，简单辨识了一下方位，向大河边沿一处断崖奔去。

“就是前面，小心河水，它很危险。”

不用嫣儿提醒，大家都知道危险。河水绿油油的，不知漂染了多少土地。干净水源地为什么珍贵？正是因为大部分水系都受到剧毒植株污染，经历了几千万年演变，早就变成死亡地带。

下一刻，嫣儿从断崖上跃了出去。

熊刚强瞪圆眼珠子，他看到李源跟着腾空，索性把命豁出去，也跟了下来。

几道身影在空中划出弧线，落到一处陡峭岩壁上。真的很陡峭，只有脚下一点凹兜，稍稍支出岩壁，提供了落脚点。

“哗啦！”

脚下几块岩石脱落，熊刚强赶紧向旁边蹿去，吓得够呛。

嫣儿徒手攀岩，向一条岩壁裂缝爬去。

“好地方，从空中很难发现。”李源不由得赞叹起来，岩壁上挂满了褐色菌丝，将岩壁裂缝完美地掩盖起来，这里就好像特地为他们准备的一样。

必须感谢吴大奎，应龙星在钧天堡监狱究竟经历了什么，没人知道。李源仅能从对方身上的伤势和毒瘤推断出这个铁打的男人每天都不放松，似乎正在对自己进行极限惩罚和折磨。

几个人钻入岩石裂缝，大口喘着粗气。

五六分钟后，就听隆隆巨响从头顶上穿越过去，那是飞空车多到一定程度，彼此间衍生出来的反重力磁场，形成震荡。

“过去了，他们过去了。”

熊刚强一阵庆幸，也就差了那么几分钟，天狼小队便会落入险境。

“队长，我们还缺两个人，这样躲下去，恐怕凑不齐人手。”申晴儿看向李源，她对这个年轻队长充满希望，可是天狼小队本来就是原编制的一半，再凑不齐人手，战斗力会大打折扣。

“别急，会有人找上来的。”李源摸了摸下巴说，“这是一场考验，谁的追踪能力强，谁就能找到我们，正好队里缺少这方面的人才。”

申晴儿刚想说，那万一没有人找来呢？结果这话还未出口，就见眼前一晃，他们几人藏身的岩石裂缝外面的倒挂菌丝被人撩开。

“几位，你们速度真快呀！”干巴巴的小瘦子挤了进来，把双手高高举起，一副投降的模样。

“是你？”李源微微一愣，有些不敢相信自己的眼睛。

这个小瘦子正是食人者队伍中那个尽心尽力讨好老大，表现得十分下贱而又猥琐的阮衣衫。

“嘿嘿，小的诚心诚意来投靠诸位。说句心里话，每天跟着那帮吃人的家伙，卑微如我都快崩溃了。还好，远远看到这位小哥年纪轻轻，气派非凡，风流潇洒，不由得心生仰慕，小弟愿意全心全意效忠。”阮衣衫纳头便拜，跪到李源面前，砰砰磕响头，把额头都磕出血来了。

“你？你什么时候在我们身上用了三元菌毒？还好，没有毒性，只是一些印记。”李源面色稍缓，他也只是初学乍练，或许理论层面稍高，可是在实践方面，远远不如真正玩毒的人。

“我没有看错，大哥深谙毒理毒性，正是我应当全力效忠之人。”阮衣衫表现得极为谦卑。

“给我起来，谁说收你入伙的？”李源一脚踢过去，却没有想到，这个干巴巴的小瘦子任由他踹到脸上，非但不躲，反而带着笑容。

“老大，小弟这条命送给您。当然，这需要一个缘由。”阮衣衫解开上衣，说，“请看，我身上没有毒瘤，没有溃烂，身在食人者队伍，我没有吃过半块人肉。那些该死的家伙，已经被我送入地狱，包括他们的老大。”

眼前的小瘦子笑了起来，那笑容竟然带着一缕阳光气息：“多年大仇得报，全因哥哥散布到石林的那些粉尘。好，真好，我只是小小合成一番，就达到了需要十年才能走完的路。十年啊！我不知道这期间会发生什么，我真的熬不下去了，没想到哥哥给了我这个机会。”

“你多大了？”李源突然问。

“小弟十三岁，也许您不相信。”阮衣衫规规矩矩跪在李源面前，交代说，“钧天堡自然环境恶劣，哪里能和外面世界比？说我是小老头，都有人信以为真。也正是这样，我才能混入到食人者队伍，依靠的无非是用毒技巧。”

话还没有说完，李源膝盖一记冲撞，把阮衣衫轰了出去，砸在近前突起的岩石上。

“我听明白了，你有血海深仇，你要报复那个食人者头领。”李源面色一寒，斥道，“你无法毒杀你的仇人，就运用自己的能力，反过来帮助仇人毒杀别人，以求仇人信任。难怪你快要崩溃了，如此大孽，如此恶事，每天睡觉都不安生吧？就算你今天大仇得报，认为自己还有资格活下去吗？那些被你害死的人，他们又何罪之有？仅仅因为你要复仇？”

“不，我没有，我偷偷放走不少孩子。要知道被那些混蛋盯上，反正也是死。而我让他们死的时候，尽量少些痛苦。”阮衣衫辩解了一句，便任由拳头落在身上。就算再注意，常在河边走，哪有不湿鞋？他并非没有误杀过，并非没有冤仇，他确实该死，死在恩人手中，很好。

CHAPTER 53

都是怪物

"砰，砰，砰……"

血在飞溅，拳头无情砸落，把阮衣衫打得面目全非。

李源面色肃然，好像正在进行一场神圣洗礼。拳拳到肉，骨折筋断，小瘦子早已没了人形。

"队长，这个人已经没有气息，可以了。"申晴儿实在看不下去，她第一次发现，眼前少年体内充满暴虐因子，跟着这种人，也许并不是一个好主意。

"哼，死了再好不过，如果上天降下奇迹，那么他与以前再无瓜葛。"李源转过头去，坐回岩石闭目养神，看也不看小瘦子一眼。

熊刚强过去，把阮衣衫抱入怀中，冲着申晴儿龇牙一笑："美女，你只看到了表面，没有看到我们队长那颗悲天悯人的心。血流得再多，身体损伤再重，却能把弯掉的脊梁打直，男人就要挺胸站在天地间，以残暴方式与过去告别，对于这小子来说，等若新生。"

"老熊，欠揍是吗？要你多嘴。"李源捏了捏拳头，他确实狠不下心来把这个只有十三岁的孩子干掉，每个人的经历不同，每个人的心性不同，为了达到目标，所用方式也不相同。

阮衣衫左眼微微睁开，他是一个顽强之人，昏迷过去片刻，就被那满身疼痛唤醒，刚好听到熊刚强的话。

“与过去告别，等若新生？”瘦小身躯不停颤抖，突然爆发，号啕大哭。

这几年来，即便受到极致摧残，他的脸上也只有笑容，唾面自干。然而，这一刻他哭了，哭得歇斯底里，哭得惊天动地，没有人知道他心中的苦，他心中的累，直到此刻，遇到知己。

“记住，男人一辈子，只能这样哭一次。等到你醒来，就是机甲兵阮衣衫。”李源冲着熊刚强点了点头，熊掌一个捶击，将阮衣衫击晕。

虽然外面有条大河，但是哭声太过剧烈，仍然会被有心人听到。所以，最直接的做法，便是让阮衣衫晕过去。

男人的世界，女人不懂。申晴儿吃惊地发现，那张血肉模糊的面容，嘴角微微上翘，露出灿烂笑容，像是终于放下心头重负，安详睡去。

大河依然向前，奔腾若狂。而申晴儿对于李源的看法，正在经历发酵，迅速改变，她总觉得这个只能算作大男孩的队长，身上有什么东西，深深地吸引着她。

就这样，几人无声无息，听着河水奔流的声音，度过一夜。

当大地由黑暗，再度变为昏暗，预示着新的一天已经到来。

“我们走，在一个地方休整超过十二个小时，是行军大忌。”李源站了起来，这条绿色毒河所形成的水汽，蕴藏着难以想象的危险，要不是岩石裂缝外面的菌丝有着一定过滤作用，即便机甲兵身体素质强悍，恐怕也挺不到此刻。

还好，李源懂得一些毒性搭配，至少在这个地方久坐，不会遇到危险。

真的要走了，半个小时前，又有飞空车打大河上空经过。机甲士无论走到哪里，都是最出类拔萃的一群人，他们想要做到的事情，会不遗余力去做。好不容易听到一点风声，有狱警与犯人接触，对于沉寂许久的钧天堡来说，无疑是一剂强心针。

熊刚强用细长菌丝编织成背篼，将阮衣衫放了进去。

天狼小队再次启程，李源正在迂回前进，目标便是传送地点。不过，在那之前，他要想办法隐藏到明天，才好显露踪迹，让冷不凡与莫藏找上来。

李源带队，奔行出去数十公里。

路上，不止一次看到食人者队伍，天边出现密密麻麻的小黑点，看上一眼就觉得头皮发麻。

这些食人者与阮衣衫没有任何关系，钧天堡几百万人口，不可能只有一支食人者队伍，由于食物和干净水源难得，大部分犯人没有超强体质，或多或少都会沾染上一些毒素。当毒素积累到一定程度，身体便会产生病变，有些人甚至发疯发狂，开始攻击他人。

那些意外吞噬人肉之人，等到神志慢慢清醒过来，赫然发现吃掉他人血肉，有很大几率缓解自身病变程度。在求生欲望驱使下，他们对于吃人肉这种事情乐此不疲，很快进入恶性循环。

警戒塔记录活着的犯人将近六十万，可是多年下来，像嫣儿这种监狱新生儿，已经悄悄发展壮大起来。不过，他们的身体从未经过调制，若是生存本领不过关，很容易沦为被压榨一族。

行军非常顺利，眼看着就要抵达一处植株异常茂密的大峡谷，有很多地方可供躲藏，却听李源吼道："快跑，有破空声冲着我们来。"

提醒得有些晚了，数道雷音降临。

"轰隆隆，轰隆隆，轰隆隆……"

土石飞射，地面破碎，有八道身影迈步走出。

"李哥哥，是食人者超级进化体，他们很危险。"嫣儿叫着，手臂猛然变粗，细小鳞片从皮肤下面钻了出来，散发出腥气。

"该死。"李源从腰后拿出两把激光枪，抬手便是几道光束。

对面铁塔般的身影抬起手臂，使双眼不被激光灼伤，便如同装甲车般向前推进，他们身上的角质硬皮抵得上高级生化材料。

"娘的，这回糟了，不是普通角质战士。"熊刚强甩手打出去几颗激光手雷，天狼小队已经基本武装起来，每个人都有一些武器应急。

另一边，申晴儿抬起臂弩，射出一簇亮光，在空中划出一道刺眼光线。

攻击十分猛烈，可是这些突然降临的角质战士无畏无惧，无论高温伤害有多么剧烈，最多角质硬皮微微泛红，他们大踏步前进。

"这里不利于我们迎战，走，进入前方峡谷。"李源意识到情况不妙，他不管不顾，开始把身上手雷全部投掷出去，掀起一圈圈厚重烟尘。

熊刚强跑动起来，申晴儿快速撤离，嫣儿被李源夹在腋下，借助手雷制造的冲击，夺路而逃。

吴大奎一直都跟着李源，以应龙星的身手，只能更快，不会落后。

跑吧！不跑怎么办？这八尊铁塔般存在，连手雷都奈何不得，保守估计，都有机甲士的实力。

李源带来的那些武器，就像玩具一样，根本起不到多少作用。机甲才是战争之王，那是融合整个时代最尖端技术造就出来的无上武器。什么核弹，什么生化，在机甲面前全部成渣。

风声在耳边呼啸，李源几个跑得快，后面那些可怕铁塔更快，他们只要纵身一跃就能达到二十米高，再借助劲力凌空落下，有时竟能冲上百米远。

实在没有办法，李源大骂道：“好变态，准备迎战。”

可惜冷不凡和莫藏离开了，要不然加上一个吴大奎，三大机甲士联手肯定能撑住场面。

现在不是念叨冷不凡和莫藏的时候，这些怪物都是从食人者进化而来的，也许他们的肚子正咕咕叫，指不定想把谁吞掉。

“近了，攻击。”李源把手一翻，飞出三把匕首。

熊刚强和申晴儿回身，做着同样动作，每人飞出三把匕首。

要说从后勤部勒索来的装备中，也就九把电磁匕首还有些样子。如果一起使用，可以制造出超级微波范围，等同把敌人送入微波炉，有一定几率无视物理防御，直接对内脏进行破坏。

“嗡……”

“嗡……”

“嗡……”

九把匕首尚在空中，就产生刺耳嗡鸣，围绕八道身影，化作一道道亮光。

微波进行穿透性加温，李源几人头也不回，继续向前方跑去，他们必须进入大峡谷，充分利用地形，才能与敌人周旋。

八道铁塔战士齐齐向前迈出一步，地面以他们为中心，开始向下塌陷，却也产生一种霸道反冲力量。他们正是利用这道霸道反冲劲力，将渗入体内的微波逼了出去。

“嗡”的一声，微波力量弹射向高空，将厚重云层铰碎一角。

处于最中心位置的铁塔战士抬起手来，擦向嘴角，当看到一丝绿色血液时，他仰天怒吼，非人声浪掀起一圈烟尘，向外扩散。

“砰！”

铁塔高高跃起，以更为夸张的速度向李源等人追去。

熊刚强回头看了一眼，吓得魂飞魄散，大骂道：“真他娘的，怎么可以这样强，好像比那些机甲士还霸道。奎爷，我的好奎爷，兄弟全靠你了，别跟着我们跑呀！赶快大展神威。”

吴大奎双眼酷酷的，脚步不停。

就在李源等人要冲入大峡谷之际，八道彪悍身影从天而降，他们前胸一起一伏，绿色血水顺着嘴角和鼻孔滴淌，看来并非没有损伤。

“你们被包围了，猎物，投降吧。”铁塔开口说话，言简意赅。李源向周围看去，确实被敌人包了饺子，也许只剩下启动机甲这一条路。

就在这时，异变又起。

狂猛破空声来到上空，八名最顶尖角质战士抬头望去，只见一团绿影陨落，随着一阵惊心动魄的震响，地面完全塌陷进去，传来嚣张话音：“哼，八只爬虫，也配染指对外渠道，给我死。”

绿光席卷，八道铁塔轰然炸裂，连声哀号都未来得及发出，便成了一地杂碎。

机甲天王

CHAPTER 54

进峡谷避祸

李源吃惊地望过去。

如此强大的角质战士，这么一眨眼的工夫就成了尸块，红的、绿色、紫的，到处都是。

“呃，还是我有先见之明，在水源地一待就是五六年，外面果然危险。”熊刚强满脸惊恐地看向来者，腿肚子直打颤。

“哥哥，嫣儿好怕，这是一个恶魔，杀了不知道多少人。”小萝莉向李源怀中扑去，她是真的被吓坏了，看到了尸山血海，看到了血流成河，血腥气直冲云霄。

“啧啧啧，好鲜嫩的味道，我们这些老家伙有着约定，不能碰那些刚进来的小家伙，可是真的很眼馋，情不自禁就想大快朵颐。”绿色长发舞动，身影足不沾地，一双眸子正看向李源。

如果按照人的标准来衡量，眼前的恐怖存在，只有三分像人，其余七分皆是不折不扣的怪物。

来者不知是男是女，长长的下巴，身上生满了灰褐色突起，除了灰褐色突起，身上皮肤呈绿色，并非生机盎然的青绿色，而是代表着枯败的暗绿色。

最为引人注目的是那双修长手臂，布满暗绿色细鳞，竟然泛着浓重金属光泽，上面还残留着血迹。并非角质战士的毒血，而是鲜红血迹。看来在来的路上，老怪物已经用过餐，否则见到李源这些人，未必克制得住食欲。

“你曾经是机甲士？”李源看向对方眉心，这人并未隐藏出身，四级机甲士的波动很明显。

“机甲士？好久远的称谓。在这座监狱，他们都叫我绿爵士。”怪人大笑，“哈哈哈，爵士要比机甲士动听得多，他们越害怕越恐惧，我越兴奋。当然，你不同，你身上有很浓的机甲味道，我很好奇，难道有人能带机甲进来？不如，将你的空间痕剖开，让我看一看。”

暗绿色利爪猛然向前，李源只觉一道腥风扑面而至。

关键时刻，又是吴大奎，双肩一晃，挺身而出，站在了李源身前，身外扬起一圈气场，层层劲力向外传递，威震八方。

“轰！”

铁拳与利爪硬碰一记，吴大奎被撞飞出去，而暗绿色怪人也向后飘退十几米远，非常吃惊地看向应龙星。

“咦，想不到一个白痴也有古怪，应该是三级机甲士，身体毒性如此之高，居然能忍住进食欲望吗？呵呵，宁肯折磨自己，也不愿意放弃，我最讨厌这种坚持。”老怪物张嘴发出嘶吼。

“你很强，不想同归于尽，让我们走。”在李源惊奇的目光下，吴大奎站了起来，并开腔说话。

随着铿锵如铁的话音，这位奎爷全身上下迸发出一环又一环辐射，虽然微弱，却足够坚韧。

机甲士长期与机甲在一起，接触机甲各种辐射源，会产生一些磁化效应。这就好像拿铁针与磁铁摩擦，使铁针具备一定磁性一样。

体辐射状态最低激活层次需要到二级机甲士，至于一级机甲士，他们很难做到。甚至，二级机甲士只堪堪摸到一点门径，到了三级的时候，有些人仍不能尽情展示。如果几个月没有与机甲接触，相应体辐射状态就会弱化。而应龙星隔了几年时间，仍能霸道如斯，令人钦佩。

“你这是欺负老人家吗？是，离开机甲太长时间，让我没有守护。”老怪物怒火冲天，同样身为机甲士，心中怀念驾驭机甲的岁月，当看到吴大奎身上迸发出光芒时，勾起了最痛苦的回忆。

吴大奎双眼神采暗淡下去，就连身上的辐射也忽强忽弱，李源看得揪心，暗道:“奎爷啊奎爷,你可一定要撑住,咱们这一队老小的性命全都攥在你手里。”

“岂有此理，痴痴傻傻，也想阻我？”暗绿色利爪轰然向前。

“无畏。”吴大奎感受到危机临近，双眼突然爆发出精光，发出一声震天动地的大吼，身上播洒出层层叠叠的影像，如瀑流冲击，如银河倾泻，如大浪狂涌。

“不好。”老怪物瞪大双眼，想要收手，为时已晚。

暗红色冲击波向外横扫，李源，熊刚强，申晴儿，三人不停向后退去，在进入钧天堡之前，从来没有想过，机甲士独立作战，也能如此强悍。那么机甲师呢？跨越“士”的阶层，身体经过调制，会达到怎样一种程度？简直不可想象。

机甲的世界，充满匪夷所思，充满光怪陆离，远非一个小小的二级机甲兵所能了解全面的。

李源好不容易稳住身形，急忙低头看向嫣儿。还好，这个小萝莉表现出来的体质没有那般脆弱，二级机甲兵抗得住，她就绝对没有问题。

血在飞溅，吴大奎一条手臂近乎糜烂，身上出现很多新伤。然而，这个铁汉手中拿着一颗狰狞头颅，证明了他的勇武。

老怪物到死都不敢相信，居然有人可以把他的脑袋生生拧下来。

“奶奶个熊，真男人啊！可惜，刚才没看清，奎爷是怎么做到的？”熊刚强大声叫好，在他眼中，吴大奎的形象无限升高，变得伟岸不凡。

“哥哥，赶快离开这里，我总有一种不好的预感。”嫣儿颤颤巍巍地说。

“嗯，此地不宜久留。”李源把小萝莉放了下来。而这时，吴大奎仰面摔倒，荡起一圈尘土。

“奎爷。”熊刚强瞪圆眼睛，暗自感叹，“唉！看来应龙星也不是完全无敌的，刚才那一下超拔攻击，肯定有反噬。”

李源过去检查，发现吴大奎鼻息正常，只不过体力消耗太大，晕了过去，这才放心。

“我来背奎爷，赶紧走。”李源很相信嫣儿的预感，因为他也产生了一种直觉，好像有什么东西，已经盯住此地。想到冷不凡说的话，钧天堡有五六百机甲士，还有一些很老的机甲士消失了,天知道那些老鬼都变成了什么鬼东西,反正很可怕。

生出直觉并不奇怪，很多资深战士，在战场上磨炼得久了，都会产生类似直觉，大概是一种生物本能。唯一的不同点是，李源的直觉更犀利些，出现得也稍早些，他正在向老兵转化。

继续狂奔，头也不回。

刚刚冲入大峡谷，就听到身后传来轰鸣，接着响起狂啸:“啊！是谁，是谁敢杀我妻？不管你是谁，老夫与你不共戴天。”

听到滚滚话音，李源把心提到了嗓子眼，脑袋嗡嗡直响，心说:“我勒个去，这么倒霉？刚才那老怪物居然是个母的，还有一个公的。”

方圆几公里内，气压变得很低，好像能够感受到一股怒意化作浪潮，正在不停涌动。

最彪悍的奎爷倒了下去，还有谁能仰仗？李源压根就没有想过钧天堡会这么危险，如果老怪物多来几个，他一个二级小机甲兵，即便全副武装战斗，最后的结果，也未必能有多好。

大峡谷非常辽阔，充满了无数菌类植株。

进入峡谷后，色彩一下子变得鲜艳起来，甚至告别了荒凉，有好多小兽出没。

李源大为头疼，鲜艳意味着剧毒，小兽能在这种环境下生长，也意味着剧毒。弄个不好，比外面还要危险。可是逼到这一步了，向前还有一线生机。而向后，遇到煞星，脑袋瞬间不保。

“哗啦，哗啦，哗啦。”

穿过一片低矮绒毛菇，几人进入原始蘑菇林。

这里连一条阡陌小路都不存在，说明很少有人进入，或者根本就不曾有人进入。

也是，在峡谷入口看到缤纷色彩，大多数人都会选择绕道而行的。除非疯子，否则谁敢往这里面钻？

小心，再小心，还是没能幸免。

熊刚强被一棵碗口粗细的硬秆蘑菇剐到手臂，走出去七步远，“扑通”一声摔倒在地，浑身直抽搐，嘴里吐出白沫。

“停，毒性似乎很强烈，需要紧急处理。”李源急忙奔过去，不停挤压熊刚强的胸口，然后抓住老熊双腿来回摇晃，最后翻开眼皮，观看眼皮下面的丝丝血纹。

“队长，这是什么毒？”申晴儿急忙把网兜接过去，阮衣衫仍处于昏迷状态，需要人照顾。

“我们机甲兵的身体经过调制，会在眼皮下方留下血纹，通过观察血纹，我断定这是一种很霸道的神经类毒素。还好，这种毒症来得快，去得也快。看老熊肌肉紧绷状态，他正在依靠本能进行自我排毒，大脑很快就会恢复对身体的控制。”李源松了一口气，幸好没有出问题。

“啊！渴死我了，水，喝水。”熊刚强出了很多汗，醒来的第一句话，就是要水喝。

李源把水壶递了过去。

在水源地的时候，已经补充过饮用水，所以身上并不缺水。另外，值得一提的是，在装水的时候，李源顺带着装了一些锯齿长矛的种子。虽说培育起来很费功夫，既然动了念头，就很想尝试一下，反正队里清空后，只住十个人的话，地方多的是。

“呼，我命大呀！在鬼门关前走了一遭，刚才明明能感受到身体，却无法动弹，那种感觉真别扭。”熊刚强坐了起来，摸了摸身体，发现一切都好，脸上露出笑容。

“这只是一小步，起来继续。”李源拿起激光枪，对前方进行清理，他要打出一条通道来。

机甲天王

CHAPTER 55

时间到，机甲出

在如此恶劣的环境下，激光枪只能用来开路。而且要时刻注意风向，有些菌类植株形成一片浓郁粉尘，用肉眼都能看到。

相信还有许多肉眼看不到的东西，会随着呼吸进入体内。体质强横，扛得住，还好说。如果扛不住，那就不是喝点水就能解决的问题了，也许会永远倒在这个鬼地方。

天狼小队继续向前，熊刚强和申晴儿加入进来，毫不吝惜地挥霍着激光枪那点能量。在这种时刻，节省能量等于找死，没有道路便开出一条道路来。

沙家是军事集团，不论你能不能成为机甲兵，都会接受军事训练，而且还颇为苛刻。所以对丛林行军这种事，李源、熊刚强、申晴儿驾轻就熟。如果不是这里的蘑菇太毒，那真是龙归大海，敌人想找到他们，如同大海捞针。

半个小时后，所有激光枪能量打光了，却也找到了一处相对安全的地点。

熊刚强咧开大嘴笑了，周围全是比较熟悉的羊肚菌，它们的菌帽就像羊肚一样，充满了不规则的凹坑。只要注意羊肚菌伞帽内有没有积水，不要刚好倾泻下来，就可以安心休息。

李源背着吴大奎，申晴儿带着嫣儿，熊刚强扛着阮衣衫，还要维持高效行军速度，每时每刻保持警惕性，压力不是一般的大。所以，三人刚到安全地点，便瘫软下来，再也不想动弹。

远方咆哮声渐渐平息，也许是失去了耐性，又或者也在休息。

峡谷内除了毒素不好对付，地形也很复杂，即便有低空飞行手段，也不适合往来。所以，从空中俯视，很难看到几个人的踪迹。

“嘿嘿，那个家伙不叫了吗？还好我们跑得快，要不然会被打成肉饼。”熊刚强从怀里拿出两块行军饼干，这是李源用来招待冷不凡和莫藏的东西，被他带了出来，吃得很香。

“不能掉以轻心，我们在身后留下了太多痕迹，就算进行了掩饰和伪装，如果对方擅长追踪的话，几个小时就能找上来。”李源仰头灌下一些清水，向来路望去，不无担心地说，“况且敌人身体特殊，也许已经产生非凡抗毒性，峡谷中的毒物未必能阻挡其脚步。所以，我们在这里休息一段时间就要离开，绝对不能在一个地方停留超过两个小时。”

“队长说得对，我们要时刻提高警惕。”申晴儿擦拭着汗水，感觉身上黏黏的，很不舒服。

“不要动，你中毒了。”李源心头一个激灵，连忙来到申晴儿面前，神情颇为凝重地取出钨钢匕首，在那粉嫩脖颈上刮下一些汗液。

不敢用鼻子直接去闻，而是用手扇了扇风，借着微风把气息传递到鼻前，回想自己往日学到的知识，李源越是深思，眉头皱得越紧。

“我，我怎么没有中毒迹象？”申晴儿有些错愕地摸了摸脖颈，除了感觉身上黏黏的，她真的没有不良反应。

“是很厉害的剧毒，还处于潜伏期，一旦发作起来，手头没有精良医疗器械的话，你会当即没命。总之，非常危险，以我的能力无法根除，大概只能为你缓解。”李源神情一怔，摸向自己脖颈，发现也有一层滞涩汗液。

“队长，你？”申晴儿惊叫。

“看来我们很不幸，在不知不觉间，都中毒了。”李源尽量让自己保持冷静，毕竟他已经成为天狼小队队长，担负着责任。

“倒霉催的，老子一样，皮肤正在分泌黏液。”熊刚强解开衣扣，当看到自己茂盛的胸毛软趴趴的，不由得露出苦瓜脸。

“我无法判定这种毒素的潜伏期，也许是一天，也许是两天。总之，时间不会太长，希望能坚持到警戒塔发出传送之光。”李源心里没底，却不敢表露太多，他拍了拍手说，“把毒素交给我来应对，我们是天狼小队，怎么能被小小毒素击倒？好，不要担心，我们会战胜一切。”

“哈哈哈，队长放心，有传送之光接应，就算爬，我也能爬过去。”熊刚强为人豪爽，尽管察觉到不妥，为了给李源增强信心，为了让队长卸去心理负担，仍然开怀大笑。

李源忙碌起来，他要测定几个人汗液的酸碱性，看起来不像是神经类毒素。可是，宇宙间太多匪夷所思的物种，谁又说得清楚？沙家把犯人塞到钧天堡，也是存了试验的念头，让这些犯人摸清毒素的路数。

很不幸，天狼小队集体中招，包括吴大奎、嫣儿、阮衣衫，身上都出现一层黏黏汗液，视觉渐渐模糊。李源从一块岩石上找到一些苔藓，研磨成粉末给自己喝下去，才觉得好受些。

“有效。”

手头没有合适工具，李源只能用自己试药。另外，他时刻关注着吴大奎，希望铁汉奎爷以三级机甲士的强横体质，能及时产生抗体，那样大家就全都有救了。

可是，吴大奎依然昏迷，也许是伤势沉重，情况越来越恶劣，反而不如李源几人。

“快，快把这些配剂喝下去，能延缓一下视觉衰退。”李源强打精神，为几人灌药，不光视觉出现问题，身体也正在快速脱水。这已经不再是潜伏期症状，没想到毒素爆发得如此之快。

服下李源配制的药剂，大家的状态明显好转不少。经过这么一耽搁，已经过去两个小时，要尽快转移到其他地点。

在这之后，克服了重重困难，跨越了层层阻碍，迈着精疲力尽的步子，小队找到一片交错石崖。

见到这片石崖，李源多少松了口气。这里的菌类植株少之又少，布满了粗大山体裂缝，很适合紧急状况下隐蔽，同时因为植被稀少，毒素也就相对稀少。

就这样，在李源的带领下，天狼小队不停兜圈子，有时候还会回到先前经过的地点休息，中间在很近距离听到过发疯咆哮，幸好快速穿插过去，险之又险躲避开来。

真的很危险，稍有不慎，就会陷入险境。

随着时间推移，几个人以顽强精神，坚持了整整一夜。大家在等，等待警戒塔开启传送。

“好，差不多就是现在，我们走。”李源振作起来，抚向眉心空间痕，身形骤然模糊，原地站起一道如山身影，攻坚者三昂然翘首。

“呜呜呜，机甲，老子有生之年，还能见到机甲。”

熊刚强痛哭流涕，除了兴奋，还有毒素的作用，让他不停往外淌眼泪和鼻涕，血丝正顺着眼角扩散，说明已经有些快要支撑不下去了。

连熊刚强这种顶尖机甲兵都陷入到如此境地，可想而知李源一个小小的二级机甲兵，此刻有多么难熬。

核心舱内，李源视觉一阵模糊，血水不停地从面颊滴下，他喃喃自语：“我还有机甲，我不能倒下，我要带领大家撤离。就让今天成为天狼小队浴火重生的日子吧！”

“轰隆隆，轰隆隆……”

机甲颤抖起来，动力炉快速预热。

“上来，我们走。”李源大吼一声，攻坚者三背后空间旋翼向两旁绽放青光，看起来好像一对青蒙蒙的光翅，在昏暗峡谷中，显得格外耀眼。

熊刚强深吸一口气，向机甲手臂爬去。申晴儿和嫣儿互相扶持，准备坐上攻坚者三的宽厚肩膀。

“是机甲波动？”

大峡谷回荡着狂笑：“咯咯咯，等待多年，终于有人把机甲带下来了。老夫得到机甲，能把钧天堡完全翻转过来，向所有人复仇。”

攻坚者三通体黝黑，背后背着猎豹劲弓，肩膀像是弯曲的剑鞘，稍稍支棱出去。而腰身处布满平滑甲叶，方便伸展、扭动。由于配备了机甲专用战术腰带，使腰部多了一层防护能力。

再看机体前胸，额外加装了装甲挡板，内置大颗金刚石，充分保护机甲兵安全。再加上刚硬的锉刀战靴，流线形机甲手套，看起来要比普通攻坚者三强上不少。然而，真正不同之处隐藏在双眼中。那外形酷似剪刀的电子眼核心，有丝丝细小蓝光透射而出，不易被人察觉。

如果李源状态良好，没有受到可怕的毒素侵蚀，他一定会发现，自己的爱甲防御数值又有一定程度的攀升，连显示基础参数的光屏一角，都被染成淡蓝色，散发出一缕缕幽蓝，如寂寞花开。

电光火石间，不等机甲冲飞天际，一段光影便席卷而来，正是进入峡谷追踪的老怪物。

“锁定目标，攻击。”李源抱起机械键盘，右手轻轻一拨，猎豹劲弓入手，一支合金箭矢便搭到弓弦上，飕然发难。

“轰！”

来者实力深不可测，居然在空中轰出一抹黑光，将箭镞尖端稍稍击偏，无比轻松地躲闪过去。

这时，攻坚者背后空间扭曲，欲腾空而起。

“哗啦啦，哗啦啦，哗啦啦……”

只见一条黑色金属锁链缠绕过来，前端利爪抓钩扣住机甲脚踝部位，竟然连同锉刀战靴部分功能一起锁死。

这之后，来人随着机甲，腾空而起。

“干你娘，老妖怪，这都行。”熊刚强向后看去，机甲已经冲到天空，可是敌人也跟了上来。

地面战演变为空战，机甲飞出大峡谷的同时，锁链突然绷紧，两米多高的身影借助惯性，绕到机甲上方，双脚猛然向攻坚者三的腰部踏来。

“我的老母，好大的块头呀！”熊刚强缩了缩脖子，他的个头已经不矮，虎背熊腰，看起来很壮实，可是与眼前这位怪物爷爷相比，那就是小瘦子、小孩子。

“给我下去。”老怪物腿部爆发出一圈乌光，破入机体淡淡防御屏障，让攻坚者三急速坠落。

CHAPTER 56

极速狂飙

危急时刻，李源手指跳动，机械键盘溅射出一簇簇火花，在核心舱内，向四面八方窜去。

就在攻坚者三要砸落地面之时，背后旋翼拉扯出一道青色匹练，机体贴着地面滑行，猛然向空中拉升，速度又急又快。

“咦？操作技术不错。”老怪物张开大嘴，吐出干冷话音。

李源闭着双眼，他已经有些看不清画面。然而，光脑的一道道提示音，让他在脑海中模拟出外界情景。

“极限操控，龙卷风暴。”机械键盘发出颤音，像是在承受无法承受之痛。

攻坚者三立在天空，直上直下，背后空间扭曲，产生旋转力量，机体翻卷起来。李源把沙旋风的旋风击结合空间旋翼施展出来，犹如一道龙卷飓风，又如一条长龙，在天地间肆意舞动。

“哗啦，哗啦，哗啦……”

黑色锁链也不知道是用何种金属打造而成，居然完好无损。老怪物仍然紧紧抓住锁链，没有被甩脱出去，却感到有些头晕目眩，无法再耀武扬威。

“糟糕，有老熊他们在外面，我无法把动力开到最大。”李源很着急。

事实上熊刚强和申晴儿差点昏过去，他们正在咬紧牙关强撑，要不是机甲身外始终有一层淡淡护罩保护，他们会更加不堪。

“哈哈，想甩掉老夫，做梦。”老怪物开始收束锁链，他想故技重施，将机甲从空中踩下去。

就在这时，光脑提示音响起：“主人，监测到一条山脉，如果想要甩掉负重，可以掠过峭壁进行清除。”

“好，加速。”李源猛一跺脚，核心舱地面爆发出月牙形光斑。

机甲开始提速，并未形成音爆，却无比接近音速。

大地在身下急掠，背后留下一条淡淡光影。迎面出现大块峭壁，老怪物看到如此情景，呜嗷呜嗷怪叫，赶忙收束锁链，身体在空中进行小幅度调整。

如此速度，老怪物翻转腾挪余地实在不大。

“轰！”

机甲擦着一块巨岩飞过，老怪物没有反应过来，结结实实撞了上去。

不得不说老家伙体质变态，那么大块的岩石被撞得粉碎，锁链绷得更紧，他却没有撞得骨折筋断，只听怒吼：“混蛋，等我把你抓住，定当挫骨扬灰。”

“哼，真是死缠烂打。”李源半睁开眼睛，切换出后方画面，发现锁链仍然死死扣住机甲的锉刀战靴。

从这个角度看去，可以肯定，无法单方面让战靴解体。对方对机甲外置装备极为了解，远远高于他这个二级机甲兵，估计从射出锁链那一刻起，就算计好了一切，不会让锁链中途脱扣。

没有办法，只能继续飞驰，用一座座峭壁和山岩干掉大敌。在李源的精妙操控下，攻坚者三变得格外轻灵，专门掠过一些坚硬山壁，老怪物躲得过去是运气，躲不过去，就只能硬碰硬。

“轰，轰，轰……”

不知道撞击了多少次，老怪物由最初的怒吼，逐渐演变为哀号，再到求饶，最后没了声息。

“队长，不要停！这老杂毛耍诡计，绝对是诡计，他没有那么容易翘掉，继续撞。”熊刚强用尽全力大喊，提醒李源不能掉以轻心。

李源知道凶险，如果老怪物还没有死，那么他肯定在等机会，一个一击必杀的机会。看来要做最后冲刺，从这片山脉冲出去。

攻坚者三的背后一震，隐隐有突破音障的趋势。熊刚强和申晴儿可不像莎莎，莎莎坐到机甲肩膀上，超音速都无所谓。

因为莎莎放弃了肢体再生手术，让机械四肢具备强有力的防护能力，而且她脸上那半块面具也具备能量波动，危急关头可以抵抗冲力。

不过，李源仍然选择突破音障，达到超音速，他在心中说："一小会儿，只要一小会儿就好！"

"喔喔喔，来了，还是来了，音爆！小衫子，你应该庆幸，你一直昏迷。"熊刚强急忙护住阮衣衫，他们就坐在机甲手臂中，吴大奎倒在旁边，至于申晴儿和嫣儿则抓住机甲脖颈鞘壳。

"轰"的一声，机甲击散气流，让空气完全打散。熊刚强抱成一团，申晴儿和嫣儿突然感觉身体飘了起来。然而，下一刻，飘的感觉消失，天地疯狂向后方挪移，头晕目眩，风如刀割。

"小子，我要与你同归于尽。"如此高速移动，老怪物居然还能大声喊话，不知道是如何做到的。反正印证了一点：他真的在装死。

"死。"李源双手一推，机械键盘在面前转动起来，他的手指宛如游龙，弹射出一道道轨迹。

"叮，叮，叮……"

键盘发出悦耳连击声，指令顷刻间贯穿一线，让机甲在高速移动中，施展出鹞子翻身。

非是一记鹞子翻身那样简单，动力炉瞬间熄火，机甲关闭能源，速度骤然急降。而对面刚好出现一座山峰，攻坚者三的机体横移过来，借助惯性巧之又巧做出甩腿动作。

那老怪物刚想发威，带着机甲一起陨落，结果李源比他还要决绝，机甲甩腿停机后，锁链顷刻间绷直，如同向前挥舞链子锤，机甲借冲力继续前冲。

这一切来得太突然，也太大胆，不把精微操控训练到最顶尖层次，绝对不敢这样做。

熊刚强听到轰隆隆巨响，震耳欲聋。整座山峰顶端都在塌陷，老怪物先砸了进去，出现圆盘状陨坑。然后，机甲也跟着砸了过去，李源出招，从来都是连绵不绝。

在冲力带动下，锉刀战靴闪着静谧光泽，狠狠踩踏进去。老怪物口喷毒血，怨毒目光即便隔着无数碎石，仍能让人感到冰冷。

“轰隆隆！”

山顶完全爆掉，仅仅隔了半秒钟，机甲能源重新启动。

攻坚者三做出一个微微下蹲的动作，背后空间扭曲，化为淡淡光翅，轰然向空中拔升，锁链仍然缠绕在战靴上，唯一的不同之处，在于吊着半条手臂，老怪物已经消失不见。

“呼，太刺激了，总算把该死的老家伙甩了下去。”熊刚强庆幸不已。

此刻，李源摸了摸手臂，发现自己正在丧失知觉，血水顺着眼角不断滴落，眼睛看到的东西越来越模糊，这对于作战非常不利。学院课程中，可从来没有讲过，如何应对眼下情形。

攻坚者三划过天际，很多人看到了机甲身影。

“机甲，钧天堡怎么会有机甲？”几名食人者头领仰天咆哮，“夺下它，不惜一切代价也要把机甲夺到手，我们可以攻击能源电厂，制造飞船和武器冲出钧天堡。”

“是机甲？机甲。”幽深黑暗中爆发强盛波动。

凡是看到攻坚者三的犯人，全都疯了，几道光影快速升空，速度竟然不比李源他们慢多少。

听到光脑提示，李源闭着双眼，叹道：“果然，这就是警戒塔小老头说的后果吗？钧天堡监狱关押了太多机甲兵，还有机甲士。强人无数，也许把机甲打碎，他们都有办法重组，他们看到的不是机甲，而是翻身契机。”

“天啊！我看到了什么？好多老怪物。”熊刚强探头后望，那一道道妖异身影，有些比刚刚甩掉的老怪物还可怕，也不知道是何年何月关进来的机甲士，变成了这副模样。

“光脑，还有多久到达指定地点？”李源发问。

“三分二十八秒。”提示音响起。

“唉！搞出如此大的动静，不知道冷不凡和莫藏能否赶到。”李源陷入沉默，机甲手臂抱着熊刚强和吴大奎，嫣儿和申晴儿分别坐在机甲肩膀上，加上昏迷中的阮衣衫，他们只有六个人。

速度就是生命，身后始终有光影随行。也许有敌人中途坠落，却总有新敌人加入进来。这真是满眼皆敌，机甲再强硬，能碾几颗钉？

时间一点一滴过去，每一秒钟都让人觉得异常难熬，天狼小队仿佛在等待着命运宣判。

忽然，听到一声大叫："我是冷不凡，十点钟方位，快。"

光脑如实把声波呈现出来，李源垂下去的双手快速一挥，机械键盘幻化出几个烙印，顷刻间完成转向，向十点钟方位狂飙。

三道身影快速跟进，纵身一跃抓住吊在半空的黑色锁链。想不到老怪物留下的东西，给了冷不凡和莫藏方便，他们身边带着一名面生年轻人。

"加大能量输出功率，走。"李源不由得松了一口气，他是这样想的，即便此行没有为小队凑齐十个人，数量不行，质量却颇为可观，如果只差一个名额，大不了回去之后，再想办法。

后面那些老怪物紧追不舍，有三道身影甚至爆发出异力，陡然拉近不少距离。

好难熬的三分钟，对于李源更是如此，他只觉得五脏六腑都在抽搐，每次即将丧失意志，又强打精神，他用尽一切办法，不让自己昏迷。

"看到了，传送之光。"冷不凡心情激动，前方出现一道银灿灿的光柱，在天地间极其夺目。

"啊！是出去的通道。"机甲后方传来咆哮，几道身影不知道使用了什么办法，骤然将速度提升到不可思议的境地，发出隆隆巨响。

他们太想出去了，钧天堡确实能让人活，可是堂堂机甲士沦落到要吃人肉来延续生命，真的很凄惨，如今希望就在眼前。

李源也在加速，不管一切，不顾一切，向银光冲去。

生死时刻，机甲冲进银光，几道身影跟了进去，之后响起排山倒海的声音，光柱消散无踪……

FONGHONG
凤凰联动出品